岩 波 文 庫

32-803-1

マ イ ケ ル ・ K

J. M. クッツェー作
くぼたのぞみ訳

岩 波 書 店

This Japanese edition published 2015
by Iwanami Shoten, Publishers, Tokyo
by arrangement with the Author
c/o Peter Lampack Agency, Inc.,
350 Fifth Avenue, Suite 5300, New York, N. Y. 10118, U. S. A.
through Tuttle-Mori Agency, Inc., Tokyo.

目次

マイケル・K

戦争はすべての父であり、すべての王である。
それはあるものを神として示し、あるものを人として示す。
あるものを奴隷となし、またあるものを自由の身となす。

I

マイケル・Kは口唇裂だった。母親の体内からこの世界に送り出すのを手伝った産婆が、最初に気づいたのはそのことだった。唇が蝸牛《かたつむり》の足のようにめくれ、左の鼻孔が大きく裂けていた。産婆はその子を母親にすぐには見せず、小さな口を突ついて開け、口蓋《こうがい》が無事だと知ってほっとした。

母親には「あんたは幸せものだ、これは一家に幸運をもたらすからね」と産婆は言った。だがアンナ・Kは最初から、閉じない口も、剝き出しになる生々しいピンクの肉も好きになれなかった。自分の身体のなかでこの数カ月間育ってきたもののことを思うと身震いが出た。子どもは乳首に吸いつくことができず、ひもじさに泣いた。ミルク瓶を試してみたがそれにも吸いつけず、ティースプーンで飲ませても咳込み、むせて泣くので苛々がつのった。

「大きくなったら閉じるようになるから」と産婆は請け合った。だが、唇は閉じなかった。きちんと閉じなかったし、鼻もまっすぐにはならなかった。

母親は子連れで仕事に出かけた。もう赤ん坊とはいえない年齢になっても連れ歩いた。冷笑や陰口に傷ついた母親は、ほかの子どもたちからその子を遠ざけておいた。来る年も来る年もマイケル・Kは毛布の上に座り、母親が他人の家の床を磨くのをながめながら、静かにしていることを覚えていった。

身体的障害に加えて頭の回転が遅いという理由で、マイケルは短期間試しに入れられた学校から追い出され、ファウレにあるノレニウス学園の保護下に置かれた。そこで残りの子ども時代を、さまざまな苦しみを背負った恵まれない子どもたちといっしょに、国費で、初歩的な読み書き、算数、掃除、床磨き、ベッドメーキング、皿洗い、籠編み、木工、穴掘りなどを習って過ごした。十五歳でノレニウス学園を出て、ケープタウン市営公園管理局に庭師三級(b)として入った。三年後に公園管理局を辞めた彼は、失業中しばらくベッドに寝ころんで両手をながめて暮らしたのち、グリーンマーケット・スクエアの公衆トイレの夜間係員の仕事にありついた。ある金曜の深夜、仕事から帰る途中、地下道で二人組の男に襲われ、殴られ、時計と所持金と靴を奪われ、腕を斬られて親指を脱臼し、あばら骨を二本折られて気を失ったまま放置された。この事故に遭ってから夜勤を辞めて公園管理局の仕事にもどり、庭師として働きながらゆっくりと昇級して庭師一級になった。

顔つきのせいかKには女友達がいなかった。独りでいるときがいちばん気楽だった。二つの仕事はそれなりの孤独をあたえてはくれたが、トイレの奥にいると、白いタイルに反射して影のない空間を作るまばゆいネオンが鬱陶しかった。好きなのは高い松や、ほの暗いアガパンサスの小径のある公園だ。土曜日はときどき正午の号砲を聞きのがし、午後いっぱい働きつづけることもあった。日曜の午前中は遅くまで寝ていて、午後になると母親を訪ねた。

人生の三十一年目の、六月のある朝遅く、デ・ヴァール公園の落ち葉をかき集めていたとき、マイケル・Kのところにある知らせが届いた。母親から託されたその知らせは、病院から退院させられたので迎えにきてくれ、というものだった。道具を片づけ、バスに乗ってサマセット病院まで行くと、母親は入り口を出たところの陽だまりのベンチに座っていた。身支度はすっかり終わり、外出用の靴だけがわきにそろえておいてあった。息子の姿を見ると母親は泣き出し、ほかの患者や見舞客に気づかれないよう、片手で両目を被うようにして泣いた。

何カ月ものあいだ、アンナ・Kは腕や脚のひどいむくみに苦しんでいた。しまいには腹部まで膨れてきた。入院許可が出たのは、歩くこともままならず、息すら満足にできなかったからだ。刺され、殴られ、銃で撃たれて苦しむ患者でごったがえす病院の廊下に、五日間も、患者のたてる騒音でまんじりともせず、看護婦からも無視されたまま横になっていた。看護婦にしても、若い男たちが見るも無惨に死にかけているときに、老女を励ましているひまなどなかったのだ。到着したときの酸素吸入で意識を取りもどし、腫れを抑える注射と錠剤が処方された。だが、おまるが欲しいと思っても持ってきてくれそうな人はいなかった。はおるガウンさえなかった。一度など、壁を伝ってトイレまで行こうとすると、グレーのパジャマ姿の老人に呼び止められ、卑猥なことばを聞かされ、いちもつを見せつけられた。肉体的要求は耐えがたい苦痛の源になった。看護婦に錠剤のことをきかれると、飲んだと答えたが、たいていは嘘だった。その後、息苦しさはおさまったものの、脚部にひどい痒みを覚え、掻きむしりたい衝動を抑えるために、両手を身体の下に敷いて寝なければならなかった。三日目には家に帰してくれと懇願するようになっていたが、どうやら訴える相手を間違えたようだ。そんなわけで、六日目に彼女が流した涙はこの煉獄から抜けだせる安堵の涙といってよかった。

受付で、マイケル・Kは車椅子を使いたいと頼んだが、断られた。ハンドバッグと靴を持ってやり、バス停までの五十歩ほどを母親を支えながら歩いた。長蛇の列だ。柱に貼られた時刻表では、バスは十五分おきに来ることになっていた。一時間は待つうちに影が長くなり、風は冷たさを増した。立っていられなくなったアンナ・Kは、マイケルが列の順番を確保しているあいだ、乞食女のように脚を前に投げ出し壁にもたれて座っていた。バスはやってきたが空席はなかった。マイケルは手すりにつかまり、よろけないよう母親を抱きかかえた。シーポイントの母親の部屋にたどり着くころには、時計は五時をまわっていた。

アンナ・Kは八年間、家政婦として雇われてきた。雇い主は大西洋を見おろすシーポイントの五部屋のフラットに住む、引退したメリヤス製造業者とその妻だ。契約では、午前九時から、午後三時間の休憩をはさんで夜八時まで働くことになっていた。週に五日ないし六日、交互に働いた。二週間の有給休暇と、建物の一角に部屋をあてがわれていた。賃金はまあまあで、雇い主はものわかる人だし、仕事はそう簡単に見つからないのだから、アンナ・Kに不満があったわけではない。ところが一年前、身を屈めると眩暈《めまい》と胸苦しさを感じはじめた。やがて浮腫《ふしゅ》が出てきた。ブールマン家の人たちは、彼女の賃金を三分の一ほど減らして料理をまかせ、家事にはもっと若い女を雇った。自分の部屋に住みつづけることを許された彼女の処遇は、ブールマンたちが握ることになった。浮腫がひどくなった。入院する前は何週間も寝たきりで、働くことができなかった。彼女はブールマン一家のお情けが尽きるのをひたすら恐れて暮らしていた。

コートダジュールの階段下の彼女の部屋は、結局設置されなかった空調設備が取り付けられるはずの場所だった。ドアには標識もあった。赤いペンキで髑髏と交差した骨のマークが描かれ、その下に英語、アフリカーンス語、ズールー／コーサ語で「危険」と書かれていた。電灯も換気扇もなく、空気はいつも黴臭かった。マイケルは母親のためにドアを開けてやり、ろうそくを点け、母親が寝支度をするあいだ部屋の外に出ていた。母親が帰宅した最初の夜も翌週も、こうして毎晩いっしょに過ごした。灯油コンロでスープを温め、母親が居心地よくなるようできるだけのことをし、雑用をこなし、彼女が発作的に泣き出すときは腕をさすって慰めた。ある夜、シーポイントからバスが一台も来なかったため、母親の部屋でマットの上に自分のコートをはおって寝ることになった。真夜中に身体が冷え切って目が覚めた。眠ることもできず、夜間外出禁止令のために外へ出ることもできず、母親が呻いたりいびきをかいたりするあいだ、彼は夜明けまで椅子に座って震えていた。

マイケル・Kは、長い夜、狭い部屋のなかで二人の身体が否応なく近づくことが好きではなかった。母親のむくんだ脚を見ると気持ちが揺れるので、ベッドから母親を助け起こさなければならないときは目をそらした。母親の腿と腕には無数の引っ掻き傷がついていた(夜はしばらく手袋をはめて寝ていたほどだ)。それでもマイケルは自分の義務と思うことから逃げたりはしなかった。何年も前にノレニウス学園の自転車置き場の裏でくり返し考えさせられた難題、なぜ自分がこの世に生まれてきたかという難題にはすでに答えが出ていた。母親の面倒を見るために生まれてきたのだ。

息子がなんと言ってきかせようと、部屋を失ったらどうなるかというアンナ・Kの不安は鎮まらなかった。サマセット病院の廊下で瀕死の病人に交じって過ごした夜以来、戦時に見苦しい病気をもった老女に世間がどれほど冷たいか、家に帰っても忘れられなかった。働くことのできない彼女が、かろうじてどん底まで落ちずに済んでいるのは、ブールマン家の当てにならない善意と、愚鈍な息子の義務感のおかげなのだ。最後の頼みの綱、それはベッド下のスーツケースに入れたハンドバッグの貯えで、ひとつの財布に新しい通貨を、別の財布に、疑い深くなりすぎて交換の機会を逸し、価値のなくなった古い通貨を入れていた。

そんなわけで、ある晩マイケルがやってきて公園管理局の一時解雇《レイオフ》のことを話しているとき、彼女の心のなかで、それまではぼんやりした夢にすぎなかったものがふいに頭をもたげた。それは今後の当てもない街を出て、少女時代を送った静かな田舎に帰る計画だった。

アンナ・Kはプリンスアルバート地区の農場で生まれた。父親は頼りにならず、酒癖が悪かった。子どものころ、一家は農場から農場へ渡り歩いた。母親は洗濯を請け負い、あちこちの家の台所で働いた。アンナも手伝いをした。やがて一家はアウツホールンの町へ引っ越し、アンナはしばらく学校に通った。アンナがケープタウンへ出たのは最初の子どもが生まれてからだ。そこで別の男の子どもを生み、三人目の子どもが死に、それからマイケルが生まれた。アウツホールンに行く前の数年が人生でいちばん幸せな、温かくて豊かな時代としてアンナの記憶に焼きついていた。鶏がクックッと鳴いて地面を引っ掻いているあいだ養鶏場の土埃のなかに座っていたことや、ブッシュのなかで卵を探したことが思い出された。換気の悪い部屋でベッドに横になり、冬の午後いっぱい、外の階段にしたたり落ちる雨だれを聞きながら、人を人とも思わぬ暴力、すし詰めのバス、食糧を求める長蛇の列、横柄な店主、泥棒や乞食、夜中のサイレン、夜間外出禁止令、寒さと湿気といったものから逃げ出して、田舎へもどることを夢想した。どうせ死ぬのなら、せめて青空の下で死にたい。

マイケルに話す計画では、死ということばは伏せておいて、レイオフされる前に公園管理局を辞めて、汽車でプリンスアルバートまでいっしょに行ったらいいじゃないか、ともちかけた。あそこでお前が農場の仕事を探しているあいだに、自分は部屋を借りることにするから。もしもお前の住む場所がうんと広ければ、いっしょに住んで自分が家事をすればいいし、広くなかったら週末に訪ねてくればいい。本気だということを示すために、ベッドの下からスーツケースを取り出させ、財布にぎっしり詰まった新札を目の前で数えて見せながら、こんなときのために取り分けておいたのだと語った。

小さな田舎町がなぜ二人のよそ者を受け入れるなんて思えるのか、そのうち一人は健康を害した老女だというのに、そうマイケルがきいてくるものと彼女は覚悟した。答えまで用意していた。しかしマイケルは一瞬たりとも母親のことばを疑わなかった。ノレニウス学園で過ごした歳月、母親は理由があって自分をそこに置いていったのだと、その理由も最初はよくわからなくても、いずれわかるときがくると堅く信じていたように、今回も、母親が二人のために立てた計画は賢明なもの、と無条件に受け入れたのだ。彼の目が見ていたのは、キルトの上に散らばる紙幣ではなかった。その心の目には広大なフェルト（「草原・平原」の意のアフリカーンス語で南ア特有の地形をさす）のなかに立つ水漆喰のコティージが映っていた。煙突からは煙が立ちのぼり、玄関のドアで母親が健やかに微笑み、長い一日を終えて帰宅する彼を出迎えようとしている場面だ。

翌朝、マイケルは出勤しなかった。母親の金を二つの束に分けてソックスに詰め、鉄道駅の本線予約窓口へ向かった。駅員は、プリンスアルバートだろうと、おなじ本線の最寄りの駅までだろうと（実際には「プリンスアルバートか？　それともプリンスアルフレッドか？」ときいた）二枚の切符は喜んで売るが、Kが乗車するには座席の予約と、警察が管轄するケープ半島地区から出るための許可証が必要だと言った。席の予約は早くて八月十八日、二カ月先だ、許可証については警察からもらうしかない、と。もっと早く出発したいとKは頼み込んだが無駄だった。逆に駅員から、母親の健康状態など特別な理由にはならない、むしろ、そんなことは口にしないほうがいい、と忠告された。

Kは駅からケールドンスクエアへ向かい、ぐずる赤ん坊を連れた女の後ろで二時間も列に並んだ。書式を二組渡された。一組は母親のため、もう一組は彼自身のためだ。「列車の座席予約券を青い用紙にピンで留めて、E‐5の窓口に出すように」と受付の女性警官は言った。

雨が降るとアンナ・Kは古いタオルをドアの下に詰め込み、水が入り込まないようにした。部屋には消毒薬デットルとタルカムパウダーの匂いが立ちこめた。「石の下の蟇蛙みたいな気分になるね、ここに住んでるとさ。八月までなんて待てないよ」と母親はささやき、顔までカバーを持ち上げてじっと寝ていた。そのうちKは息苦しくなってきて、角の店まで出かけた。パンはなかった。「パンも牛乳もない、明日、来るんだな」と店員。ビスケットとコンデンスミルクを買ってから、日除けの下に立って雨が降るのをじっと見ていた。次の日、E‐5の部屋へ書類を持っていった。許可証はしかるべく事が運べば郵送されるだろうが、プリンスアルバート警察によって申請書が受理され、許可がおりてからだ、と言われた。

デ・ヴァール公園へもどると、予想通り、月末でペイオフになると告げられた。「だいじょうぶです、どっちみち、母とここを離れますから」Kは監督に言った。母親がノレニウス学園を訪ねてきたときのことを思い出した。マシュマロを持ってきてくれたな、チョコレート・ビスケットのこともあったけれど。二人で運動場を歩いてから、ホールへ行ってお茶を飲んだんだ。訪問日が来るたびに、少年たちはカーキ色のベストを着て茶色のサンダルを履いた。両親のいない子、置き去りにされた子もいた。「父さんは死んだ、母さんは働いてる」自分のことはそう説明していた。

　部屋の隅にクッションと毛布で寝床を作り、暗闇のなかに座って母親の寝息に耳を澄ましながら夜を過ごした。母親はいまでは眠ってばかりいる。ときどき彼も、座ったまままつい寝入ってしまい、バスに乗り遅れた。朝、目が覚めると決まって頭痛がした。日中はあちこち通りをぶらついた。何もかも宙ぶらりんのままひたすら許可証を待ったが、許可証はいっこうに来ない。

　ある日曜の朝早く、デ・ヴァール公園まで行って、庭師が道具をしまう小屋の鍵を壊した。工具を手押し車にのせてシーポイントまで押して帰った。フラットの裏手の路地で仕事にかかり、古い荷箱を解体して急ごしらえの二フィート四方の台座を作り、背もたれをつけ、これを手押し車にワイアで縛りつけた。それから母親をなだめすかし、外で試しに乗ってみないかともちかけた。「外の空気を吸えば気分が良くなるよ。だれも見やしないから。五時を過ぎてるし、表にはだれもいないさ」「フラットの人から見えるじゃないか。あたしは見せ物になんかならないよ」翌日、彼女は折れた。どんよりした午後遅く、帽子をかぶりコートを着て部屋履きの足をひきずりながら出てきた母親を、マイケルは手押し車に乗せた。車を押しながら海岸通りを横切り、海沿いの舗装された遊歩道を進んだ。あたりには犬を散歩させる老夫婦しかいない。息子は遊歩道を百ヤードほど行ってから車を止めて、母親に岩に砕ける波を見せ、さらに百ヤード進んでふたたび車を止め、それから引き返した。その間ずっと、アンナ・Kは冷たい海の空気を吸いながら台座の両脇にしがみついていた。母親のあまりの重さと手押し車のあまりの不安定感に、彼は狼狽《うろた》えた。車がかしいで危うく母親を落としそうになったときもあった。「新鮮な空気は肺にいいんだから、元気になるさ」と彼は言った。翌日の午後は雨が降ったので家にいた。

自転車の車輪を二つ並べて箱をのせ、手押し車を組み立てようと思ったが、車軸をどこで見つければいいか思いつかなかった。

そのうち六月も最後の週になり、ある午後遅く、海岸通りを猛スピードで走ってきた軍用ジープが、道を横断していた若者にぶつかり、道路脇に停車中の車の列まではね飛ばした。ジープは道からはずれ、コートダジュールの表の伸び放題の芝生の上でやっと止まったが、乗っていた二人はその場で、怒り狂った若者の仲間と鉢合わせした。殴り合いになり、またたく間に人だかりができた。停車中の車は強打され、ドアが開けられ、通りのまんなかへ押し出された。サイレンが夜間外出禁止令を告げたが、気にする者はない。オートバイに誘導されて到着した救急車が、遮断物の手前でくるりと向きを変えてフルスピードで走り去ると、それを追いかけるようにばらばらと石が飛んだ。そこへ、五階のフラットのバルコニーから男がリボルバーを撃ちはじめた。悲鳴の飛び交うなか、群衆は身を隠す場所を求めて駆けまわり、海岸沿いのアパート群になだれ込み、廊下を走り、ドアを叩き破り、窓や灯りを壊していった。リボルバーを撃った男は隠れ場からひきずり出されて、気絶するまで蹴られ、歩道の上に放り出された。フラットの住人は、しっかりと鍵をおろしたドアの背後で息を殺すか、通りへ逃げ出した。ある女は廊下の端へ追い詰められ、衣服を剝ぎ取られた。非常階段で足をすべらせて足首の骨を折る者もいた。ドアというドアが叩き壊され、フラットが次々と荒らされていく。アンナ・Kの部屋の真上のフラットでは、略奪者たちがカーテンを引き裂き、床に衣類を積み上げ、家具を破壊して火をつけた。燃え広がりはしなかったが、濃い煙が立ちこめた。コートダジュールやコートドール、コパカバーナの外の芝生では、確実にふくれあがる野次馬のなかから盗品を足元に山積みする者まであらわれた。群衆はロックガーデンから石を拾って、海に面した大窓めがけて投げつけ、窓ガラスを最後の一枚にいたるまで破壊しつくした。

警察のヴァンが青いフラッシュを点滅させながら、五十ヤードほど離れた遊歩道に乗りつけ、機関拳銃が一斉に火を噴くと、それに応戦するように、バリケードにした車体の背後から銃が反撃した。ヴァンはあたふたと引き返し、群衆は悲鳴や叫びもろとも海岸通りから遠のいていった。さらに二十分が経過して、闇が降り、そこへ警察と暴動鎮圧部隊が大挙して到着した。襲撃されたブロックをフロアからフロアへと占拠していったが、いちはやく裏手の路地へ逃れた敵から抵抗を受けることはなかった。女の略奪者が一人、逃げ遅れて撃たれて死んだ。警察が通り一帯に投げ出されたものを拾い集め、芝生に積み上げていった。夜遅くそこへフラットの住人がやってきて、懐中電灯片手に自分の持ち物を取りもどそうと探しまわった。真夜中に鎮圧部隊が終結を宣言しようとしたとき、通りからかなり奥に入ったブロックの、光の射さない路地裏の片隅で、肺を撃ち抜かれた暴徒が一人、身をまるめた姿で発見されて運び去られた。その夜は警備隊が配置されて主力部隊は引き揚げた。早朝に風が起き、豪雨になって、コートダジュール、コートドール、コパカバーナの壊れた窓から雨が吹き込んだ。イーグルモントやマリブハイツも同様で、それまでは家にいながら喜望峰まわりの船の東西航路を眺望できた場所も、いまではカーテンが風にばたつき、カーペットはぐっしょり濡れて、なかには床が水浸しになったところさえあった。

この事件のあいだ、アンナ・Kと息子は階段下の部屋で鼠のように音も立てずにうずくまり、煙の臭いがしようと、重い靴音が荒々しく通り過ぎようと、だれかの手が鍵のおりたドアをがたつかせようと、じっと息を潜めていた。騒動、悲鳴、銃声、ガラスの割れる音が、わずか目と鼻の先のブロック内のこととは思いもよらなかった二人は、ベッドに並んで腰かけ、ほとんど口もきかず、本物の戦争がシーポイントにまで押し寄せ、襲いかかってきた、という確信を次第に強めていた。母親は真夜中過ぎにようやくうとうとしたが、マイケルは耳をそばだて、ドアの下の細長い淡い光に目を凝らし、息を殺すようにして座っていた。母親がいびきをかき始めると、それを止めようと母親の肩を思わずつかんだ。

背筋をピンと伸ばして壁につけたまま、彼はようやく眠りに落ちた。目が覚めると、ドアの下の光が明るくなっていた。鍵を開けてそっと外へ出た。通路に散乱するガラス片。建物の入り口にはヘルメット姿の兵士が二人、こちらに背を向けてデッキチェアに腰かけ、外の雨と灰色の海をじっと見ていた。Kは忍び足で母親の部屋まで引き返し、マットにもどって眠った。

その日遅く、コートダジュールの住人たちが帰ってきて、片づけたり持ち物を詰めたり、被害をただ呆然とながめて泣いたりするころには雨も止んで、Kはグリーンポイントのオリファント通りをまわって聖ジョゼフ伝道会まで行ってみた。以前ここでは、だれもが質問されることなく一杯のスープや一夜のベッドにありつけたので、ここなら荒らされたブロックからしばらく母親を避難させられるかもしれないと思ったのだ。しかし、あご髭をたくわえ杖を持った聖ジョゼフの石膏像は姿を消し、門柱からはブロンズのプレートも取り外されて、窓は粉々になっていた。隣のドアを叩くと床板の軋む音は聞こえるが、出てくる者はなかった。

仕事へ行く途中に市内を抜けるとき、大勢のホームレスや貧者と毎日すれ違った。ここ数年のあいだに、彼らは市の中心街の通りにあふれ、物乞いや盗みをするか、救援機関の列に並ぶか、ただ暖をとるため公共施設の廊下に座り込むようになっていた。夜はシェルターを求めて、中身を抜かれた埠頭近くの倉庫や、ブレー通りの先に何ブロックも建ち並ぶ、警察も足を踏み入れようとしない放置家屋を寝場所にしていた。ついに当局が個人的移動の規制に踏み切る前年には、グレーター・ケープタウンと呼ばれる地域は、とにかく仕事にありつこうと田舎から出てきた人間であふれかえった。仕事も、住む場所もなかった。あの飢えた口の海のなかに落ちたら自分も母親もどんなチャンスがあるだろう、手押し車を押して食べ物を乞いながらどれだけ通りを歩きまわれるだろう、とKは思った。あてもなく一日中ぶらつき、鬱々として部屋にもどった。夕食にはスープとラスクと缶詰のサーディンを並べ、光がもれて人の注意を引くかもしれないので、コンロを毛布の陰に置いた。

二人の希望は街を出るための許可証にかかっていた。しかし、警察が許可証を送ってくる——警察にその気があればだが——住所にしたブールマン家の郵便受けには鍵がかかっているし、略奪の夜からブールマン家の人たちはショック状態に陥り、いつ帰ってくるのか伝言も残さないまま友人に連れていかれてしまった。そこでアンナ・Kは息子に、あれこれ説明しながら、フラットへ行って郵便受けの鍵を取ってくるよう言いつけた。

Kはフラットに入ったことがなかった。滅茶苦茶だった。強風にあおられて窓から吹き込んだ雨水のなかに、壊れた家具類、中身のはみ出たマットレス、グラスや瀬戸物の破片、萎れた鉢植えの植物、水浸しのベッドやカーペットが散乱していた。ペースト状のケーキの粉、朝食用シリアル、砂糖、猫のトイレ用の砂や土が靴にこびりついた。台所では冷蔵庫がドアを下にして倒れていたが、モーターはまだ唸りつづけ、ドアの隙間から黄色い泡が染み出し、タイル張りの床に深さ半インチの水溜まりを作っている。棚からは何列も瓶がはたき落とされ、あたりにワインの悪臭が立ちこめていた。まばゆい白壁にはオーブンクリーナーで「くたばれ」と落書までしてあった。

マイケルは母親に、じかに破壊の跡を見にいったほうがいいと説得した。母親はもう二カ月も上の階には上っていない。居間へ通じる戸口にころがるブレッドボードの上に立った彼女は、目に涙をためて「なんで、こんなことをしたんだろう」と呟いた。台所には入りたがらなかった。「あんなにいい人たちなのに！ どうやって、あの人たちが切り抜けられるのか、あたしには見当もつかないわ」マイケルは母親を部屋に連れ帰った。彼女は、ブールマン家の人たちがいまどこにいるのか、だれがあれを片づけるのか、いつ彼らはもどってくるのか、と何度も何度もたずねて、なかなか気持ちを落ち着かせることができなかった。

母親を残して、マイケルは荒らされたフラットへもどった。冷蔵庫を立てなおして中身を出し、壊れたガラスを部屋の隅に掃き集め、モップで水気を拭き取った。半ダースほどのゴミ袋をいっぱいにして、正面のドアのところに積み上げた。まだ食べられそうな食物は取り分けておいた。居間の掃除をしようとは思わなかったが、ぽっかりと空いた窓枠にカーテンをできるだけうまくピンで留めた。俺がやっているのは、あの老人たちのためではなくて、母親のためなんだ、と自分に言い聞かせた。

窓が修理され、すでに臭いはじめたカーペットが引き剝がされるまでは、ブールマン家の人たちがここに住まないのは明らかだ。だが、バスルームを初めて目にするまでは彼にも、アパートを秘かに横取りすることは思い浮かばなかった。

「一晩か、二晩だけだよ」と母親に頼み込んだ。「そうすれば、母さんもひとりで寝られるじゃないか。俺たちがどうしたらいいかはっきりするまでのことさ。長椅子をバスルームに入れるけど。朝には全部元通りにするから。約束する。わかりゃしないさ」

バスルームに長椅子を運び、シーツとテーブルクロスを何枚もかけた。窓をボール紙でふさぎ、灯りのスイッチを入れた。熱い湯が出るので、風呂に入った。朝には自分の痕跡を消した。郵便配達がやってきた。ブールマン家の郵便受けには何も入っていない。雨が降っていた。外へ出て、バス停の屋根の下に座り、雨が降るのをじっと見ていた。午後も半ばを過ぎてから、ブールマン家の人たちが帰ってこないのをもう一度確かめて、フラットへもどった。

来る日も来る日も雨が降った。ブールマン家からは何も言ってこない。Kは、淀んだ汚水をバルコニーに掃き出し、詰まった雨水用パイプを掃除した。風がフラットを吹き抜けてはいたが、黴臭さは増すばかりだ。台所の床を掃除して、ゴミ袋を階下へおろした。

夜だけでなく昼もフラットで過ごしはじめた。台所のカップボードに雑誌の山を見つけた。ベッドに寝そべるか、バスタブに横になって、きれいな女性と美味そうな食べ物の写真のページをめくった。夢中になって見入ったのは食べ物のほうだ。輝くばかりの脇腹肉のローストポークにチェリーとパイナップルの輪切りが添えられ、その隣にラズベリークリームの鉢とグーズベリーのタルトが並んだ写真、それを母親に見せると「もうそんなものを食べることはできなくなったね」と母親は言う。彼は納得できない。「豚は戦争が起きてるなんて知らないじゃないか。パイナップルだって戦争が起きてるなんて知らないさ。食物は育ってるんだから。だれかがそれを食べなくちゃ」

住んでいるホステルへもどり、溜まっていた部屋代を払った。管理人には「仕事は辞めた。こんなごたごたから逃げて母親と田舎へ行くんだ。許可証が来るのを待ってるところだ」と言った。自分の自転車にスーツケースをのせ、クズ屋に寄って一メートルほどの鉄の棒を買った。ボックスシート付きの手押し車はフラット裏の路地に放置したままだ。Kは自分の自転車の車輪を使って再度、母親を散歩に連れ出すための手押し車の制作に取り組んだ。ベアリングによって車輪が新しい車軸上を滑らかに動くようにはなったものの、車輪の空転を防ぐ方法がない。何時間も悪戦苦闘したが、ワイアではクリップをうまく作れないのでそれは諦めた。そのうち何か良い考えを思いつくだろうと思って、解体した自転車をブールマン家の台所の床に放っておいた。

表側の部屋の残骸のなかにトランジスタラジオがあった。針はダイヤルの片側に寄ったまま動かず、電池も切れかかっていたので、いじるのをすぐに止めた。それでも、台所の抽き出しをあさっていると、ラジオをコンセントに繋げられそうなリード線が見つかった。それで、暗いバスルームのなかで横になり、隣の部屋から音楽を聴くことができるようになった。ときどき眠気に襲われた。朝、目が覚めると音楽がまだ流れていたり、一言も理解できない言語の耳障りな会話が聞こえたりしたが、話のなかのヴァッケルストローム、ピーターズバーグ、キングウィリアムズタウンといった遠くの地名だけは判別できた。気がつくと抑揚のない声で歌を歌っていたりした。

雑誌も見つくしたので、台所の流しの下から古新聞を出してめくってみたが、古すぎて記事に書かれた事件はどれも思い出すことができなかった。それでも、サッカーの選手なら何人か覚えていた。「カミースクローンの殺人犯、追い詰められる」と見出しがついた記事の下に、破れた白シャツの男が手錠をかけられ、二人のいかつい警官にはさまれて立っている写真があった。手錠のせいで男は両肩を前方に落とす格好になっていたが、カミースクローンの殺人犯がカメラを凝視する目がKには、無言の勝利を表す微笑のように思えた。その下に二枚目の写真があり、白をバックに撮影された肩掛けベルト付きのライフル銃に「殺人犯の武器」と書かれていた。Kはその記事をページごと冷蔵庫のドアに貼りつけた。それから数日、中断してはまた取りかかる車輪の作業からふと目を上げると、決まって、カミースクローン――どういうところか知らないが――の男と目が合った。

することもなくなり、ブールマン家の水浸しの本を居間に渡した綱に吊り下げ、乾かそうとした。ところが、やってみるとやたら時間がかかり、興味をなくした。本を好きだと思ったことはないし、軍人やラウィニアなどという名の女たちが出てくる話にはまったく興味がわかなかったが、イオニア諸島、ムーア時代のスペイン、湖の国フィンランド、バリ島といった、世界各地が載った写真集は、時間をかけて貼りついたページを剝がした。

するとある朝、正面ドアの鍵をひっかく音でマイケル・Kの一日が始まった。目の前にオーバーオール姿の四人の男があらわれ、何の説明もなく彼を押しのけ、フラットのなかのものを運び出しにかかったのだ。Kは慌てて自転車の部品をわきへ移した。母親が部屋着のまま、足を引きずりながらやってきて、階段の途中で一人の男を呼び止めた。「ボスはどこ？ ブールマンさんはどこにいるの？」男は肩をすくめた。Kは通りへ出て、ヴァンの運転手に声をかけた。「ブールマンさんのところから来たんですか？」すると運転手は「どんなふうに見える？」と答えた。

マイケルは母親をベッドまで連れていった。「わからないのは、なんであの人たちが何も教えてくれないかだよ。もしもだれかがドアをノックして、この部屋は自分の家政婦が使うから、すぐに立ちのけって言われたら、どうすりゃいいのさ。どこへ行けばいいっていうの？」Kは長いこと母親のそばに座って腕をさすりながら、愚痴を聴いてやった。それから自転車の二つの車輪、鉄の心棒、道具類を路地に持ち出し、小さな陽だまりのなかに腰をおろして、もう一度、回転する車輪が車軸からはずれないようにする難題と取り組んだ。午後いっぱい働き、夕方までには弓鋸の刃を使って苦労しながら車軸の両端に細い溝を刻みつけ、そこへ一インチのワッシャーをねじ込むことができた。車輪を軸で繋いでワッシャーをはめ込んだから、あとは車軸にワイアを何回もきつく巻きつけ、ワッシャーが車輪にきっちり連結すれば問題は解決するように思えた。仕事を仕上げようと気がせいて、その夜はほとんど何も食べず、睡眠もとらなかった。朝になり、古い手押し車の台座を分解し、三方を囲った細い箱に作り替え、長いハンドルを二本取りつけ、それを車軸の上にワイアでしっかりと固定した。さあこれで、しゃがんで乗る人力車の出来上がりだ。堅固な作りとはいえないまでも、これなら母親の体重に耐えられるだろう。その夜、よほどの散歩好きでもないかぎり出歩いたりしないほど冷たい風が北西から吹きつけるなか、彼はふたたび、コートと毛布にくるまった母親を連れ出すことができた。海岸沿いに車を押していくと、母親の口元に笑みが浮かんだ。

時機到来だ。部屋に帰り着くとすぐに、最初の手押し車を組み立てたときからずっと温めてきた計画を持ち出した。許可証を待ってるなんて時間の無駄だ、と彼は言った。許可証なんて来ない。許可証がなければ汽車で出発することはできない。部屋からいつ追い出されるかもわからない。だからいっそ、プリンスアルバートまで手押し車で連れていくことにしてはどうか。母親も乗り心地の良さはわかったはずだ。湿気の多い気候は身体に良くないし、これからのことをいつまでもくよくよ心配していたって始まらない。プリンスアルバートに落ち着けば、健康状態もすぐに良くなるだろう。路上で過ごすことになるだろうが、長くて一日か二日。みんな礼儀正しい人たちだから、車を止めて乗せてくれるよ。

ことばたくみに懇願している自分に驚きながら、何時間も母親と議論した。いったいどうして、真冬に戸外で寝るなんてことが考えられるのか、と母親は反論した。運が良ければ一日でプリンスアルバートに着けるかもしれない——車ならわずか五時間で行けるところなんだから、と彼は応じた。でも雨が降ったらどうするんだい、と母親。車に幌をつける、と彼。警察に止められたらどうするの。警察はたぶん、ごみごみした街から出て自力でなんとかやっていこうとしているだけの、罪のない人間二人を足止めするより、もう少しましなことをやるさ。「あたしたちがよそさまの家のストゥープ（家の正面、周囲に造られた屋根付きベランダ、ポーチ。もとは「階段」の意のアフリカーンス語）でこそこそと夜をやりすごしたり、通りで食べ物をねだったり、人に迷惑をかけたりするのを警察が喜ぶもんかね」息子があまり熱心に説得するため、ついにアンナ・Kも折れたが、二つ条件を出した。もう一度警察署まで行って、届かない許可証がどうなっているか見てくること、それに、彼女が旅支度をするのを急かさないこと。マイケルは喜んで承諾した。

翌朝、来ないバスを待つ代わりに、シーポイントから街まで大通りに沿ってゆっくりと走った。ありがたいことに、自分は心臓も手足もじょうぶだ。アフリカーンス語と英語で「再定住」と書かれた標識の下では、すでに大勢の人が列を作っていた。油断ない目つきの女性警官とカウンター越しに向き合うまでに一時間もかかった。

汽車の切符を二枚取り出し「ちょっと聞きたいんですが、許可証は出てませんか」と彼はたずねた。

警官は見たことのある用紙を押してよこした。「この用紙に記入してE-5の部屋に持っていって。切符と席の予約票も添付して」彼女はKの肩越しに後ろの男を見やった。「どうぞ?」

「違うんです」とKは言って、なんとかもう一度彼女の注意を引こうとした。「許可証の申請はもう済んでるんです。俺が知りたいのは、許可証が出たかどうかで」

「許可証の前に席の予約が必要なのよ！　予約は済んだの？　いつの？」

「八月十八日。でも母が――」

「八月十八日ってひと月も先じゃない！　許可証の申請が済んでいて、許可証が発行されたなら、来るはずだから、許可証はあなたの住所宛に送られるはずよ！　つぎっ！」

「でも、俺が知りたいのはそこなんだ！　だって許可証がもし出ないんだったら、ほかの計画を立てなくちゃならないから。母が病気で――」

女性警官は彼を黙らせるためにカウンターをぱしっと叩いた。「私の時間を無駄にしないで！　いい、これが最後よ、もしも許可証が出てるなら、許可証は届くはず！　こんなに大勢の人が待っているのが見えないの？　わからない？　あんたはバカ？　つぎっ！」彼女はカウンターから身を乗り出すようにして、あてつけがましく、Kの肩越しににらみつけた。「そう、あなた、次の人！」

しかしKは動かなかった。息を荒げてにらみ返した。女性警官はしぶしぶ彼の、薄い口髭では隠しきれない剝き出しの唇に向き直った。「つぎっ！」

翌日、夜が明ける一時間前にKは母親を起こし、彼女が着替えをしている間に、手押し車に荷物をのせ、箱の部分に毛布を敷いてクッションを当て、スーツケースを取っ手に直角に紐でゆわえた。黒いビニールシートの幌のため、車は大きな乳母車のように見えた。それを見た母親は立ち止まって首を横に振った。「なんだかいやだ、こんなの、いやだよ」母親をなだめすかして乗せなければならなかった。ひどく時間がかかった。乗り物に十分な広さがないのは彼にもわかっていた。母親の体重には耐えられたが、幌の下では背中をまるめていなければならず、手足も動かせなかった。膝の上に毛布を広げ、その上に食糧の包み、箱に詰めた灯油コンロとビン入り燃料、寄せ集めた衣料などを積み上げた。隣のフラットの灯りが点いて、消えた。岩に砕ける波の音が聞こえた。「一日か二日の辛抱さ、そうしたら着くから」とささやいた。「できるだけ横には動かないで」母親はうなずいたが、ウールの手袋で顔を被ったままだ。彼は母親のほうに身を屈め「母さん、ここにいたいの?」ときいた。「もしもここにいたいんなら、そうしてもいいんだよ」母親は首を横に振った。そこで彼は帽子をかぶり、ハンドルを持ち上げ、霧の立ち込めた道路へと車を押し出した。

最短距離をとることにして、古い燃料タンクの周囲に広がる被害地区を抜けていくと、建物が焼け落ちて廃墟と化した地区はそこから始まったばかりで、埠頭区域を過ぎ、前年から街のギャング団が占拠していた倉庫群の黒ずんだ鉄骨へと続いていた。だれにも呼び止められなかった。こんな早朝に行き合っても、彼らに目をとめる者はまずいなかった。奇妙な乗り物が続々と通りにあらわれた。ショッピングカートに操縦桿をつけたもの、三輪自転車の後部車軸に箱をのせたもの、手押し車の台に籠を取り付けたもの、キャスター付きの木枠、大小さまざまの手押し車。ロバ一頭が新通貨で八十ランド、タイヤのついた荷車が百ランド以上で売られていた。

三十分おきに立ち止まり、冷えた両手をこすり合わせ痛む肩をまわしながら、Kは確実なペースで進んだ。シーポイントで母親を乗せた瞬間から、荷物をすべて前方に積み込んだので車軸が中央から大きく後ろにずれてしまったことに気づいていた。そのため、乗り心地を良くしようと母親が箱のなかで身体をずらせばずらすほど、腕に重さが加わってきた。感じている負担を顔に出すまいとして、Kは微笑みつづけた。「広い道に出るまでは進まなくちゃ」と喘ぎ喘ぎ言った。「広い道路なら、だれか、きっと、止まって、くれるさ」

昼には、さびれたパールデン・アイラント工業区を通った。壁にもたれてサンドイッチを食べている一組の労働者が、車を押して通り過ぎる二人をじっと見ていた。足下には消えかかった黒い文字で「クラッシュ＝フラッシュ」とあった。Kは腕がしびれてくるのがわかったが、さらに半マイル、ゆっくりと進んだ。道がブラックリバー・パークウェイの下側にきたところで、母親を車から助けおろして橋の真下の芝縁の上に座らせ、昼ご飯を食べた。道路ががらんとしているなんて意外だ。あたりはひどく静かで、鳥の鳴き声が聞こえるほどだ。伸びた芝生に仰向けになって寝ころび、目を閉じた。

ブーンという音でわれに返った。最初は遠雷かと思ったが、音はどんどん大きくなり、頭上の橋の根元を震わせている。右手の街の方角から、悠然と、モーターバイクにまたがり背中に革紐で小銃をくくりつけた制服の男が二組あらわれ、回転砲塔に砲手が立った装甲車がそれに続いた。その後ろから延々と続いたのは種々雑多な重装備の車で、大部分は積み荷のないトラックだ。Kは芝縁を母親のほうへにじり寄り、空気を強ばらせる轟音のなかで身を寄せ合うようにしてじっと見ていた。コンヴォイは通り過ぎるのに数分かかった。最後にやってきたのがヴァンや軽トラックといった数台の車と一台のオリーブグリーンの軍用トラックで、そのキャンバス地の幌の陰に一瞬、二列に腰かけたヘルメット姿の兵士が見え、最後尾にもう一組モーターバイクが続いた。

先導するモーターバイクの一人が、通過する瞬間、Kと母親をじろりとにらみつけていった。いま最後尾のモーターバイクの二人が隊列から抜けて近づいてきた。一人が道端で待機し、もう一人が芝縁に上がってくる。日除け《ヴァイザー》を上げながら「高速道路での停止は禁止されている」と言って、手押し車のなかを一瞥《いちべつ》した。「これはお前の乗り物か？」

Kはうなずいた。「どこへ行く?」Kは小声で答え、咳払いをしてからもう一度「プリンスアルバート、カルーの」と言った。モーターバイクの男はひゅっと口を鳴らし、手押し車を軽く揺すり、連れの男に何か叫んだ。それからKのほうに向き直って言った。「この道の先の、角を曲がったすぐのところに検問所がある。検問所で止まって、許可証を見せるんだ。お前たち、半島地区を離れる許可証は持っているな?」

「はい」

「許可証がなければ、半島地区を出ることはできない。検問所に着いたら許可証と身分証を見せるんだ。いいか、よく聞け、高速道路で停止したければ、道端から五十メートル離れろ。それが規則だ。どっちの側に出るにしても五十メートル。それより近いと狙撃されることもある。警告なし、質問もいっさいなしでだ。わかったな?」

Kはうなずいた。モーターバイクの男たちは車にまたがり、轟音を立てながらコンヴォイを追って走り去った。Kは母親と目を合わせることができなかった。「もう少し静かな道を選んだほうがよかったかな」

すぐに引き返すこともできた。それでも、再度屈辱的な思いをするかもしれないが、あえて母親を手押し車に乗せて古い格納庫のところまで行ってみた。すると本当に、道端にジープが停まり、三人の兵士がキャンプ用コンロでお茶を沸かしていた。懇願したが無駄だった。「許可証を持っているのか、持っていないのか、どっちだ？」と指揮官の伍長に詰問された。「お前が何者だろうと、お前の母親がだれだろうと俺の知ったことではないが、許可証がないならこの地区からは出られない。それだけだ」Kは母親のほうを見た。母親は黒い幌の下から、無表情に若い兵士をじっとにらんだ。兵士は両手を上げ「俺を困らせないでくれ！」と叫んだ。「許可証を手に入れてこい、そうしたら通してやるから！」兵士が見ているあいだに、Kは取っ手を持ち上げ、ぐるりと半円を描いて車をまわした。一方の車輪がぐらぐらしてきた。

海岸通りの始まりを示す車のライトが見えるころには、日はとっぷりと暮れていた。アパートのブロックで包囲戦が行われたあいだ道路を遮断していた残骸は、芝生のきわに寄せられていた。鍵はまだ階段下のドアのところにあった。部屋は彼らが出るとき、次の住人のためにきれいに掃除したままだ。マイケルは荷物を運び込んだ。雨が降ったのでクッションはぐしょ濡れだ。「一日か二日したら、もう一度やってみようよ」とささやいた。母親は首を横に振った。「母さん、許可証なんか来るわけないよ！　もう一度やってみようよ。でもこの次は裏道を行くことにしよう。やつらだって、道路を全部封鎖することなんてできないさ」マットレスの母親のそばに座り、彼女の腕に手をのせて、母親が寝入るのをじっと待った。それから上の階へ行き、ブールマン家のフロアで寝た。

二日後にもう一度、今度は夜が明ける一時間以上も前にシーポイントを出発した。最初のときのわくわくするような気持ちは消えていた。幾晩も路上で寝ることになりそうだと、いまではKにも予想がついた。おまけに母親のほうが、遠くの土地へ旅をする興味をすっかりなくしていた。胸が痛いとこぼし、Kが雨除けにビニールシートをピンで留めてやった箱のなかで、身を固くしてむっつりと座っていた。濡れたアスファルトにタイヤを軋ませながら、一定の速度で、市の中心部を通る新しいルートをたどり、サー・ロウリー通りから郊外のメイン通りへ抜け、モーブリーで鉄道線路にかかった高架橋を渡り、かつて小児病院だった所を過ぎて旧クリップフォンテイン通りへ出た。通りの、踏み潰されたフェンスだけが、彼らと、ゴルフコースのフェアウェイ上に寄りかたまるダンボールと鉄のバラックをかろうじて隔てている場所で、最初の休憩をした。食事のあとKは母親を抱きかかえて道端に立ち、通りかかった車を止めようと合図を送った。車はほとんど通らない。ライトや窓を金網で被った軽トラックが三台、車間をあけずに猛スピードで通り過ぎた。しばらくすると、小ぎれいな馬車がやってきた。引き具にベルの房をつけた鹿毛馬で、後部に乗っている一群の子どもたちが二人をばかにするようなサインを送ってきた。それから長いこと通る車がなかったが、やがて一台の大型トラックが止まり、運転手が、舗装道路が続くかぎり乗せていってやると言ってくれ、おまけに手押し車を荷台に上げる手助けまでしてくれた。運転席の隣に座り、安全で、雨にも濡れず、目の隅で走行距離を数えながら、Kが母親を肘でそっと突つくと、母親は取り澄ました微笑みを返してよこした。

その日の運もそれで終わり。舗装道路からはずれて一時間ほど待ったが、歩行者や自転車はひっきりなしに通っても、車は汚水局のトラックだけ。陽が傾いて風も冷たさを増してきたので、Kは手押し車を道に引き出し、また進みはじめた。たぶん、他人に頼ったりしないほうがいいんだ。最初の出発のあと車軸を二インチ前方に移動させたので、車はいったん動かしてしまえば羽根のように軽い。柴木を積んだ荷車を押している男を早足で追い抜きながら、会釈した。狭くて暗い座席のなかで、両側を垂直の幌にはさまれて身動きできない母親は、目を閉じ、うなだれて座っていた。

幹線道路まで半マイルのところで、Kが車を止めて母親を助けおろし、夜をやりすごす場所を探しに低く密生したアカシアの茂みをかき分けるころには、雲のあいまから暈《かさ》のかかった月が出てきた。はびこる根、湿った土、鼻を突く腐臭のこんな異界に、風雨をしのげる場所があるとも思えない。彼は震えながら道端へもどった。「ひどいところだ。でも、一晩ぐらいがまんしなくちゃ」手を尽くして車を隠してから、片腕で母親を支え、スーツケースを持って、手探りしながらブッシュのなかへもどった。

冷たい食事をし、落ち葉を寝床代わりに横になったが、そこから湿気が服に染み込むのがすぐにわかった。夜半には小雨が降り出した。低木の下でできるだけ近くに身を寄せ合ってうずくまるあいだも、頭からかぶった毛布に雨がしたたり落ちた。毛布がぐっしょり濡れてしまうと、マイケルは這いつくばってそこから抜け出し、車までもどってビニールシートを取ってきた。母親の頭を自分の肩にもたれさせ、苦しそうな浅い息づかいを聞いていた。彼女が愚痴を言わなくなったのは疲れすぎたためか、もうどうでもよくなったからではないか、という考えが初めて彼の脳裡をかすめた。

明るくなる前にステレンボッシュとパールルへ続く分岐点に到着するため、できるだけ早く出発するつもりでいた。ところが夜明けになっても、母親は彼にもたれたままぐっすり眠っていたので、起こしそびれてしまった。気温が上がり、自分でもついうとうとした。そんなわけで、母親を助け起こしてブッシュから道へもどったときには午前も半ばになっていた。水浸しの夜具を車に詰めていると、通りかかった二人連れに声をかけられた。人気のないところで貧弱な体格の男と老女に出くわし、身ぐるみ剝いでもお咎めなしと思ったようだ。どういうつもりかを知らせるために、一人がKに向かって食卓用カービングナイフを(袖から手の平にすっと刃物を滑らせて)見せつけ、もう一人がスーツケースに両手をかけた。刃物がきらりと光った瞬間、Kは母親の目の前でまた恥をかくという予感に襲われた。手押し車を押しながらとぼとぼとシーポイントの部屋まで引き返し、来る日も来る日もフロアマットに座って両手で耳をふさぎ、母親の沈黙という重荷に耐えつづける自分の姿が目に浮かんできた。Kは手押し車に手を入れて唯一の武器を取り出した。長さ十五インチの鉄の棒、車軸から鋸で切り落としたものだ。それを振りまわしながら、左腕を上げて顔をガードし、ナイフを持った若者のほうへ近づくと、相手は弧を描くように相棒のほうへ寄った。この間、アンナ・Kは金切り声をあげつづけた。二人連れがひるんだ。Kは無言のまま相手をにらみつけ、棒で威嚇しながらスーツケースを取りもどし、ぶるぶる震える母親を車に乗せたが、追い剥ぎたちは二十歩と離れずにつきまとってきた。そこでKは後ろ向きに車を引っぱり道路に出し、ゆっくりと母親を遠ざけていった。連中はしばらくついてきた。ナイフの男が唇と舌を駆使して、卑猥なしぐさとKの命を脅すマイムをやってみせた。そして、あらわれたときとおなじように忽然とブッシュのなかに姿を消した。

高速道路に車の影はなかったが、人が、大勢の人が、これまでだれも歩いたことのない高速道路のどまんなかを日曜の正装で歩いていた。道端にはもつれた雑草が人の胸丈まで生い茂り、路面には亀裂が走り、その割れ目から草が伸びている。Kは三人の子どもたち、ピンクのおそろいのワンピースを着て教会に行く姉妹たちに追いついた。少女たちはKの母親の小さなキャビンをのぞき込み、話しかけた。ステレンボッシュへ続く道へ曲がるまで、最年長の子が母親の手をずっと握っていてくれた。別れ際にKの母親は財布を取り出し、少女たちにコインを一枚ずつあたえた。

日曜日にはコンヴォイは通らない、と子どもたちは教えてくれたが、ステレンボッシュへ行く道で、農場主たちのコンヴォイに追い越された。ごつい金網を張った貨物トラックに先導された軽トラックと自家用車の一隊で、貨物トラックの幌のない荷台に自動小銃を手にした二人の男が立ち、前方の地面に目を走らせていた。そのコンヴォイが通り過ぎるまで、Kは道から離れていた。道行く人たちが奇妙な目で二人を見、子どもたちは指差しながらKが聞き取れないことを何か言っていた。

前にも後ろにも葉を落とした葡萄畑が広がっていた。空からいきなり雀の群れが姿をあらわし、あたりのブッシュに一瞬止まって、また軽やかに飛び去った。畑の向こうから教会の鐘の音が聞こえた。Kはノレニウス学園のことを、養護室のベッドに起き上がって枕を叩き、陽光のなかに踊る埃を見ていたことを思い出した。

重い足取りでステレンボッシュに入っていくころには、あたりはもう暗くなっていた。通りは閑散とし、冷たい突風が吹き抜けた。どこで寝たらいいのか見当もつかない。母親は咳をして、咳の発作がおさまるたびに大きく息を吸い込んだ。カフェに寄ってカレー入りのパイを買った。彼が三つ食べ、母親が一つ食べた。母親は食欲がない。「医者に診てもらわなきゃだめかな?」ときくと、首を振って胸を叩き「ちょっと喉が渇いてしまっただけ」と言う。明日か明後日にはプリンスアルバートに着けると思っているようで、彼としては、わざわざ母親をがっかりさせることは言わなかった。「農場のちゃんとした名前を忘れてしまったわ。でも、きけばいいんだ、みんな知ってるだろうし。馬車小屋の一方の壁に養鶏場がくっついていて、細長い養鶏場で、丘の上にポンプがある。丘の斜面にあたしたちの家があったの。裏手のドアの外にウチワサボテンの木があって。そういう場所を探せばいいんだよ」と母親は言った。

路地で、潰したダンボールを寝床にして寝た。マイケルはダンボールの長い側面を寝床の上から斜めに立てかけたが、風に吹き倒された。夜通し母親の咳が続き、彼は一睡もできなかった。一度、パトロール中の警察のヴァンがゆっくりと通りを通過していったときは、母親の口を手でふさがねばならなかった。

曙光が射すとすぐに母親を手押し車に乗せた。頭をだらりと垂れた母親は自分がどこにいるかもわからなかった。最初に出会った人を呼び止め、病院へ行く道を聞いた。アンナ・Kはもうまっすぐ座ることもできない。母親がずり落ちるたびに、マイケルは車がひっくり返らないよう悪戦苦闘した。母親は熱があり、息をするのも苦しそうだ。「喉がひどく渇いてしまって」と母親はささやいたが、息は湿っていた。

病院で、腰かけて母親を支えながら待っていると、順番が来て彼女は連れていかれた。次に見たとき、母親はずらりと並ぶストレッチャーのひとつに寝かされ、鼻にチューブを差し込まれて意識がなかった。どうしたものかと廊下でうろうろしているうちに、Kは追い払われてしまった。午後は中庭の、うっすら暖かい冬の陽差しのなかで過ごした。ストレッチャーが移動していないかどうか確かめるため、二度こっそりともどった。三度目には足を忍ばせて母親のところまで行き、上からかがみ込んだ。息をしている気配がまるでなかった。心臓を鷲づかみにされたような恐怖を感じて受付の看護婦のところへ走っていき、袖を思い切り引っ張った。「来てください、お願いだ、はやく！」看護婦はそれを払いのけるように言った。「あんた、だれ？」それでもストレッチャーのところまでついてきて、遠くをじっと見るようにして母親の脈をとり、それから何も言わずに受付にもどった。Kは看護婦が何か書いているあいだ、もの言えぬ犬のようにその前に突っ立っていた。看護婦がこちらを向いた。「いい、よくきいて。ここにいる人たちが見えるでしょ？」低いけれどきびきびした声で彼女は言い、廊下と病室のほうを身振りで示した。「ここにいる人たちは全員、診察を待ってるの。私たちは一日二十四時間の勤務体制で患者を世話するために働いているの。仕事が終わるともう――ダメ、ちゃんと私のいうことをきいて、行っちゃダメよ！」いまでは彼の服を引っ張っているのは彼女のほうで、次第に声が高くなっていき、迫ってくるその顔は怒りに燃え、目には涙さえ浮かんでいた。「仕事が終わると疲れすぎて食事もろくに喉を通らないんだから、靴を履いたまま眠り込んでしまうくらいよ。私は一人なの。二人でも三人でもないの――一人なの。わかった？　それとも難しすぎてわからない？」Kは目をそらした。ほかに言いようがないので「すみません」と呟き、中庭にもどった。

スーツケースは母親のところだ。所持金は昨日の夕食を買ったおつりしかない。ドーナツを一個買って蛇口から水を飲んだ。通りを歩きまわり、歩道の乾いた落ち葉の海を蹴飛ばした。公園があったのでベンチに腰かけ、葉を落とした木の枝を透かして薄い水色の空をじっと見上げた。リスが一匹、彼に向かってキキッと鳴いたのでまた歩きはじめた。突然、手押し車が盗まれたのではと不安になり、急いで病院にもどった。車は彼が駐車場に置いた位置にあった。毛布とクッションとコンロをおろしてみたが、どこへ隠したらいいのか見当もつかなかった。

六時に、日勤の看護婦が交替するのを見て、またこっそりもどれると思った。母親は廊下にいなかった。どこにいるのか受付でたずねると別棟に行くように言われたが、そこでも埒があかなかった。受付にもどると、明日の朝また来いという。待合室のベンチで一夜を明かしてもいいかときいてみたが、断られた。

路地で、ダンボール箱に頭を入れて眠った。夢を見た。母親がノレニウス学園に食べ物の包みを持って彼を訪ねてきた。「手押し車は遅すぎるね」と夢のなかで彼女は言った――「プリンスアルバートが私を迎えに来てるのに」包みは奇妙に軽かった。目が覚めたとき、あまりの寒さに両脚をまともに伸ばすことができなかった。遠くで時計が三時か四時を打った。澄みきった空に星が輝いている。あんな夢を見ても動転していない自分に驚いた。毛布を身体に巻きつけ、最初は路地を行ったり来たりしたが、ふらりと通りに出て薄暗い店のウインドウをのぞき込むと、菱形に組んだ鉄格子の向こうに春物を着たマネキンが並んでいた。

ようやく病院に入れてもらえ、母親を女性病棟で見つけたが、黒いコートではなく病院の白いスモックを着ていた。目を閉じ、鼻に例のチューブをつけて寝ていた。口はたわみ、顔は苦痛でひきつり、腕の皮膚にまで皺がよっているように見えた。手を強く握ってみたが反応がなかった。大きな病室にはベッドが四列並び、ベッドとベッドの間隔が一フィートしかあいていないため、腰をおろす場所もなかった。

十一時に配膳係がお茶を運んできて、母親のベッド脇に、皿にビスケットを添えたカップを置いていった。マイケルは母親の頭を持ち上げ、口元にカップを近づけたが、母親は飲もうとしない。長いこと待ったが、そのうち自分の胃袋が鳴り出し、お茶も冷めてしまった。配膳係がもどってきそうな気配に、お茶を一気に飲み干し、ビスケットを大急ぎで飲み込んだ。

ベッドの足元のカルテを調べてみたが、それが母親のものなのか、ほかの患者のものなのか見分けがつかなかった。

廊下で白衣を着た男を呼び止め、仕事がないかたずねてみた。「お金は要りません。何かすることが欲しいんです。床掃除とか、そういったことです。庭の掃除とか」すると男は「階下の事務所へ行ってきいてみなさい」と言って、彼を押しのけて行ってしまった。当の事務所をKは見つけることができなかった。

病院の庭で一人の男が話しかけてきた。男は「縫合しに来たのか?」ときいた。Kが首を振ると、しげしげとKの顔を見た。それから自分の腰の上に倒れてきたトラクターのことを延々と話し出した。そのトラクターの下敷きになって片脚を潰され、腰の骨を折ったこと、医者が骨のなかに針を埋め込んだが、その針は絶対に錆びない銀製であること。男は奇妙な角度のアルミの杖を使って歩いた。Kは「食べ物はどこで手に入れたらいいか知らないかな?」ときいた。「昨日から何も食べてないんだ」すると男は「おいおい、パイでも買っていっしょに食おうぜ」と言ってKに一ランド硬貨を渡した。Kはパン屋まで行って熱々のチキンパイを二つ買ってきた。ベンチの友達のそばに座ってそれを食べた。パイのあまりの美味さに、目に涙がにじんできた。男の妹は手に負えない震えの発作が起きるとか。Kは樹上の鳥の声に耳を澄まし、これに似た幸せなときもあったことを思い出そうとした。

午後は一時間、母親のベッドに付き添い、夕方もう一時間付き添った。血の気の失せた顔の母親はほとんど息をしていないようだ。一度だけ顎が動いた。Kは、しなびた唇のあいだから唾液の糸が伸びたり縮んだりするのを、魅せられたようにじっと見ていた。何かささやいたようだが、Kには聞き取れなかった。出ていってほしいという看護婦から、母親は鎮痛剤が効いているのだと教えられた。「なんのための?」とKはたずねた。配膳係が向こうを向いているすきに、母親と隣の老女のお茶を、泥棒猫のように大急ぎで飲み干した。

路地にもどるとダンボール箱はきれいに片づけられて跡形もなかった。その夜は通りから家の戸口へ通じる引き込み口で寝た。頭上の真鍮プレートにはアフリカーンス語で「ルー・ルー&ハッティン弁護士事務所」とある。巡回の警察が通ったとき目が覚めたが、すぐにまた眠り込んだ。前夜ほど寒くはなかった。

母親のベッドに、頭に包帯を巻いた見知らぬ女性が寝ていた。ベッドの足元に立って、Kはまじまじと見た。病室を間違えたのかもしれないと思い、看護婦を呼び止めた。「あの、母は——昨日ここにいたんですが……」「受付にきいてください」と看護婦。

「お母さんは夜のうちに亡くなりました」と女性の医師から告げられた。「できるだけのことはしましたが、とても弱っていましたから。連絡を取ろうとしたのですが、電話番号を置いていかなかったでしょ」

彼は隅の椅子に座り込んだ。

「電話、かけますか?」と医師は言った。

明らかに何かを暗示していたが、それが何かはわからなかった。彼は首を横に振った。だれかがお茶を運んできたので飲んだ。なんだかんだと人がつきまとうようにするので苛々した。両手を握りしめ、足元をじっとにらんだ。何か言わなければならないのだろうか? 何度も何度も、両手をほどいてはまた握り直した。

母親の顔を確認するため階下に連れていかれた。母親は腕を両脇に置いた姿勢で横たわっているが、まだ、胸元にKPA-CPA(「ケープ州立」の意)という文字のついたスモックを着ている。チューブは外されていた。しばらく母親を見ていたが、そのうち目のやり場に困ってきた。

「ほかに親戚の方はいないの？」と受付で看護婦にきかれた。「電話しますか？　こちらから電話しましょうか？」「いや、いいです」とKは言い、隅の椅子までもどって、もう一度腰をおろした。そのあとは一人で放っておかれ、正午に病院食の盆が運ばれてきたので食べた。

スーツにネクタイの男がやってきて話しかけられたのは、まだ、隅にじっと座っていたときだ。母親の名前、年齢、住所、宗派は何か、ステレンボッシュに何の用があったのか、彼女の移動のための書類をKが持っているかどうか、といったことを質問された。「母を故郷に連れて帰るところでした」とKは答えた。「住んでいたケープタウンは寒くて、いつも雨ばかり降って、母の身体に良くなかったから。母の体調がもっと良くなる土地へ連れていくところでした。ステレンボッシュで止まるつもりはなかったんです」そう言ってから、しゃべりすぎたのではないかと不安になり、もう質問には答えないことにした。男は諦めて行ってしまった。しばらくしてからもどってきて、Kの正面にしゃがんで質問してきた。「あんたは障害者用の施設とか学校、あるいはシェルターなんかにいたことはないのか？　これまでに雇われて給料をもらっていたことは？」Kに答えるつもりはなかった。男は「ここに署名して」と言って紙を突き出し、その箇所を指で示した。Kが首を横に振ると、男は自分で書類に署名した。

勤務交替があり、Kはふらりと駐車場へ出た。歩きながら澄んだ夜空を見上げた。それからまた、壁際の椅子のところへもどった。出て行けとは言われなかった。その後、あたりに人気がなくなってから、母親を探しに階下へおりた。見つけられなかったのは、母親のいる場所に通じるドアに鍵がかかっていたからだろう。汚れたリネンの入った大きな金網のケージにもぐり込み、猫のように身をまるめて眠った。

母親が死んでから二日目、目の前に見たことのない看護婦があらわれ、「さあ、もう帰れますよ、マイケル」と言った。看護婦の後ろについて待合室の受付まで行くと、待ち受けていたのはスーツケースと二個の茶色の紙包みだ。「亡くなったお母さんの衣類と持ち物をスーツケースに詰めておきました」見知らぬその看護婦は言った。「もう持っていっても構いません」眼鏡をかけたその看護婦の口調は、カードに書かれた文字を読むようだ。受付の若い女性がちらちらと彼らを盗み見ているのにKは気づいた。「この包みにはお母さんの遺灰が入っています」と看護婦。「マイケル、お母さんは今朝、茶毘に付されました。よかったら遺灰はこちらで、しかるべき方法で処理することもできますし、あなたが持ち帰っても構いません」そう言って指先で件の包みに軽く触れた。包みは二つとも茶色の紙テープできちんと封印されていた。いま言っているのは小さいほうの包みだ。「われわれにまかせますか?」そう言いながら看護婦は指先でその包みを軽く突ついた。Kは首を横に振った。看護婦は「そしてこちらの包みには」ともう一つの包みを断固とした調子で押し出しながら「あなたの役に立ちそうな小物を二、三入れておきました。衣類と身のまわりの品です」と言った。無遠慮に彼の目をのぞき込みながら看護婦は微笑んだ。受付の若い女性はタイプライターのほうに向き直った。

ということは、ここには焼き場があるんだ。Kは、病棟にいた老女たちが次々と、熱さに目をつり上げ、唇を引きつらせ、両手をわきに置いた姿勢で燃えさかる炉の餌食になる場面を想像した。まず髪が、光輪を描く炎に包まれ、しばらくすると全身に炎がまわって、最後のひとかけらにいたるまで燃え尽きて崩れ落ちる。そういうことが常時起きているんだ。「どうしたらわかるんですか?」とK。「どうしたらわかるって、何が?」と看護婦。Kはもどかしそうに箱を指差し「どうしたらわかるんですか?」と挑むように言った。彼女は答えを拒んだ。あるいは彼の言うことが理解できなかったのだ。

駐車場で大きいほうの包みを引き破った。出てきたのは安全剃刀、石けん、ハンドタオル、両肩にえび茶色の記章がついた白いジャケット、黒いズボン、そして「聖ヨハネ救急隊」と書かれたぴかぴか光る金属バッジの付いた黒いベレー帽だ。

衣類を持って受付の若い女性のところへ行った。眼鏡の看護婦の姿はなかった。「なぜこれを俺にくれるんですか?」とたずねた。「私にきかないでよ。たぶん、だれかが残していったんでしょ」Kの顔は見ようともしなかった。

安全剃刀と石けんを投げ捨て、衣類も捨てようかと思ったが止めた。着ていた衣服が悪臭を放ちはじめていたからだ。

病院にはもう用がなかったが、離れがたかった。昼は手押し車を押して付近の通りを歩き、夜になると排水溝に架かった橋の下や、生け垣の裏、路地裏で眠った。午後、学校帰りの子どもたちが自転車に乗り、ベルを鳴らしながら競って家に向かうのが不思議でならなかった。人々がいつも通り、飲んだり食べたりしているのが不思議でならなかった。しばらくは庭仕事がないかと聞いてまわったりもしたが、ドアが開くたびに、彼に何の憐れみも感じない家主が見せる不快そうなようすに気持ちが萎えていった。雨が降ると手押し車の下にもぐり込んだ。長いことじっと手を見ながら、ぼんやり座っていることもあった。

鉄道の高架下に寝泊まりする男女の仲間に入り、アンドリンガ通りの酒屋の裏手にある空き地をうろついた。ときどき自分の手押し車を彼らに貸してやった。コンロも思い立ったように気前よくくれてやった。するとある夜、眠っている彼の頭の下からスーツケースを引き抜こうとするやつがいた。喧嘩になり、一行から離れた。

一度、通りで警察のヴァンが近くに止まり、二人の警官がおりてきて、手押し車を調べられた。警官はスーツケースを開けて中身をかきまわし、二つ目の包みの包装を破った。なかはボール紙の箱で、そのなかに暗灰色の遺灰の入ったビニール袋があった。Kも見るのは初めてだった。目をそらした。「これはなんだ?」と警官が質問した。「母の遺灰です」とK。警官は考え込むような素振りで、その包みを手から手へ放るように持ち替えながら、仲間に向かって何か言ったが、Kには聞き取れなかった。

Kはよく、通りをはさんで病院の正面が見える場所に何時間も立ちつくした。病院は思っていたよりずっと小さかった。赤い瓦屋根の、長くて低い建物にすぎない。

夜間外出禁止令を守るのを止めた。別に自分に危害がおよぶとも思えない。かりにおよぶとしても、もうどうでもよかった。新しい服に着替え、白いジャケットに黒いズボンとベレー帽で、気の向くところへ気の向くときに手押し車を押していった。ときどき発作的に心が浮き浮きした。以前より弱くなったような気がしたが、ぐあいが悪いわけではなかった。一日に一度、母親の財布から金を出してドーナツかパイを買って食べた。稼がずに金を使う楽しみがあった。あっけなく金が減っていくのも気に留めなかった。

母親のコートの裏地を細く裂いて黒い布切れを作り、腕のまわりにピンで留めた。しかし、もの心ついてからずっと母親の不在をさびしく思ってきたことは別として、母親を亡くしてもとくにさびしいとは思っていないことに気づいた。

することもなく、いまは眠ってばかりだ。自分が、どこででも、どんなときでも、どんな姿勢でも眠れることを発見した。人が彼の身体を跨いでいくような昼日中の歩道であろうと、スーツケースを脚にはさんで立ったまま壁にもたれた姿勢であろうと。眠りが心地よい霧のように頭のなかに居座るようになって、それに逆らう気力もなかった。だれの夢も、なんの夢も見なかった。

ある日、手押し車が消えた。そのことも念頭から追い払った。

ステレンボッシュには一定の時間、滞在しなければならないような気がした。その時間を短縮する方法がなかった。日々をなんとかやりすごしながら、よく道に迷った。

ときどきやるように、スーツケースを持ってバンフーク街を歩いていた日のことだ。霧の立ちこめた陰鬱な朝だった。背後からパカッパカッという馬の蹄が聞こえてきた。最初つんと厩肥の臭いがして、それからゆっくりと荷馬車が追いついてきた。市営の、ハッチのない古い緑色のゴミ収集車だ。黒い油布製の服を着た老人が手綱を握るクライズデールが牽いている。しばらく並んで進んだ。老人が軽くうなずいて見せた。一瞬ためらってからKは、霧のなかにまっすぐ続く長い街路に目を凝らし、結局、もうここに居つづけることもないと思った。そこで飛び乗り、老人の隣に座った。「ありがとう。手伝いが要るならやるよ」とK。

しかし老人は手伝いは不要なようで、話もしたくなさそうだ。小道を登りつめてから一マイル行ったところで、老人はKをおろして未舗装の道へ曲がっていった。Kは一日中歩いて、夜はユーカリの木立の下で、頭上高く大枝が風に唸るのを聞きながら眠った。次の日の正午には、パールルを迂回し国道に沿って北へ向かっていた。最初の検問所の視野内に入ったときだけ立ち止まり、徒歩の者は停止させられないことが確認できるまで、隠れて待った。

数度、武装した護衛隊に警護された長いコンヴォイに追い抜かれた。そのたびに道から離れ、ほかの人がやるのを見て、隠れたりせずに自分の姿や両手がよく見えるようにして立った。

道端で眠り、露に濡れて目覚めた。道は前方へくねくねと曲がり、霧の彼方に消えていた。鳥がブッシュからブッシュへかすめ飛び、くぐもったさえずりを響かせていた。スーツケースを枝にひっかけて肩に担いだ。もう二日間、何も食べていないが、それでも彼の忍耐力は限度を知らないようだ。

小道を一マイルほど行ったところで、霧のなかにちらちらと火が見え、人声がした。近づくにつれて、ベーコンの焦げる匂いに胃袋がかきまわされる。火のまわりに男たちが立って暖をとっていた。Kが近づくと話を止めてこちらをにらんだ。彼はベレー帽に手をやったが、だれも挨拶を返さない。そこを通り過ぎて二つ目の道端のたき火も通り過ぎ、ライトを点けたまま数珠繋ぎに停車した車の列を過ぎると、通行止めの原因に行きあたった。横転して道をふさぐ遮蔽物となって大きな開口部から最後尾車輪をぶらさげているのは、くすんだ青色に塗装されたトレーラートラックだ。運転席は燃え尽き、貨物車は煙で真っ黒。転覆したその車に袋を積んだローリーが追突し、破れた袋から白い小麦粉が路上一面に飛び散っている。Kが見るかぎり、曲がり角まで延々とコンヴォイの残りの部分が続いていた。二台のラジオが大きな音で競うように他局の番組を鳴らしていた。前方のほうから哀れな羊の鳴き声が聞こえてくる。Kは一瞬、立ち止まってこぼれた粉をすくい上げ、ポケットに入れようかと思ったが、すくった粉をどうすればいいのかわからない。何台も続くトラックの横をゆっくりと歩いていった。羊を積んだトラックの横を通ったが、すし詰めにされた羊のなかには後ろ脚で立っているものさえいる。兵士の一群が火を囲んでいたが、だれも彼に注意を払わなかった。コンヴォイの最後部で二本の信号灯が点滅をくり返し、さらに道路のまんなかでは黒いバケツで火が燃えていたが、気づかう者もなかった。

コンヴォイが後ろに遠ざかるとKはほっとした。もうだいじょうぶだと思ったのだ。ところが、次の曲がり角に差しかかったとき、ブッシュの陰から迷彩服の兵士が自動小銃を彼の心臓に向けながら出てきた。Kはその場に立ちすくんだ。兵士は銃を下げ、煙草に火を点けると大きく吸い込んでから、もう一度銃を上げた。今度は顔か喉に狙いをつけたな、とKは思った。

「で、お前は何者だ。どこへ行くつもりだ?」と兵士。

Kが答えようとすると、それを遮り「見せてみろ」と言う。「さあ。そいつの中身を見せろ」

二人はコンヴォイの視界からはずれていたが、音楽はまだかすかに聞こえていた。Kはスーツケースを肩からおろして蓋を開けた。兵士は手を振って後ろに下がれと命じ、煙草を指で摘み、スーツケースを一気にぶちまけた。中身がすべて路上に散らばった。青いフェルトの室内履き、白いブルーマー、カラミンローションの入ったピンクのプラスチックボトル、錠剤の入った茶色の瓶、鹿毛色のビニールのハンドバッグ、花柄のスカーフ、スカロップ縁のスカーフ、黒いウールのコート、宝石箱、茶色のスカート、緑色のブラウス、靴、下着類、茶色の紙包み、白いビニール包み、ガラガラ鳴るコーヒーの缶、タルカムパウダー、ハンカチ、手紙、写真、遺灰の箱。Kはじっとしていた。

「これ全部どこから盗んできた?」と兵士。「お前、こそ泥だな? こそ泥が山の向こうへ逃げようってのか?」ブーツの先でハンドバッグを突つき「見せろ」と言った。宝石箱に触れた。コーヒーの缶に触れ、ほかの箱にも触れた。「見せろ」そう言って兵士は後ろに下がった。

Kはコーヒーの缶を開けた。中身はカーテンリングだ。それを片方の手の平にあけてから、缶にもどして蓋をした。宝石箱を開けてぐいと突き出した。胸のところで心臓がどきんと鳴った。兵士はなかをかきまわし、ブローチを摘み出して後ろに下がった。にやにや笑っていた。Kは箱に蓋をした。ハンドバッグを開けて突き出した。兵士は身振りで指図した。Kは路上にぶちまけた。ハンカチ、櫛と鏡、化粧用コンパクト、そして財布が二つ。兵士が財布を差したので渡した。兵士はそれを軍服の上着のポケットに滑り込ませた。

Kは唇を嘗めた。「それは俺の金じゃない」だみ声になった。「俺の母親の金だ、そのために働いたんだ」それは本当ではなかった。母親は死に、もう金が必要なわけではなかった。だからといって。沈黙が流れた。「戦争はなんのためだと思ってるんだ？　人の金を取り上げるためか？」とKは言った。

「戦争はなんのためだと思ってるんだ？　ときた」Kの口の動きを真似ながら兵士が言った。「こそ泥めが。気をつけろ。くたばってブッシュのなかで蝿にたかられたいか？　戦争のことで俺に説教なんかするんじゃない」そう言って兵士は遺灰の箱に銃を向けた。「見せろ」

Kは蓋を開け、箱の中身を突き出した。兵士はビニール袋をじっと見た。「なんだ、これ?」

「遺灰だ」とK。いまでは声がしっかりしてきた。

「開けろ」と兵士。Kは袋を開けた。兵士がひとつまみ取って恐る恐る臭いを嗅いだ。

「ウヘッ」彼の目とKの目が合った。

Kは膝をついて母親の遺品をスーツケースにもどした。兵士は横に立っていた。「もう、行っていいだろ?」とK。

「正規の書類を見せろ——そうしたら行っていい」と兵士。Kはスーツケースを引っかけた杖を肩に担いだ。

「ちょっと待て」と兵士。「救急車の仕事かなんか、やってたのか?」

Kは首を横に振った。

「ちょっと待て、待てよ」と兵士は言って、ポケットから財布の一つを取り出し、巻いた札束から茶色の十ランド札を一枚剝がすと、Kのほうへはじいてよこした。「チップだ。アイスクリームでも買いな」

Kはもどってきて札を拾い上げた。それからまた歩き出した。ものの数分で兵士は霧のなかに姿を消した。

自分が臆病者だったとは思えない。それでも、少し進むと、ふと、もうスーツケースを持っていても仕方がないことに気づいた。斜面をよじ登り、防寒用に黒いコートと遺灰の箱だけ取り分け、あとはブッシュのなかに置き去りにした。蓋は閉めなかった。そうしておけば雨が降って太陽が照りつけ、昆虫がかじりたければ邪魔するものもないだろう。

内陸部からやってきたコンヴォイが足止めを食っているのは明らかだ。道路を好きなように進めたのだから。午後遅くには、山を貫通するトンネルと南側の入り口にある監視所が見えてきた。道からはずれて斜面を進み、水を含んだブッシュの茂みをかき分けていくと、夜にはエラント川と北へ向かう道を見おろせる山の背に立っていた。遠くでヒヒの鳴き声がした。張り出した岩の下でかたわらに杖を置き、母親のコートにくるまって寝た。夜明けにはまた移動を開始して、道路に架かった橋を避けるために大きな弧を描いて谷間へおりていった。新しい一日の、最初のコンヴォイが通り過ぎた。

一日中、できるだけ道路からはずれて歩きつづけた。その夜は、ラグビーポールの立つ、草が伸びすぎた球技場の隅にあるバンガローに泊まった。球技場と道路の境にユーカリが一列植わっている。バンガローの窓ガラスは粉々に砕け、ドアは蝶番が壊れていた。床は割れたガラス、古新聞、舞い込んだ落ち葉でびっしり被われていた。壁の割れ目から白っぽい黄色の草が伸び、水道管の下には蝸牛《かたつむり》が群がっていたが、屋根は無事だ。落ち葉と新聞をかき寄せて隅に寝床を作った。強風と豪雨に幾度か目覚めながら、断続的に眠った。

起きたときもまだ雨が降っていた。空腹で眩暈を感じながら戸口に立ち、ぐっしょりと水を含んだ草地と濡れそぼった木々、その向こうの灰色の霧に包まれた丘に目を凝らした。一時間ほど、雨足が衰えるのを待った。やがて襟を立てると、土砂降りの雨のなかに飛び出した。球技場のはずれで有刺鉄線のフェンスをよじ登り、雑草の生い茂る林檎園に入った。足元にはいたるところに、虫に食われた果実が散らばっていた。枝についている実はまだ小さく、病害虫にやられていた。雨に打たれて平らになったベレー帽が耳まで垂れ、黒いコートは生皮のように身体にへばりついたが、彼は立ったまま、果実の食べられそうな部分をあちこちかじり、兎のように素早く噛み、目をうつろにして食べつづけた。

果樹園の奥まで入っていった。手入れされていない形跡がいたるところにある。自分は遺棄された土地にいるのだろうか、と本気で思いはじめたとき、林檎の木が途切れて整地された土地に出た。その向こうに、煉瓦作りの納屋と、農場の家屋の藁葺き屋根に白い水漆喰の壁が見えた。整地された土地には手入れの行き届いた野菜畑があり、カリフラワー、人参、ジャガイモが植わっている。隠れていた木陰から土砂降りのなかへ駆け出し、這いつくばって、柔らかい土から伸びかけた黄色い人参を引き抜きにかかった。ここは神の土地だ、自分は泥棒ではない、と思った。それでも、いきなり背後の屋敷の窓から撃たれるのではないか、巨大なジャーマンシェパードが全速力で跳びかかってくるのではないか、とびくびくした。ポケットをいっぱいにして、恐る恐る立ち上がった。人参の葉は最初、木の下にまき散らそうと思ったが、あった場所に残した。

夜半に雨は止んだ。朝になり、濡れた服のまま道へもどったが、腹は生の食べ物で膨らんでいた。近づくコンヴォイの唸りを耳にしてブッシュのなかに這い込んだ。いまではKも、こんな汚い服にやつれきった顔をしていても、山出しの気まぐれな放浪者として見逃してもらえないかもしれないと不安だった。道路の移動に書類が必要なことさえ知らない、愚鈍で、無気力なやつなら無害だとは思ってくれないかもしれない。モーターバイクに先導された、武装した車とトラックにヘルメット姿の少年兵を満載したコンヴォイは、通り過ぎるのに五分もかかった。Kは隠れ場から目をそらすことなく、じっと見ていた。最後尾の車に乗った機関銃射手が、スカーフを巻きつけ、ゴーグルに毛織りの帽子という出で立ちで、ボーラントの奥地へ運ばれていく直前、一瞬、彼の目をまっすぐ見たような気がした。

暗渠に架かった橋の下で眠った。翌朝九時にはヴスターの煙突と高い塔が見えた。路上にいるのはKだけではなかった。彼は人の流れからはずれた一群に交じっていた。きびきびと追い抜いていく三人の若者の吐く息が白かった。

町外れに、パールル以来初めて目にするバリケードがあり、警察の車のまわりに人だかりができていた。一瞬、彼はためらった。左手には家が並び、右手は煉瓦工場だ。逃げるにはもどるしかない。あえて前へ進んだ。

「何をきかれるんだろう?」列の前の女性に小声できいてみた。女性は彼を見てまた目をそらしたが、何も言わない。

順番が来た。Kは自分のグリーンカードを取り出した。列の先頭に立つと、停車中の警察のトラック二台のあいだに、検問を通過した人たちが見えた。だが、一方の側には押し黙った男たちの、それも男だけの一群が、犬を連れた警官に見張られている。自分がひどく愚かしく見えたら、通してくれるだろう、と彼は思った。

「どこから来た?」

「プリンスアルバート」口がからからに渇いていた。「プリンスアルバートの家に帰るところです」

「許可証は?」

「なくしました」

「よし、ここで待て」警官は警棒で指し示した。

「止まりたくないんです。時間がないので」とKは小声で言った。恐怖心を感づかれただろうか。だれかに腕をつかまれた。彼は屠場の動物のように突っ立ったまま動かなかった。列の後方から一本の手がグリーンカードを突き出していた。だれも彼の言ったことに注意を払わない。犬を連れた警官がもどかしそうな身振りをした。前へ押し出されたKが、いやいや足を踏み出して捕虜のなかに入ると、みんなは汚物でも避けるようにもぞもぞとわきへよけた。彼は箱を握りしめて、犬の黄色い目を見返した。

見知らぬ五十人といっしょに車に乗せられて鉄道の操車場に連れて行かれ、冷たいポリッジ(トウモロコシがゆ)とお茶をあてがわれ、待避線にひとつだけ残る客車に放り込まれた。ドアに鍵がかけられ、茶と黒の鉄道警察の制服を着て武装した看守に見張られながら、さらに三十人の囚人が到着して積み込まれるまで待たされた。

隣の窓のそばに、スーツを着た老人が座っていた。Kは彼の袖に触れて「俺たち、どこへ連れて行かれるんだろ?」ときいた。見知らぬ男はKを見て肩をすぼめた。「どこに連れていかれようと大差ないだろ。二つだけだ、上りか下りかどっちかだ。それが汽車ってもんさ」そう言って筒状のキャンディを取り出し、Kに一つくれた。

蒸気機関車が待避線をバックしてきて、汽笛を鳴らし、大きな衝撃音をたてて客車と連結した。「北だ、タウスリヴァーだな」と見知らぬ男。Kが答えずにいると、Kに興味をなくしたようだ。

待避線を出た汽車はヴスター郊外を抜けて走り出した。女たちが洗濯物を干し、子どもたちがフェンスの上から手を振っていた。汽車は徐々にスピードを上げていく。Kは電信線が何度も上がっては下がるのをながめていた。何マイルも続く、葉を落としたまま放置された葡萄畑の上を、カラスが輪を描いて飛んでいた。やがてエンジンが喘ぎはじめ、汽車は山のなかに入っていった。Kは身震いした。着ている黴臭い服から、自分の汗が臭うのがわかった。

汽車が止まり、看守がドアの鍵を開けた。足を踏み出した瞬間、停止した理由がわかった。もうそれ以上先へは進めなかったのだ。前方の線路は、丘の斜面を大きく抉って崩れ落ちた岩と赤い粘土の山で埋まっていた。だれかが何か言うと、どっと笑いが起きた。

土砂崩れの山の頂上からは、反対側の下の線路にまた別の汽車が見えた。蟻のように奮闘する男たちが、無蓋貨車から伸びた動力シャベルを操ってスロープの土を崩していた。

Kは線路上で働く一団に入れられた。線路の位置が障害物寸前までかなりずれていた。午後いっぱい、監督と看守に見張られながら、彼と仲間は曲がったレールを運び、線路の土台を固め、枕木を敷く作業をした。夜までには、斜面の裾までからの貨車が進める新しい線路ができあがった。ジャム付きのパンとお茶の夕食で小休止。それから、機関車のヘッドライトの光のなかで、ふたたび小山をよじ登り、土と石をシャベルですくう作業に取りかかった。最初は貨車の荷台に垂直に投げ込める高さだったのが、小山が低くなるにつれて、シャベルの横から投げ上げることになった。貨車がいっぱいになると機関車が線路をバックし、おなじ男たちが暗闇のなかで土砂を貨車からおろした。

夕食の小休止でKは元気を取りもどしたが、すぐにまたぐったりとなった。シャベル一杯を持ち上げるのが一苦労だ。まっすぐ身を立てると背中に刺すような痛みが走り、世界が回転した。仕事のペースが落ちていき、ついに、膝のあいだに頭を入れたまま線路際に座り込んだ。時が過ぎたが、どれくらい過ぎたのかわからなかった。耳に入る音も次第に遠のいていった。

膝を叩かれた。「立て!」慌てて立ち上がると、ぼんやりした光のなかに黒いコートに帽子をかぶった監督の顔が見えた。

「なんで、ここで働かなくちゃならないんだ」頭がくらくらして、ことばがはるか遠くからこだまのように聞こえた。

監督は肩をすくめた。「言われたことをやればいいんだ」と言って、棒を持ち上げ、Kの胸を突いた。Kはシャベルを手に取った。

真夜中まで、みんな夢遊病者のように重労働を続けた。ようやく客車にもどされて、シートにどさりと座るなり互いにもたれあうか床に伸びて眠ったが、高地の厳しい寒さを防ぐために窓は閉めてあった。一方、外の看守たちは足踏みしながら行ったり来たりして、寒さに震え、悪態をつき、手を温めるために代わる代わる運転席に潜り込んだ。

Kは疲労と寒さのなかで遺灰の箱を両腕に抱えて寝た。寝ぼけた隣の男が身体を押しつけ、抱きついてきた。女房と間違えてるな、昨夜いっしょに眠った女房と勘違いしてるんだ、とKは思った。結露で曇った窓を凝視しながら、早く夜が明けないものかと思った。かなり経ってから眠りに落ちたが、朝になって看守がドアの鍵を開けたときは身体が強ばり、やっとの思いで立った。

またポリッジとお茶だ。ヴスターからの道中で話しかけてきた男が隣に座っていた。

「ぐあいでも悪いのか?」と男はたずねた。

Kは首を横に振った。

「話をしないもんだから。てっきりぐあいが悪いのかと思ったよ」

「ぐあいが悪いわけじゃない」とK。

「じゃあ、そんなに悲観することはない。ここは刑務所じゃないんだ。終身刑ってわけでもないし。ただの労働者集団だ。どうってことないさ」

Kは生ぬるい、板のようなトウモロコシのポリッジを食べきれなかった。看守と二人の監督がやってきて手を叩き、立ち上がれと催促していた。

「お前だけ特別ってわけにはいかんぞ」と男が言う。「俺たちには全員、特別ってのはないんだ」その男の身振りには、囚人、看守、現場監督まであらゆる者が含まれていた。食べ残したポリッジをKが皿からこそげ落として地面に捨てると、彼らは立ち上がった。鉤鼻の監督が、棒でコートの裾をパシッと叩きながら通り過ぎた。「元気出せよ！」と男は言ってKに笑いかけ、肩を軽く叩いた。「すぐにまた元通り、男になれるさ！」

動力シャベルがついに斜面の向こう側まで達し、着実に土砂をかき出していた。正午までに道幅は三メートルに広げられ、これでタウスリヴァーから正規の修理班が入って線路を剥がして敷き直せるようになった。北側の汽車が蒸気を吐きはじめた。汚れた救急隊の上着を着て、コートと箱を持ったKは、疲れ切った無言の面々といっしょに乗り込んだ。止める者はなかった。汽車がゆっくりとバックしてから単線の線路を北へ向かうあいだ、客車の端のところで武装した二人の看守が進行方向をにらんでいた。

乗車中の二時間ずっと、Kは寝たふりをしていた。一度、向かいに座った男が食べ物を探してだろう、Kが足にはさんだ箱を秘かに抜き取り、蓋を開けた。遺灰が入っているのを見ると蓋を閉め、また押しもどしてきた。Kは目を半開きにして見ていたが、あえて止めなかった。

午後五時にタウスリヴァーでおろされた。Kは次に何が起きるのか見当もつかないままプラットホームに立っていた。違う汽車に乗ったことがばれて、ヴスターに送り返されるのだろうか。あるいは書類を持っていないからといって、この見知らぬ、風の強い吹きさらしの土地に閉じ込められるのだろうか。それともこの本線にはさらに緊急事態が発生していて、地滑り、土砂崩れ、夜間の爆発で線路が破壊されたために、五十人の男の集団をこの先何年も、賃金も支払わずにポリッジとお茶だけあてがって力をつけさせ、タウスリヴァーの南北を往復させる必要があるのだろうか。しかし二人の看守は彼らがプラットホームに降り立つのをただ見守り、何も言わずにくるりと背を向け、中断された人生を勝手に再開しろとばかりに、彼らを、鉄道の操車場となった炭殻だらけの空き地に放り出していった。

Kはさっさと線路をまたいでフェンスの穴をくぐり抜け、駅から遠ざかる小道を進んだ。道は国道沿いに、ガソリンスタンドを兼ねた酒屋、ロードハウス（道路沿いの酒場）、子ども用の遊園地のある一画へと続いていた。鮮やかな色の揺り木馬と回転木馬はペンキが剝げかかり、ガソリンスタンドはずいぶん前から閉店していたが、ドアの上にコカコーラの看板を掲げてウィンドウにしなびたオレンジの箱を並べた小さな店のほうは、どうやら開いているようだ。Kがドアに手をかけ、店のなかに足を踏み入れようとしたとき、黒い服を着た小柄な老女が両手を広げて小走りにやってきた。身構える間もあたえず彼を戸口で身体ごと押しもどし、派手にかんぬきの音をたてながら目の前でドアを閉めた。Kはガラス戸越しになかをのぞき込み、ドアを叩いた。十ランド札をかざし、ちゃんとした客であることを示そうとしたが、老女はろくに見ようとせずに高いカウンターの後ろに消えた。汽車からKの後ろについてきた二人連れの男がこの追撃を見ていた。怒った一人が窓に砂利をひとつかみ投げつけ、そのうちどこかへ行ってしまった。

　Kは留まった。ペーパーバックの並ぶラックの向こう側、陳列ケースの菓子類のあいだにまだ黒いドレスの端が見えた。両手を目の上にかざして待った。聞こえてくるのはフェルトを吹き抜ける風の音と、頭上の看板がきしる音だけ。しばらくすると、カウンターの上に頭を出した老女と目が合った。太い黒縁の眼鏡をかけ、白髪を後ろにひっつめにしている。老女の背面の棚には缶詰、ミーリーミール（ひき割りトウモロコシの粉）や砂糖の包み、粉末合成洗剤が並んでいる。カウンター正面の床にはレモンを盛った籠もある。彼は紙幣を目の前のガラスの上で平らに伸ばして見せた。老女はぴくりともしなかった。

ガソリンポンプのそばにある水道の蛇口をひねってみたが、水は出なかった。Kは店の裏手の蛇口から水を飲んだ。ガソリンスタンドの後ろのフェルトに、廃車の残骸が何台も放置されていた。片っ端からドアを試していくと、ようやく一台のドアが開いた。バックシートは抜かれていたが、疲れすぎてそれ以上探しまわるのが億劫だった。太陽が山の向こうに沈みかけ、雲がオレンジ色に染まっていた。ドアを閉め、箱を枕にして埃っぽい、くぼんだ床に横になり、すぐに眠りに落ちた。

朝になると店が開いていた。カウンターの向こうにカーキ色の服を着た背の高い男がいたので、その男から難なくトマトソースの豆の缶詰を三つと粉ミルクを一箱、それにマッチを買った。ガソリンスタンドの裏手にもどって火を熾した。缶詰を一個温めながら、手の平に粉ミルクを出して嘗めた。食べ終わると腰を上げ、右手に太陽を見ながら高速道路沿いにゆっくりと歩いた。一日中、着実なペースで歩いた。低木と石の、この平らな風景のなかには隠れる場所がどこにもない。コンヴォイが両方向から通り過ぎたが無視した。夕闇が迫ると道からはずれてフェンスを乗り越え、涸れた河床にその夜を過ごす場所を見つけた。火を熾し、二つ目の缶詰を食べた。残り火の近くで眠ったが、夜の物音、小石の上を走るかすかな音や木々のなかで羽が擦れ合う音は耳に入らなかった。

いったんフェンスを乗り越えてフェルトに入ってしまうと、野原を歩くほうが気が休まることがわかった。終日歩いた。暮れてゆく光のなかで、茨のなかの巣に帰ってきたキジバトを、運良く小石で仕留めることができた。首をひねって羽をむしり、針金の串に刺して焼き、最後の豆の缶詰といっしょに食べた。

朝、その土地の老人に手荒く起こされた。縁のほつれた茶色の軍用コートを着た老人は、どういうわけか激しい調子で、この土地から出ていくよう警告した。「ちょっと寝ていただけだよ。それだけさ」とKは言い返した。「面倒を起こしに来るな！」と老人。「あいつらが所有するフェルトのなかで見つかったら、撃ち殺されるぞ！　お前は面倒を起こしてるんだよ！　さあ行け！」Kはどっちへ行けばいいのかときき返したが、老人は手を振って追い払い、焚き火の灰に足で泥をかけ始めた。そこでKは引き下がり、高速道路沿いにとぼとぼと一時間ほど進んだ。それからもうだいじょうぶだと思って、もう一度フェンスを越えた。

貯水池のそばの家畜用の飼い葉桶から、潰したトウモロコシと骨粉を缶に半分ほどすくい上げ、水で煮て、砂のような粥を食べた。さらにその飼料をベレー帽に入れながら考えた。ついに自分は大地を糧にして生きている、と。

ときには聞こえてくるのが自分のズボンが擦れ合う音だけということもあった。風景は地平線から地平線まで見渡すかぎり何もない。丘を登り、仰向けになって寝ころび、静けさに耳を澄ますと、太陽の温もりが骨の髄まで染みてくるのを感じた。

三匹の見慣れぬ生き物が背後のブッシュから飛び出して、走り去った。大きな耳をした小型犬だ。

ここならずっと、いや死ぬまで生きていけそうだと思った。何も起きそうにないし、毎日が前日とおなじように過ぎていき、とりたてて言うこともない。路上で過ごした時間に感じた不安が消えはじめた。ときおり、歩きながら自分が眠っているのか目覚めているのかわからなくなった。何マイルも続くこんな静けさのなかに、人々がフェンスをめぐらして閉じこもるのが理解できた。これほどの静けさの特権は永久に子どもや孫に遺言して残したい(どんな権利があってかは知らないが)、そう思う気持ちが理解できた。フェンスとフェンスの間に忘れられた一角、一隅、細長い土地、まだだれにも属さない土地がないものだろうか、と思った。空高く飛べたら、そんな土地が見えるかもしれない。

二機の航空機が空に白煙の筋を引いて南から北へ飛び、筋はやがて波のような騒音を残してゆっくりと消えた。

ライングスブルグの外側にある最後の丘を登っているとき、陽が傾いていった。橋を渡り、町なかの大通りに着くころには、光がくすんだ紫色になっていた。ガソリンスタンド、商店、ロードハウスの前を過ぎたが、どこも閉まっていた。犬が一匹吠えはじめ、いったん吠え出すと止まらなかった。ほかの犬も加わった。街灯はなかった。

子ども服が飾ってある薄暗いショーウィンドウの前に立っていると、背後をだれかが通り過ぎ、急に立ち止まり、引き返してきた。「鐘が鳴ったら、夜間外出禁止ですよ」と声がした。「通りには出ないほうがいい」

Kは振り向いた。そこには、緑と金色のトラックスーツを着て木の道具箱を持った、自分より若い男がいた。見知らぬ相手に自分がどう思われたかは見当もつかない。

「だいじょうぶですか」若い男は言った。

「止まりたくないんです」とK。「プリンスアルバートへ行くところで、まだ先は遠いから」

しかし結局、この見知らぬ男の家までついていき、スープと型焼きパンの食事の後、泊めてもらうことになった。子どもが三人いた。Kが食べているあいだずっと、母親の膝に座った末の娘が、じっとこちらを見つめていた。母親がそっと耳元にささやいても、その子は彼から目を離そうとしなかった。年上の二人の子どもたちは言いつけをきちんと守って、自分の皿から目を上げなかった。少しためらってからKは自分の旅の話をした。「先日ある男に出会いました。その人が、彼らは自分の土地にいる人間を見つけたら撃つ、と言うんです」友人は首を横に振った。「そんなことは聞いたことがない。人々は互いに助け合わなければいけない。私はそう信じています」

このことばはKの心に深く沈んだ。人を助けることを自分は信じているだろうか、とKは考えた。自分は人を助けるかもしれない、助けないかもしれない、そのときになってみないとわからない、どんなこともありうるのだから。自分には信念はないような気がした。いや、助けるということについての信念がないようだ。たぶん俺は石ころだらけの土地なのだろう。

灯りが消されてからも、長いこと、子どもたちが身動きする音を聞きながら横になっていた。Kがベッドを取ってしまったので、子どもたちは床にマットレスを敷いて寝ていた。夜中に一度、自分が寝言を言ったような気がして目覚めたが、だれも聞いていなかったようだ。次に目が覚めたときは灯りが点き、子どもたちを学校へやる支度をする両親が客を気遣い、静かにするよう子どもに言い聞かせていた。Kは恥ずかしさにいたたまれず、ベッドカバーの下でズボンをはいて外へ出た。まだ星が輝いていた。東の地平線にうっすらと曙光が射してきた。

少年が朝食だと呼びにきた。テーブルにつくとまた、話をしなければという義務感に襲われた。テーブルの端をぐいとつかみ、まっすぐ身を強ばらせて座った。感謝の気持ちを述べたいと思い、その気持ちはおおいにあったが、言うべきことばがついに出てこなかった。子どもたちがじっと見ていた。だれもが押し黙っていた。両親は目をそらした。

セーヴェヴェークスポールトへ続く分かれ道まで、いっしょに行って道を教えてあげなさい、と年上の二人の子どもが言われていた。曲がり角で別れ際に少年が「それ、遺灰?」ときいてきた。Kはうなずき「見るかい?」と言ってみた。箱を開け、ビニール袋の結び目をほどいた。最初に少年が臭いを嗅ぎ、次に妹が嗅いだ。「それ、どうするの?」と少年がたずねた。「母さんを、ずっとむかし生まれたところに帰してやるんだ。そうしてくれって言われていたから」「燃やされちゃったの?」と少年。Kは燃えさかる光輪が目に浮かんだ。「何も感じなかったさ。そのときはもう、魂になってしまってたから」

ライングスブルグからプリンスアルバートまで三日かかった。未舗装の道を選び、農場の家屋を大きく迂回し、フェルトから採れるもので生き延びようとしながら、たいていは空腹のまま歩きつづけた。日中の暑さに服を脱いで人気のない貯水池の水に浸ったこともある。一度、道端で軽トラックを運転する農場主から声をかけられた。農場主は彼がどこへ行くのか知りたがった。「プリンスアルバートへ、家族に会いに行きます」と答えたが、彼のなまりが耳慣れないため、農場主はもっと知りたそうにして「飛び乗れ」と言った。Kは首を横に振った。「乗れよ」と農場主はたたみかけてきた。「乗せていってやるよ」「いいんです」Kは歩きつづけた。トラックは土埃を舞い上げて去った。Kはすぐに道路から離れると川床へおりて、夜が来るまで隠れた。

その農場主のことをあとで思い出そうとしても、ギャバジンの帽子と彼を差し招く節くれだった指しか思い出せない。どの指のどの関節にも金色の生毛が生えていた。記憶はすべて部分にまつわるもので、全体ではなかった。

四日目の朝、丘の上にしゃがんで、あれがプリンスアルバートだと思って見ているその方角に、太陽が昇った。雄鳥が時を告げ、家々の窓ガラスに灯りが瞬き、子どもが二頭のロバを引いて長い大通りを歩いていた。あたりは静まり返っていた。丘を下って町へ入ると、彼を迎える者の声が、抑揚もなく、終わりもなく、声の主の見えないモノローグとなって立ち上がってくるのが感じられた。いぶかしく思い、立ち止まって耳を澄ました。これがプリンスアルバートの声だろうか？　プリンスアルバートは死んだと思っていた。意味を理解しようとしたが、その声は霧のように、アロマのように空気に浸透しているのに、ことばは、かりにことばがあったとしたら、その声がただの歌や子守唄の音色ではないとしたら、あまりにも微かで、あまりにも滑らかすぎて、聞き取ることができなかった。やがて声は止んで、遠く微かなブラスバンドの響きが聞こえてきた。

Kは、南側から町に入っていく道に出た。風車のついた古い製粉所を過ぎ、フェンスに囲まれた庭を通り過ぎた。フェンスのなかでは茶褐色の犬が二匹、全速力で走りまわり、唸り声をあげながらいまにも飛びかからんばかりだ。通りをさらに二、三軒行くと、若い女が屋外の蛇口のそばに跪いて鉢を洗っていた。女は振り向いて肩越しにこちらを見た。彼はベレー帽にちょっと手をやったが、女は目をそらした。

いまでは通りの両側に店が立ち並んでいる。パン屋、カフェ、洋品店、銀行代理店、溶接所、雑貨商、自動車修理工場。雑貨商の表の鉄格子には鍵がかかっていた。Kは背中を鉄格子につけてストゥープに腰をおろし、太陽に向かって目を閉じた。さあ、ついにやってきたぞ。

一時間後、Kはまだそこに座ったまま、大きな口を開けて眠りこけていた。まわりに集まってきた子どもたちが、ささやきとクスクス笑いをくり返していた。一人がそっと彼の頭からベレー帽を持ち上げて自分の頭にのせ、おどけて口元を歪めてみせた。仲間が鼻先で笑った。その子はベレー帽をKの頭に斜めにおとし、箱を引き抜こうとした。しかし箱の上にはしっかり組み合わされた両手があった。

店主が鍵を持って到着した。子どもたちが後ろに下がった。店主が鉄格子を片側に寄せはじめたときKは立ち上がった。

店内は薄暗く散らかっていた。トタン板を張った浴槽と自転車の車輪が天井から吊され、その隣にファンベルトやラジエターのホースも並んでいた。釘の入った大箱、ピラミッド状に積み上げられたポリバケツ、棚には缶詰食糧、医薬品、菓子類、ベビーウェア、冷たい飲み物。

Kはカウンターまで行った。「フォスローさん、いや、フィセルさんかな」母親が過去の記憶からひねり出した名前だ。「フォスローさんか、フィセルさんを探してるんですが、農場主の」

「フォスローの奥さんのことかい?」と店主。「ホテルにいるフォスローの奥さんのことだろ? フォスロー氏ってのはいないから」

「俺の探してるのは、むかし農場主だったフォスローさんかフィセルさん。はっきりした名前はわからないけど、農場を見ればわかると思います」

「農場をやってるフォスローとかフィセルってのはいないな。フィサヒーのことじゃないのか？　フィサヒーの人間になんの用があるんだ？」

「ちょっと持っていかなければならないものがあって」と言って、Kは箱を持ち上げた。

「じゃあ、はるばるやってきたけど、あんた、無駄骨だったな。フィサヒーんちはだれもいないよ。何年も前から空き家さ。探してるのは本当にフィサヒーかい？　フィサヒーはずっとむかしに出ていっちまったよ」

Kはショウガ入りクッキーを一包み買った。

「だれがあんたをここに寄こしたんだ？」と店主はたずねた。Kはばかだと思われたらしい。「自分のやってることがどういうことか、ちゃんと心得てる者を寄こしたらいいのに。今度、会ったらそう言ってくれ」Kはぶつぶついいながら店を出た。

通りを歩きながら、次はどこできいてみようかと考えていると、子どもが一人、後ろから走ってきて叫んだ。「おじさん、フィサヒーさんちがどこにあるか、知ってるよ！」Kは立ち止まった。「でも空き家だよ。だれもいない」その子が教えてくれたのは、クライドフォンテインへ続く道を北へ進み、それからモールデナール川の谷沿いに農場の道を東へ行く道順だ。「大きな道から農場まではどれくらいだ？　遠いのか、近いのか？」とKはたずねた。少年はそこまでは答えられず、ほかの子もおなじだった。「標識のところで曲がればいいよ。フィサヒーさんちは山の手前だから、歩いていくならちょっと遠いな」子どもたちにKは、菓子でも買えといって小銭を渡した。

午後になり、道路標識に到着したので道からはずれて、荒れた灰色の平地へ通じる小道へ入った。小高い丘を登るころには太陽が沈みかけ、水漆喰の平屋が見えてきた。家の向こう側は、丘の麓まで波打つ平地がゆるやかな上り斜面になって続き、そこから急勾配の黒い山肌が始まっていた。彼は家に近づき、周囲を見てまわった。鎧戸が閉まり、カワラバトが出入りする穴の近くの破風が崩れて木材が露出し、屋根のトタンがそり返っていた。剝がれかかったトタンが風にパタパタと鳴った。家の裏手は何も生えていないロックガーデンだ。彼が想像していたような古い馬車小屋はどこにもなかったが、木と鉄でできた納屋とその壁に隣接していまはからの鶏小屋があり、金網に引っかかった黄色いビニール紐が風になびいていた。家の裏手の小山に頭のとれたポンプがあった。フェルトのはるか向こうで、二つ目のポンプの翼がキラリと光った。

正面と裏のドアには鍵がかかっていた。鎧戸を力いっぱい引っ張ると、留め鉤がゆるんだ。両手をかざして窓からのぞき込んだが、なかはよく見えない。

納屋に入ると、驚いた燕が二羽飛び立った。埃をかぶった砕土機があり、床は蜘蛛の巣でびっしり被われている。薄暗さに目が慣れないまま、灯油、羊毛、タールの臭いを嗅ぎながら、Kは壁を引っ掻くようにして進んだ。つるはし、スコップ、入り組んだ配管類、ワイアの束、空き瓶の入った箱のあいまを抜けて飼料袋の山にたどり着くと、袋を引っぱり出して埃を払い、ストゥープに並べて寝床にした。

買っておいた最後のクッキーを食べた。金はまだ半分ほど残っていたが、もう使うこともないだろう。光が翳ってきた。軒下でコウモリの羽音がした。寝床に横になり、夜の気配に耳を澄ました。夜の空気は昼よりずっと濃密だ。さあ、着いたぞ。少なくともそれらしい場所にはいるな、と思って眠りに落ちた。

朝になって最初に気づいたのは、農場に山羊がいることだ。十二頭か十四頭ほどの群れが家の裏手からあらわれ、くるりと巻いた角をもつ古株の雄山羊に率いられて、ゆっくりと庭を横切っていた。Kが寝床から起き上がると、山羊は驚いて川床へ続く路へ向かって駆け出した。一瞬にして山羊は視界から消えた。座り直してぼんやりと靴の紐を結んでいるうちに、Kは、もし自分が生きていたければ、鼻息の荒い、毛の長いこの動物、いやそれらしき生き物を捕獲して殺し、切り刻んで食べなければならないのだと思いいたった。武器といってもペンナイフしかないのに、彼は山羊を追ってがむしゃらに突進した。一日中、山羊を追いかけまわした。山羊は最初激しく反応したが、やがて後ろから人間が小走りで駆けてくることにも慣れ、陽差しが強くなると群れごと歩みを止めて、彼をわずか数歩の距離まで近づかせてから、尻を見せてあっけなく走り去った。そんなときKは山羊に忍び寄りながら、全身が震え出すのを感じた。自分が抜き身のナイフを持つ野蛮人になったことが、われながら信じがたかった。おまけにどうにもぬぐいきれない不安は、ペンナイフを雄山羊の茶と白のまだらの首筋に突き刺せば刃が折れて手を切るかもしれないということだ。となると山羊はまたゆっくりと駆け出すだろうから、やる気を奮い起こすためには、あいつらはたくさん考えをもっているが俺には一つしかない、俺のこの考えが最後にはあいつらの多くの考えよりも強くなるんだ、と自分に言い聞かせなければならなくなってしまう。群れをフェンスのところに追い詰めようとしたが、山羊はいつもするりと逃げた。

山羊は、前日に農場の家から見えたポンプと貯水池のまわりを、大きな円を描くように動くことがわかった。近くまで行ってみると、四角いコンクリートの貯水池は水があふれんばかりだ。周囲数ヤードに泥水が広がり水草が青々と茂り、近づくと蛙が水に飛び込む音がした。水を飲み終えてから初めて、なぜこれほどたっぷり水があるのかと不思議に思った。いったいだれが貯水池の水を絶やさないよう世話をしているのだろう。その答えは、午後も遅くなってから、いまでは木陰から木陰へと彼の鼻先をぶらつくようになった山羊を執拗に追跡しているとき、判明した。微風が起きると弾み車が軋みながら回転し、ポンプがガシャッと乾いた音を立てて、パイプから断続的に水が滴りはじめたのだ。

極度の飢えと疲労を感じながらも、中途で放り出すには猟に深入りしすぎた彼は、勝手知らぬ広大なフェルトで夜間に獲物を見失うことを恐れて、袋を運び出し、満月の下、できるだけ山羊の近くへ身を寄せて地面にじかに寝床を作り、途切れがちな眠りに落ちた。真夜中、山羊が水を飲むしぶきと荒い鼻息で目が覚めた。疲労困憊のあまり眩暈がしたが、それでも立ち上がり、よろめきながら山羊に近づいた。山羊は寄りかたまって、後ろ脚の上関節まで水につけたまま一瞬、こちらに顔を向けた。水に入って近寄ると、山羊はビクッと身体を震わせ四方八方に散った。すぐ足元で足を滑らせた一頭が、足場をまさぐり泥のなかの魚のようにもがいた。Kは山羊の上に自分の全体重をかけた。冷酷にならなければ、という思いが頭に浮かんだ。最後まで押さえつけなければ、弱気になってはダメだ。山羊の胴体の後ろ半分が自分の下で隆起するのが感じられた。山羊は恐怖で何度も声高に鳴いて、体を痙攣させて震えた。Kは山羊にまたがり、両手をその首に巻きつけて力いっぱい押し倒し、頭を水中に押し込んで軟泥に沈めた。山羊は後ろ足であらがい続けたが、彼は膝で胴体を万力のように締めつけた。蹴りつける力が弱まってきた瞬間、力を抜きそうになった。しかしその衝動も去った。断末魔の鳴き声と小さな震えが止まってからもまだ、山羊の頭を泥のなかに押しつけていた。水の冷たさに手足の感覚が麻痺し出したころ、ようやく起き上がって水から出た。

その夜の残りは眠らずに、濡れた服のまま足踏みをし、寒さで歯をガチガチいわせているうちに月が傾いていった。夜明けが近づき物影が見える明るさになってから、農場の家にもどり、ためらうことなく肘で窓ガラスを割った。飛び散るガラスの最後のかけらがおさまると、これまでにない深い静けさが忍び寄ってきた。掛けがねをはずして窓を大きく開けた。部屋から部屋へと歩きまわった。大型家具——カップボード、ベッド、洋服ダンス——があるきりで、ほかには何もない。埃のたまった床に足跡がついた。台所へ行くと、いきなり大きな音をたてて鳥がはばたき、屋根の穴から逃げていった。いたるところに糞が落ちている。奥の壁のところで破風が崩れて煉瓦が小山を作り、そこからフェルトに生える小さな草が伸びていた。

台所を抜けると狭い食糧貯蔵室があった。Kは窓を開け、思い切り鎧戸を開いた。一方の壁に木製の箱が一列に並んでいたが、砂と鼠の糞らしきものが入った一つを除いて、箱はすべてからだ。ひとつの棚に台所用具、ふぞろいの食器類、プラスチックのカップ、ガラス瓶が並び、どれも埃と蜘蛛の巣で被われていた。もうひとつの棚には使いかけのオイルとヴィネガーの瓶類、粉砂糖と粉ミルクのつぼ、そして瓶詰めが三つあった。一個を開けて鑞引きのシールを剝がし、アプリコットの味のする中身を貪り食った。口中の果物のあまさが濡れた衣服から立ちのぼる泥の臭いに混じり、吐きそうになった。瓶を屋外に持ち出し、陽の光のなかに立って、残りをもっとゆっくり食べた。

フェルトを横切って貯水池までもどった。空気は暖かくなっていたが、震えが止まらなかった。

黄土色の塊と化した山羊の脇腹が水から突き出ていた。水中に踏み込み、後ろ脚を持って渾身の力で死骸を引き上げた。山羊は歯を剝き出し、黄色い目をカッと見開き、口から水が流れ落ちた。雌だ。昨日は切羽詰まったものに思えた空腹感が消えていた。濡れてもつれた毛の、この醜いやつを切り刻んで貪り食うなんて、考えるのも嫌だ。ほかの山羊たちは少し離れた小山の上に、彼のほうに耳をそばだてるようにして立っていた。自分が、ナイフを持った狂人のように、まる一日、山羊を追いかけていたなんて信じられない。月明かりの下で雌山羊にまたがり泥のなかに沈めて殺した光景を思い出すと、身の毛がよだつ。いっそ雌山羊をどこかへ埋めてしまいたい、もうこのことは忘れたい、と思った。いや、いちばんいいのは、尻を叩くとこいつがよたよたと立ち上がり、走り去ることだ。山羊を引きずりながらフェルトを横切り、家までもどるのに何時間もかかった。ドアの鍵を開ける方法がなかったので、台所まで運ぶには持ち上げて窓から入れるしかない。入れてしまってから、屋内で動物を解体するなんて馬鹿げていると気づいた。草が生えて鳥が棲みついた台所が屋内といえるならだが。そこで、もう一度外へ放り出した。いったい何のためにはるばる何マイルもやってきたのか、わけがわからなくなりそうで、気分が良くなるまで、両手を顔にあててあたりを少し歩きまわらねばならなかった。

これまでに動物の臓物を抜いたことはなかった。道具はペンナイフしかない。腹部に切り目を入れ、その切り目に片腕を押し込んだ。血の温もりがすると思ったのに、山羊の内部で手に触れたのはまたしても、じっとりと湿った泥土。捻ると、内臓が足元にくずれ落ちた。青、紫、ピンク。作業を続けるには、死骸を遠くまで引きずっていかねばならない。できるかぎり皮は剝いだが、納屋のなかを探して弓鋸を見つけるまでは足と頭を切り離すことができなかった。やっとの思いで皮を剝いだ死骸を食糧貯蔵室の天井から吊したが、袋に詰めてロックガーデンの最上段に埋めた残りの部分にくらべると、こちらのほうが小さいような気がした。手も袖もべっとりと血糊が付着しているのに、近くには水がなく、砂でこすってはみたものの、家に入ってからも蠅につきまとわれた。

コンロの埃を払って火を点けた。料理に入れるものが何もない。腰の肉を切って直火にかざしていると、外側に焦げ目がついて汁がしたたり落ちた。美味いとも思わずに食べた。山羊を食べてしまったらどうしよう、それぱかり考えていた。

風邪を引いた、間違いない。肌が乾いて火照り、頭も痛かったので、飲み込むのがつらかった。ガラス瓶を持って貯水池まで行き、水を汲んだ。帰り道で突然、全身の力が抜けてその場にへたり込んだ。両膝のあいだに頭を入れたままフェルトの地面に座っていると、ぱりっとした白いシーツにくるまって寝ている自分を、つい想像した。咳き込むと、梟の鳴き声のような小さな音が出たが、自分から出ていく音はあたりに少しも響いていない。喉が痛いのに、もう一度その音を出した。自分の声を聞くのはプリンスアルバート以来だ。ここなら、どんな音でも好きな音が出せる、そう思った。

夜には熱が出た。袋で作った寝床を正面の部屋に引っ張り込み、そこで寝た。夢を見た。ノレニウス学園の寮内の真暗闇のなかに横たわっていた。手を伸ばすとベッドの鉄枠の上端に触れた。椰子皮で作ったマットレスは古い尿の臭いがした。まわりで寝ている少年たちを起こさないよう身動きをせず、眠りにまた引き込まれないように目を開けたままじっと寝ていた。いま四時だから、六時には明るくなるだろう、そう自分に言い聞かせた。大きく目を開けても、窓の位置がわからない。瞼が重くなった。自分は落ちていく、そう思った。

朝になると少し元気になったような気がした。靴を履き、家のなかを歩きまわった。

洋服ダンスの上にスーツケースがあった。だが、なかに入っていたのは壊れた玩具とジグソーパズルのピースだけ。家のなかには役に立ちそうなものは見あたらず、以前住んでいたフィサヒー一家がここを出ていった理由を知るヒントも残っていなかった。

台所と食糧貯蔵室では蠅がしきりに唸っていた。食欲はなかったが火を点けて、ジャム用のブリキの鍋の水で山羊肉を少し煮た。貯蔵室の瓶のなかに茶葉を見つけたのでお茶を淹れ、寝床にもどった。咳が出てきた。

遺灰の箱が居間の隅で待っていた。ある意味で箱のなかにいて箱のなかにいない母親もいまは、魂となって大気のなかへ解き放たれたのだから、以前よりも心静かであってほしい、こうして生地の近くにいるのだから、と思った。

病気に身をまかせるのは快かった。窓をすべて開け放ち、鳩の鳴き声に耳を澄まし、静けさに浸った。終日まどろんでは目覚めることをくり返した。午後の陽差しが身体にじかに当たるようになったので鎧戸をおろした。

夜になり、ふたたび意識が混濁した。あたりが大きく傾いて、縁からはじき落とされそうになる乾いた風景のなかを、必死で進もうともがいた。這いつくばって指を大地に食い込ませると、自分が闇のなかを急降下するのを感じた。

二日後、熱と悪寒の発作は去り、さらに一日経つと快方へ向かった。貯蔵室の山羊が悪臭を放っていた。もしも教訓があるなら、物事の深部に教訓が埋め込まれているとするなら、それは、こんな大きな動物を殺すべきではない、ということのようだ。木の枝をY字形に切り取り、古靴の舌皮とチューブから取ったゴム紐を使ってパチンコを作り、それで樹上の鳥を落とした。山羊の残骸は埋めた。

屋敷の裏手にある丘の上の、一部屋だけのコティージ群を調べてみた。煉瓦とモルタルで造られ、床はコンクリ、屋根はトタン。半世紀前のものとは思えない。だが数ヤード先の裸地から、小さな長方形の、陽にさらされた日干し煉瓦が突き出ていた。ここが母親の生まれたウチワサボテンの庭なんだろうか。家から遺灰の箱を取ってきて、その長方形のまんなかに置き、座って待った。何を待っているのか、自分でもよくわからなかった。とにかく何も起きなかった。甲虫が一匹、地面を這っていった。風が吹いた。ボール紙の小箱が、日干し煉瓦のかけらの上で陽を浴びている、それだけだ。さらに次の段階にあたる何かをやらなければならないようだが、何も思いつかない。

農場の周囲に張りめぐらされたフェンス沿いに偵察してまわったが、近所に人が住んでいる気配はなかった。鉄板で蓋をした飼い葉桶のなかに腐りかけた羊の飼料があったので、トウモロコシをひとすくいポケットに入れた。ポンプのところへもどってあれこれ調べているうちに、ブレーキの仕組みが解明した。壊れたケーブルを繋いで、空転する弾み車を修理した。

その後も家のなかで寝たが、どうも落ち着かない。がらんとした部屋から部屋へ歩きまわると、自分が実体のない空気になったような気がした。歌を歌うと、その声が壁や天井にはねかえった。台所に寝床を移すと、屋根の穴から星を見ることはできた。

日々を貯水池で過ごした。ある朝、着ている服をすべて脱いで胸まで水に浸かり、壁に服を叩きつけて洗った。その日の残りは、服が乾くまで木陰でまどろんだ。

母親を大地に還してやるときがきていた。貯水池の西にある丘の上に穴を掘ってみたが、地表から一インチのところでシャベルが固い岩盤にぶつかった。そこで貯水池の下の、かつての耕作地の端へ移動し、肘の深さの穴を掘った。遺灰の包みを穴に納め、上からシャベルで最初の土をかけた。なんだか心もとなかった。目を閉じて気持ちを集中させ、声が語りかけて自分のやっていることが正しいと言って安心させてくれるといいのに、と思った。母親にまだ声があるなら母親の声でもいい、だれの声でもいい、自分の声だってかまわない、何をすべきか自分の声が教えてくれることだってあるのだから。しかし、どんな声も聞こえてこなかった。そこで穴から包みを引き上げ、それなら自分でやるしかないと決めて、畑のまんなか数メートル四方を平らにならし、低く身を屈め、風に吹き飛ばされないよう灰色の細かな骨灰を大地にまいた。それから何度もシャベルで土をすくって裏返した。

こうして耕す者としての彼の生活が始まった。納屋の棚にカボチャの種子を見つけていたのに、何の気なしに少し煎って食べてしまった。それでもまだトウモロコシの種子は残っていた。貯蔵室の床でたった一粒だが豆も拾っていた。一週間かけて、貯水池のそばの土地を開墾して灌漑用の溝も掘り直した。それから小さな畑にカボチャの種子を蒔き、小さな畑にトウモロコシを蒔いた。少し離れた川床の土地に豆を植えた。水を運んでやらなければならないだろうが、そこなら、豆の蔓が伸びたとき棘《とげ》のある木にからみつけるだろう。

おもな食糧はパチンコで殺した鳥だ。彼の日課は二つ、屋敷の近くでするこの手の狩猟と土地を耕すこと。もっとも深い喜びが湧いてくるのは、日没時に貯水池の壁のコックを捻ると水流が筋になって流れ落ち、鹿毛色の大地を深い茶色に染めるのをじっと見入るときだ。俺が庭師だからだ、それが自分の天職だから、そう思った。シャベルの先を石にあてて研ぐと、土に刺さる瞬間がより深く味わえた。植えたいという衝動がふたたび彼のなかで頭をもたげていた。数週間のうちに、気がつくと、目覚めている時間は、耕しはじめた小さな土地とそこに植えた種子のことばかり考えるようになっていた。

たった独り、人知れず、自分はこの荒れ果てた農地に植物を繁茂させようとしている、そう思うと、とりわけ朝は、歓喜のうねりが身体のなかを駆け抜けるのを感じた。しかし、その歓喜を追いかけるようにして、一種の苦痛が襲ってくることもあった。それは将来に対する漠とした不安と関連していた。気分が落ち込まないようにするにはきびきびと働くしかなかった。

掘り抜き井戸はポンプで汲みつくされて、細い流れが断続的に出るだけだ。大地から得られる水の流れは還流させたい、それがKの切なる願いになった。水を汲み上げるのは自分の畑が必要とする分だけにした。貯水池の水位が数インチまで下がるのにまかせ、沼が乾き、泥土が固まり、水草が萎れ、蛙が仰向けになって死んでいくのを無情にながめた。地下水がどのように満ちるのかは知らなかったが、無駄遣いが悪であることは知っていた。足の下に横たわっているもののことは想像もつかなかった。湖、流水、広大な内海、あるいは底なしに深い沼。ブレーキをゆるめるたびに弾み車がまわり水が流れ出す、それが奇跡のように思えた。貯水池の壁越しに身を乗り出して、目を閉じ、指先を流れに浸した。

陽が昇り、陽が沈むのに合わせて、時間の外側のポケットに入ったように暮らした。ケープタウン、戦争、農場に来るまでのいきさつが忘却の彼方へ消えていった。

するとある日、昼ごろ家にもどると、正面のドアが大きく開いていた。面食らって突っ立っているうちに、家から陽光のなかへ人影があらわれた。カーキ色の制服を着た、色白で肉づきのいい若者だ。「ここで働いているのか?」見知らぬ男の口から最初のことばがもれた。まるでその家の所有者のように、男は階段の最上段に立っている。Kはうなずくしかなかった。「お前、見たことのないやつだな。農場の世話をしてるのか?」Kはうなずいた。「台所はいつあんなふうに崩れてしまった?」Kは何か言おうとしたが、ことばが出てこない。見知らぬ男はKの歪んだ口元から目を離そうとしなかった。それからまた口を開いた。「俺がだれかわかってないな。ここの持ち主、フィサヒーの孫だ」

Kは台所から自分の袋を丘の斜面の部屋へ移し、新参者のフィサヒーに家を明け渡した。以前の絶望的な愚かしさがまた自分のなかに侵入してくるのを感じたが、なんとか押しもどした。ここはあいつにとって何もいいことがないとわかれば、一、二、三日後には出ていくかもしれない、たぶん、あいつが出ていき、俺が残ることになるんだろうと思った。

ところが孫息子は出ていけないことが判明した。その夜、Kが丘の上で火を焚き、夕食用に山鳩を二羽焙っていると、夕闇のなかから孫息子があらわれ、Kが食べ物を分けてやらなければと思うようになるまで、執拗にあたりをぶらついた。男は飢えた子どものように食べた。二人分には足りなかった。それから男が話しはじめた。「プリンスアルバートに行くときは、俺がここにいることは、だれにも言わないようにしてくれ」男は脱走兵だった。前夜、クライドフォンテインの待避線で軍用列車を抜け出し、一晩中歩き続けて、小学生のころから覚えていた農場にようやくたどり着いたというのだ。「クリスマスになると毎年、一家みんながここに集まったんだ。家がはち切れんばかりに親戚連中が集まったもんさ。あんなに食ったことはそれ以来ないな。毎日、毎日、お祖母さんがテーブルに山のような料理を並べたんだ。美味い田舎料理。俺たちは最後のひとかけらまでたいらげた。ああいうカルーのラムはもう絶対に食えないな」Kはしゃがんで火を突ついたが、話にはほとんど耳をかさず、じっと考えていた。うっかり、ここは持ち主のない無人島なんだと思い込んでしまった。いま自分は真実を学んでいる。いまこそ、教訓を学んでいるんだ。

そのうち孫息子の話はどんどん熱を帯びていった。自分は貧血症で心臓が弱い、そのことは書類にも書いてあって疑いようがないのに、あいつら、俺を前線に送ろうとした。事務官を配属替えして前線に送ろうとしたんだ。事務官がいなくてやっていけるか？主計部がなくて戦争ができるか？　警察や軍警察が俺を連れもどして見せしめにしようと捜しにきたら、お前は口がきけないふりをしろ。頭が弱いふりをして何ももらすな。

そのあいだに俺は隠れる場所を探すから。農場のことなら知ってる、絶対にわからない場所を見つけるさ。Kはその隠れ場所を知らないほうがいいだろう。鋸を見つけてくれないか。鋸が要るんだ。朝になったら真っ先に作業を始めたい。Kは探してみよう、と言った。それから長い沈黙。「こんな物ばかり食ってるのか?」と孫息子。Kはうなずいた。「ジャガイモを植えろよ。ジャガイモ、タマネギ、トウモロコシ――水さえやればここなら何だって育つぜ。土壌がいいんだ。貯水池のところに自分の食う物もろくに植えてないんで驚いたぜ」Kの全身を刺し貫くように落胆が走った。貯水池まで知られてしまった。「俺の祖父母はお前みたいなやつを見つけて運が良かったよな」孫息子は続ける。「農場で働くいい雇い人を見つけるのは大変なご時世だからなあ。お前の名前は?」「マイケル」とK。暗くなっていた。孫息子はふらりと立ち上がった。「松明は点けないのか?」ときかれたKは「点けない」と答え、男が月明かりのなか、丘を下っていくのを見ていた。

朝が来ると、することはもう何もなかった。貯水池へ行けば、畑に寄らずにはいられない。部屋の壁にもたれてしゃがみ、太陽で身体が温まるのを感じ、時が過ぎるのを感じていると、孫息子がまた丘を登ってきた。自分より十歳は年下だろうと当たりをつけた。丘を登ってきたので肌が紅潮していた。

「マイケル、食うものが何もない！」孫息子は愚痴った。「店に行かないのか？」返事を待たずに部屋のドアを押し開け、なかをのぞいて、何か言いかけたようだが、止めた。

「どれくらい払ってもらってるんだ？」

俺が本物のばかだと思ってるな。動物みたいに床で眠り、鳥やトカゲを食って生きてる、この世に金ってものがあるのさえ知らないばか者だと思ってるな。ベレー帽のバッジを見て、いったいどんな子どもがどんな福袋から取り出してくれてやったものか、なんて考えてるんだ。

「二ランド」とK。「週に二ランド」

「祖父母は最近どうしてるんだろう？　訪ねてこないのか？」

Kは黙っていた。

「お前、どこの出身だ？　ここの者じゃないだろ？」

「あちこちまわった。ケープ地区にもいたことがある」とK。

「農場に羊はいないのか？」と孫息子。「山羊はどうだ？　昨日、山羊を見たけどなあ、貯水池の向こうに十頭か十二頭はいたかな？」と言って時計を見た。「来いよ、山羊を探そう」

Kは泥のなかの山羊を思い出した。「野生にもどった山羊だ。捕まえられない」

「貯水池なら捕まえられる。二人でやれば何とかなるさ」

「貯水池にくるのは夜だ。昼間はフェルトに出ている」とK。銃を持たない兵士。冒険に出かけた少年。こいつにとっては農場は冒険の場所にすぎないんだ、とKは内心思った。「山羊は放っておけ、食い物は手に入れてやるから」

そこで家から鋸の音が聞こえるあいだ、Kはパチンコを持って川までおり、小一時間のうちに雀を三羽、鳩を一羽仕留めた。死んだ鳥をぶら下げ、正面のドアまで行ってノックした。孫息子は上半身裸で、汗だくになって彼を迎えた。「上出来だ。すぐに羽を剝けるか？　やってくれたら恩にきるけどな」

Kは四羽の死んだ鳥の、爪と爪が絡んだ足を持ち上げた。雀の一羽は嘴に血を一粒つけていた。「こんなに小さいんじゃ、食べたって味も何もわからないだろ。自分を汚したくないんだな、指一本だって」とK。

「どういう意味だよ？」とフィサヒーの孫息子。「いったいどういう意味なんだよ？　言いたいことがあるなら、はっきり言えよ！　そんなものは下におろせ、俺がやってやるよ！」そこでKは四羽の鳥を玄関前のストゥープにおろして、その場を離れた。

最初の、短く太いカボチャの葉がここに一つ、あそこに一つと地表に顔を出していた。Kは水門を開いてじっと見つめた。これが最後だ。水がゆっくりと畑に流れ込み、土を黒く染めた。こうして、自分がもっとも必要とされているときに、子どもたちを見捨てるんだ。水門を閉め、コックがきっちり閉まるまでボール弁の弁棒を押し曲げて、山羊が水を飲む飼い葉桶へ続く水流を遮断した。

水の入った瓶を四つ持ち帰り、階段に置いた。またシャツを着た孫息子は、ポケットに手を入れて立ったまま、じっと遠くを見ていた。長い沈黙のあと口を開き、「マイケル、俺はお前に金を払っているわけじゃないから、農場から追い出すなんてことはできない。でも、俺たちは協力しなければならない、さもないと――」と言ってKのほうを見た。

そのことばに、告発、脅し、非難、どんな意味があるにせよ、Kは息が詰まりそうになった。こけおどしにすぎない、落ち着くんだ。そう自分に言い聞かせたものの、ふたたび霧のような愚かしさが、じわじわと自分を包んでいくのを感じた。自分の顔をどうしていいのかもうわからない。口をこすり、孫息子の茶色のブーツをじっと見つめ、考えた。お前はもうこんなブーツを店で買ったりできないんだぞ。Kは気持ちを落ち着かせるため、その考えにひたすらしがみついた。

「マイケル、お前にプリンスアルバートまで使いに行ってもらいたい」と孫息子。「俺が欲しい物のリストと金を渡す。お前にも何かやるよ。ただし、だれともしゃべるな。

俺に会ったことも言うな。だれのための買い物かも、だれかのために買い物してることも言わないようにしろ。おなじ店で全部買うな。半分はファン・ラインの店で、もう半分はカフェで買うんだ。立ち止まってしゃべるな――急いでるふりをしろ。いいな?」

自分のやり方からはずれることをさせないでくれ、と思った。Kはうなずいた。孫息子は続ける。

「マイケル、俺はお前に一人の人間として話してるんだ。戦争が続いて、人が死んでる。俺がだれかと戦争してるわけじゃない。俺は俺で和平を結んだんだ。わかるか? 俺はだれとでも平和にやっていく。この農場には戦争なんかない。お前となら平和になるまでここで静かに暮らしていける。だれも俺たちの邪魔はしないさ。そのうち必ず平和になるんだから」

「マイケル、俺は主計部で働いていたから、何が起きてるかわかってるんだ。毎月、営倉送りになるやつが何人いるかも知ってる。どこにあるかは知らんが、支払いが止まって訴訟者名簿が開かれるからな。俺の言ってる意味がわかるか? ショッキングな数字だって言えるぞ。俺だけじゃないんだ。すぐに十分な人数が確保できなくなる、嘘じゃない、逃亡するやつを追い詰める人員なんてとてもじゃないが確保できなくなるさ! ここはでかい国なんだ! まわりを見てみろ! 逃げる場所はいっぱいある! 隠れる場所だってわんさとある！

俺は少しのあいだ身を潜めていたいだけなんだ。やつらはすぐに諦めるさ。俺なんて大海のちっぽけな魚みたいなもんだぜ。でもマイケル、お前の協力が必要だ。お前は俺を助けなくちゃならん。そうしないと、俺たちどっちにも未来はない。わかるか？」

そこでKは、孫息子が欲しいという品物のリストと四十ランドの札束を持って農場を出た。札束は道端で拾った古びたブリキの缶に入れ、農場の門のあたりの石の下に埋めた。それから、太陽を左手に見ながら、人家を避けて田園のなかを歩いていった。午後には上り斜面になり、やがて西側にプリンスアルバートの町の小ぎれいな白い家々が見えてきた。斜面に沿って町の周囲を大きく迂回し、スヴァルトベルグ山脈へ入る道に出た。寒さを防ぐために母親のコートをはおり、黒い影になって、重い足取りで丘を登っていった。

町を見おろせる場所から、寝場所はないかと見渡すと、以前キャンパーが使ったらしい洞穴が目に入った。石を組んで焚き火をした跡があり、地面には芳ばしいタイムの枯れ草が敷いてある。Kは火を熾し、石で仕留めておいたトカゲを焙った。漏斗《ろうと》状に広がる上空が暗青色に変わり、星が瞬きはじめた。身をまるめて両手を袖のなかにたくし込み、いつしか眠りに落ちた。もう、自分を従者にしようとした、フィサヒーの孫息子なんてやつを知っていたことさえ嘘のようだ。一日か二日で、あんな少年のことは忘れて、農場のことしか思い出せなくなる、そう自分に言い聞かせた。

地面から芽を出したカボチャの葉のことを考えた。明日になればその生命も終わるだろう。次の日には葉が萎れ、その翌日には枯れてしまう――俺がこんな山のなかにいるうちに。夜明けに出発して一日中走りつめれば、ひょっとするとまだ間に合うかもしれない。そうすれば、何も知らずに、地面の下で日の光を拝むことなく死にかけているカボチャやほかの種子を救うことができるかもしれない。優しさという絆が、Kから貯水池のそばの小さな地面まで伸びていたが、それは断ち切らねばならない。そんな絆は、また伸びてしまわないうちなら何度でも、断ち切ることができるようにKには思えた。

洞穴の入り口に座り、ところどころに残雪をいただく遠くの峰を見上げながら、何もせずに一日過ごした。空腹だったが無視した。肉体の叫びに耳を傾けるよりも、あたりを包む静けさにじっと耳を澄まそうとした。他愛なく眠りこけて、がらんとした道路を全速力で風のように走る夢を見た。背後から手押し車が、タイヤを地面から浮かせるようにして追ってきた。

谷は両斜面とも急勾配で、太陽は正午まで姿が見えず、午後三時には西の峰に隠れてしまう。絶えず寒気がした。そこで、さらに高くジグザグに斜面を登り、道が峠の向こうに消えるところまで行くと、カルーの広大な平原が見渡せ、はるか下のほうにプリンスアルバートが見えた。新しい洞穴を見つけ、ブッシュを刈って床に敷いた。Kは思った。きっと俺は人が行けるぎりぎりのところまでやってきたんだ。わざわざこれだけの平原を横切り、こんな山を登り、岩のあいだを探してまで俺を探しにやってくる物好きなやつはいないだろう。きっと、世界中で俺がここにいるのを知っているのはこの俺だけだ。これで俺は行方不明者になったんだ。

何もかも遠ざかっていった。朝目が覚めると、目の前にあるのは、一個の巨大な塊となった一日だけ。一日が時間の区切りだ。自分は岩に穴を穿つ白蟻だ。ただ生きていく、することはそれだけのように思えた。じっと静かに座っていた。鳥が飛んできて肩に止まったとしても驚かなかっただろう。

目を凝らすと、ときどき下方の平地の玩具みたいな町の大通りを、点のような乗り物が這っていくのが判別できた。だが、日々のもっとも静かなときでさえ、昆虫が地面を這いまわる音、執拗につきまとう蠅の唸り、耳のなかの脈拍のほかは、どんな音も届かなかった。

何が起きようとしているのか見当もつかない。これまでの人生は格別おもしろい物語ではなかったが、いつでも次に何をしたらいいのか教えてくれる人がいた。いまはだれもいない。待つのがいちばんのようだ。

思いはウィンバーグ公園へともどっていった。むかし働いていた場所だ。子どもをブランコに乗せにきた若い母親や、木陰や芝生に寝ころぶカップル、池に浮かぶ緑と茶色の真鴨のことを思い出した。思えば、戦争だからといって、ウィンバーグ公園の芝が伸びるのを止めたりすることはなかったし、木の葉だって落ちるのを止めたりはしなかった。芝を刈ったり、落ち葉を掃いたりする人手はいつだって必要なんだ。しかし、Kは生きていく場所として緑の芝生やオークの木々を自分が選ぶかどうか、もうよくわからなかった。ウィンバーグ公園のことを考えるときの彼は、鉱物としての大地ではなく植物の生長を促す大地のことを考えた。昨年、一昨年、いやさらに過去に遡る太古のむかしの朽ち葉でできた大地、その柔らかさはいくら掘っても終わりというものがなく、ウィンバーグ公園から地球の中心まで掘れそうな、中心までずっと涼しく暗く湿っている柔らかな大地だ。そういう大地への愛を俺はなくしてしまった、とKは思った。そういう大地を、もうこの指のあいだに感じたいとは思わない。俺が欲しいのは緑と茶色ではなくて黄色と赤の大地だ。湿った土ではなくて乾いた土、暗色ではなく明色の土、柔らかい土ではなくて固い土だ。かりに人間に二種類あるとしたら、俺は違う種類の人間になろうとしている。手首を突き出してじっと見ながら、傷を負っても血は噴き出さずに滲み出すだけかもしれない、そう思った。少し滲み出たあとすぐに乾いて治ってしまうかもしれない。俺は日に日に小さく固く乾いていく。こうしてこのまま、平原を見渡す洞穴の入り口に座り、膝に顎をのせて死ぬことになったら、わずか一日で風に干されて、砂漠で砂に埋もれた人間のようにそっくり保存されることになるのだろう。

　山での暮らしも最初のころはよく歩きまわり、石をひっくり返し、根や球根をかじった。あるときは蟻の巣を掘り返して幼虫を一匹一匹食べたりした。魚のような味がした。だがいまでは、食べたり飲んだり新たな冒険をすることもない。自分の新世界を探検する気も失せた。この洞穴を住処《すみか》に変えることも、日々の記録をつけることもない。楽しみといえば、毎朝、山端の影が速度を上げながら迫ってきて、いきなり自分が陽を浴びているのを発見することくらいだ。洞穴の入り口に、知覚を麻痺させたまま座るか横になっていた。疲れすぎて動けない、いや、無気力すぎるのかもしれない。午後いっぱい眠り惚けることもあった。これが至福というものだろうか。黒雲と雨の日があり、そのあと小さなピンクの花が山肌いっぱいに咲いた。見たところ、葉らしき葉を一切つけない花。その花を両手に何杯も食べると、胃が痛んだ。暑くなるにつれて水の流れが速くなったが、理由はわからない。このひんやりした山の水を飲むと、Ｋは地下水の苦みが恋しかった。歯茎から血が出た。その血を飲み込んだ。

子どものころはいつもひもじかった。ノレニウス学園の子どもがみんなそうだったように。空腹感のため野獣と化した子どもたちは、互いの皿から盗み、台所の塀をよじ登ってゴミ箱から骨と野菜の皮をあさった。やがて年長になり、彼は欲しがることを止めた。内部で吠えていた野獣の欲求はすべて、満たされないまま沈黙を強いられた。ノレニウス学園は最後の年がいちばん良かった。彼をいじめる年上の少年がいなかったので、抜け出して小屋裏の秘密の場所にいても放っておかれたからだ。ある教師はよくクラス全員に、座ったまま頭上に両手をのせて口をしっかり閉じて目をつぶるように命じ、長い物差しを手にして列のあいだを往復した。そのうちKにとって、その姿勢が罰の意味を失い、まどろみへの誘いに変わった。暑い午後、頭上に両手をのせ、ゴムの木で鳩が鳴く声や、ほかの教室から九九の暗唱が響いてくるのを耳にして、心地よい眠気にあらがいながら座っていたのが思い出された。いまも洞穴の正面で、頭の後ろでしっかりと指を組み、目を閉じて心をからにし、何も望まず、何も期待せずにいることがあった。

ふと、隠れ家に潜んでいるフィサヒー少年のことを考えることもあった。どうせ鼠の糞だらけの暗い床下か、屋根裏の閉め切ったカップボードのなかか、戸外なら祖父が所有するフェルトのブッシュの陰にでも隠れているのだろう。上等のブーツのことを考えた。穴のなかで暮らす人間には無用の長物だ。

陽の光を見ると目を閉じずにいられなくなった。いつも動悸がするようになった。光の槍が頭を刺し貫いた。やがてものが飲み込めなくなった。水さえ吐いてしまう。だるくて洞穴の寝床から起き上がれない日もある。黒いコートは暖かさを失い、絶え間なく震えが来た。自分は死ぬかもしれない、という考えが胸を衝いた。自分、いや、自分の身体は、どちらにしてもおなじことだけれど、こうして、目の前で天井の苔が黒ずむまで横たわることになるかもしれない、この人里離れた場所で白骨と化して自分の物語は終わるかもしれない。

山肌を這いおりるのにまる一日かかった。両脚が弱り、頭ががくがく垂れ、下を見るたびに眩暈がして、おさまるまで地面にしがみつかねばならなかった。道の高さまでおりると、谷は深い影にすっぽりと包まれていた。町に入るころには最後の光が消えようとしていた。桃花の香りが彼を包んだ。いたるところから声も聞こえてきた。初めてプリンスアルバートを見た日に聞いた、穏やかな抑揚のない声だ。新緑の庭園に囲まれた大通りの端に立ち、ことばの意味が理解できないまま、遠くに聞こえるモノトーンの声に必死で耳を澄ましたが、やがて木陰の鳥のさえずりが混じり、次第に音楽に変わっていった。

通りにはだれもいなかった。Kは国民銀行の玄関口で、ゴムのドアマットを枕代わりにして寝た。身体が冷えてくると震えが来た。頭痛に歯を食いしばり、発作的にまどろんだ。フラッシュライトで目が覚めたが、それまで見ていた夢の続きなのか現実なのか区別がつかなかった。警察の質問にはっきり答えず、叫び、喘いだ。「ダッメ！…ダッメ！…ダッメ！…」肺から咳のようにことばが出た。何も理解しない警官は、異臭に顔をそむけながら彼をヴァンに押し込んで署にもどり、すでに五人の男が入れられた留置所に彼を放り込んだ。そこでまた、Kは震えながら意識の混濁した眠りに落ちた。

朝、囚人たちが洗面と朝食のために外に出されたとき、Kは正気にもどってはいたものの立ち上がることができなかった。戸口の巡査に「脚が引きつってしまって、すぐに治りますから」と言いわけした。巡査が担当の警察官を呼んだ。しばらく彼らは、壁に背をつけ剝き出しのふくらはぎを揉んでいる骨と皮だけの人間を見ていたが、そのうち二人してKを身体ごと庭へ運び出し、ほかの囚人に、眩い陽光にたじろぐKに食物を渡してやるよう合図した。分厚い塊になったトウモロコシのポリッジを渡されたが、口に一匙運ぶ前から吐き気が襲ってきた。

Kがどこの出身なのか、だれにもわからなかった。証書類を一切持たないばかりか、グリーンカードさえない。留置記録には「マイケル・フィサヒ—CM—四〇歳—住所不定—無職」と記入され、許可なく管轄区域を離反、身分証明書類の不携帯、夜間外出禁止令違反、泥酔および風紀攪乱の罪を課された。衰弱し支離滅裂なのはアルコール中毒のせいとされ、ほかの囚人が房に返されるなかKは庭に残ることを許されて、正午にヴァンに乗せられ病院へ連れて行かれた。そこで衣服をすべて脱がされ、丸裸でゴムシートの上に寝かされて、若い看護婦に身体を洗われ、髭を剃られ、白いスモックを着せられた。恥ずかしさはなかった。「教えてくれ、ずっと知りたかったんだ、プリンスアルバートってだれのことだ?」看護婦にきいてみたが、取り合ってもらえなかった。「それにプリンスアルフレッドってだれだ? プリンスアルフレッドってのもいないのか?」柔らかく暖かい布が顔に触れるのを待ちながら、Kは目を閉じ、早く布をかけてくれないかと思った。

こうしてまた、Kは清潔なシーツのあいだで寝ることになった。そこは本館ではなく、病院の裏手に木と鉄で増築された細長いバラックで、彼が見るかぎり、老人と子どもしかいない。剝き出しの梁に渡した長いコードから裸電球が何列もぶら下がり、てんでに揺れていた。Kの腕から点滴の管がラックまで伸び、見る気になれば目の隅で、時間を追って下がる水位が観察できた。

ふと目が覚めると、入り口のところで看護婦と警官がこちらを見ながら低い声で話していた。警官は帽子を小脇にはさんでいた。

午後の強い陽差しが窓から照りつけた。蠅が一匹、口に止まった。追い払った。蠅は旋回して、またやってきた。彼は諦めた。唇に感じる細かく冷たい、蠅の吻《ふん》のまさぐりに耐えた。

配膳係がワゴンを押して入ってきた。K以外は全員トレーを受け取った。食べ物の匂いで口中に唾がたまるのを感じた。じつに久しく感じることのなかった食欲だ。ふたたび食欲の下僕になりたいのかどうか自分でもよくわからなかった。しかしどうやら病院は肉体を癒す場所、肉体が権利を主張する場所のようだ。

黄昏になり、夜の帳《とばり》がおりた。だれかが配電盤の三列のうち二列だけスイッチを入れた。Kは目を閉じて眠った。目を開けるとまだ灯りが点いていた。じっと見ていると、やがて灯りは暗くなって消えた。月光が四つの窓から四枚の銀板のように射し込んでいた。どこか近くでディーゼルモーターのかかる音がして、またぼんやりと灯りが点った。彼は眠りに落ちた。

朝になり、乳児用シリアルと牛乳の朝食を食べ、飲み下した。力がついてもう起きられそうだったが、恥ずかしかったので、パジャマ姿の老人がガウンをはおって部屋を出るのを待った。それから起き上がって、ベッド脇をしばらく行ったり来たりした。長いスモックを着て変な感じだった。

隣のベッドには切断した腕に包帯を巻いた小さな少年がいた。「どうしたんだ？」Kがたずねても、少年はそっぽを向いて返事をしなかった。

自分の服があれば出ていけるのに。でもベッド脇の戸棚はからだ。

正午にまた食事。「食べられるうちに食べておけよ。じきに大飢饉がやってくるぞ」食事を運んできた配膳係はそう言って、彼の前をワゴンを押して次へ進んだ。おかしなことを言うなと思った。Kは配膳が終わるのを目で追った。Kの視線を感じたのか、病棟のはずれから配膳係が意味ありげな微笑を送ってよこしたが、トレーを片づけにもどってきたときは何も言わなかった。

鉄板の屋根に太陽が容赦なく照りつけ、病棟はオーブンと化した。Kは両脚を伸ばして横になり、まどろんだ。断続的な短い眠りから覚めると、前に見た警官と看護婦が彼を見おろしていた。目を閉じてもう一度開けると、二人の姿はなかった。夜が来た。

朝になり看護婦に本館のベンチまで連れていかれ、順番が来るまで一時間ほど待たされた。「今日はどんな気分だ？」と医者がきいた。何と言っていいかわからず口ごもっているうちに、医者は問診を切り上げた。大きく息をして、と医者は言って胸に聴診器をあてた。性病感染の有無を調べられた。診察は二分とかからずに終わった。医師は机上の茶色のフォルダーに何か書いた。「口のことで医者に診てもらったことは？」書きながらきいてくる。「いえ」とK。「矯正することも可能だけれどね」だが、医師は矯正したらどうかとは言わなかった。

Kはベッドにもどり、頭の下に手を入れて、看護婦が服を持ってくるのを待った。下着、カーキ色のシャツ、半ズボン、すべてきちんとアイロンがかかっていた。看護婦は「これを着て」と言ってさっさとほかの用のため立ち去った。ベッド上に身を起こして服を着た。半ズボンは大きすぎた。立ち上がるとズボンがずり落ちないよう、腰紐を締めなければならない。顔を上げると、ドアのところに警官がいた。「これじゃ大きすぎる」Kは看護婦に言った。「自分の服は返してもらえないのか?」とK。「受付で受け取って」と看護婦。警官が廊下を通って彼を受付まで連れていき、そこで茶色の紙包みを受け出してくれた。その間、会話は一切なし。駐車場に青いヴァンが停めてあった。Kは後部のロックがはずされるのを待った。アスファルトが裸足の足の裏に焼けつくように熱く、小刻みに足踏みしなければならないほどだ。

てっきり警察署に連れもどされるものと思ったのに、ヴァンは町を通り抜け、未舗装の道を五キロも走り、剝き出しのフェルトのキャンプで止まった。ジャッカルスドリフの黄土色のこの長方形は、山のなかの隠れ家からも見えていたが、Kは建設現場だとばかり思っていた。再定住キャンプだとは夢にも思わなかった。テントとペンキも塗っていない木と鉄のバラックに人が住んでいるとは、その周囲を三メートルのフェンスが囲い、フェンスの上には束にした有刺鉄線が張りめぐらされているとは思ってもみなかった。ズボンを引き上げながらヴァンから這い出すと、収容者の好奇の眼差しの集中砲火を浴びた。門の両脇にずらりとならぶ人垣。大人も子どももいる。

門のそばに小さな小屋があり、屋根の付いたポーチの上で、土の入った二つの桶からそっくりおなじ灰緑色の多肉植物が育っていた。ポーチで軍服姿のいかつい男が待っていた。志願兵の青いベレー帽だ。警官は挨拶をして二人して小屋に入った。残されたKは包みを小脇にはさみ、群衆の探るような視線に耐えていた。最初は遠くを見て、次に足元に目をおとした。どんな顔をすればいいのか。「そのズボン、どこから盗んできたんだ?」だれかの声。「軍のお偉方の筋からさ!」別の声が答えると、笑い声がさざ波のように広がった。

やがて二人目の志願兵が小屋から出てきた。彼はキャンプの門の鍵を開け、群衆をかき分け、広場の剝き出しの地面を横切り、Kを木と鉄のバラックのひとつに連れていった。なかは暗く、窓はなかった。空いている寝棚を指差し「いまからここがお前の家《ホーム》だ。家《ホーム》はここだけだぞ。きれいに使え」と言った。Kがよじ登り、剝き出しのゴムの敷布団の上に横になると、鉄の屋根板は腕を伸ばせば触れる距離だ。ぼんやりした光と息詰まる暑さのなかで、彼は看守が立ち去るのを待った。

午後いっぱい寝棚に横になり、屋外のキャンプ生活の音を聴いていた。一度、子どもの一群が駆け込んできて、寝棚の上といわず下といわず騒がしく追いかけまわり、出しなにドアを思い切り閉めていった。眠ろうとしたができない。喉がひどく渇いていた。山の洞穴の涼しさを、尽きずに流れる湧水を思った。これではノレニウス学園だ。俺はノレニウス学園に舞いもどってしまった。でも大きくなりすぎてもう耐えられない、と思った。カーキ色のシャツと半ズボンを脱ぎ、包みを開けた。だが、以前は自分の臭いがしていただけの衣服が、数日のあいだにむっとする黴臭い異臭を放つようになっていた。熱いマットレスの上にパンツ一枚で大の字になって横たわり、午後が過ぎるのを待った。

だれかがドアを開け、忍び足で近づいてきた。Kは眠ったふりをした。指が裸の腕に触れた。彼はぴくりと動いた。「だいじょうぶか?」男の声だ。戸口から差し込む眩しい光を背にしているため、顔が見えない。「だいじょうぶ」Kは答えた。自分のことばがはるか遠くから聞こえるような気がした。闖入者はまた忍び足で出ていった。Kは思った。前もって知らせて欲しかった。また大勢のなかに返すなら返すと教えてくれるとよかったんだ。

しばらくしてからカーキ色の服を着て外に出た。太陽が焼けるように照りつけ、風はそよとも吹かない。テントの陰に敷いた毛布に女が二人横になっていた。一人は眠り、もう一人は眠った子どもを胸元に抱いていた。その女がKに笑いかけた。Kは会釈して通り過ぎた。貯水タンクを見つけてたっぷり水を飲んだ。帰りしなに女に話しかけた。「服を洗うところはあるかな?」女は洗い場を指差した。「石けんはあるの?」ときかれ「ああ」と嘘をついた。

洗い場のなかには流し台が二つ、シャワーが二つあった。シャワーを浴びたかったが、蛇口をひねっても水は出ない。聖ヨハネの白い上着、黒いズボン、黄色いシャツ、ゴムの伸びきったパンツを洗った。水に浸けたりしぼったりするのは心地よかったので、立ったまま目を閉じ、腕を冷たい水に肘まで浸した。自分の靴を履いた。それから服を洗濯紐に吊そうとしたとき、壁の文字が目に入った。「ジャッカルスドリフ再定住キャンプ/入浴時間/男=午前六時~七時/女=午前七時半~八時半/秩序厳守/節水/倹約」貯水タンクから伸びた水道管はキャンプのフェンスの下を通り、かなり遠くの高所にあるポンプにつながっていた。

赤ん坊を連れた女が、通りかかったKを呼び止め、「あんた、服をあのままにしておくと、朝には消えてしまうよ」と教えてくれた。そこで濡れた服を取り込み、寝棚の上に広げた。

陽が沈もうとしていた。人が増え、いたるところに子どもがいた。隣の小屋の外で三人の老人がトランプをしていた。Kはしばらく立って見ていた。

キャンプ場には、数えると三十のテントが等間隔に並び、浴場と便所のそばに小屋が七つあった。すでに二列目の小屋の基礎部分ができあがり、錆びたボルトがコンクリートから突き出ていた。

門まで歩いていった。看守小屋のポーチには、二人いる見張りの志願兵の片割れが、シャツの胸を腰まではだけて、デッキチェアに座ってうとうとしていた。Kは看守を起こすつもりで、頭を金網に押しつけた。「なんで俺はここに入れられたんだ？」そう言いたかった。「どれくらいここにいなくちゃならない？」だが看守は眠りこけ、Kには叫ぶ気力がなかった。

ぶらぶらと小屋までもどり、小屋から貯水タンクまで行った。自分でもどうしていいのかわからなかった。小さな少女がバケツに水を汲みにきたが、彼を見て立ち止まり、くるりと向きを変えた。Kはキャンプ裏のフェンスへ引っ込み、何もないフェルトにじっと目を凝らした。

テントとテントのあいだの石のかまどで、ちらほら火が燃えはじめた。せわしく人が行き来していた。キャンプが活気づいてきた。

警察の青いヴァンが土埃を立てながら門のところで停車すると、その後ろから、立ち乗りの男たちを荷台に詰め込んだ幌のないトラックが到着した。キャンプの子どもは残らず門まで駆けていった。看守がヴァンを通すと、ヴァンはゆっくりと四つ目の小屋まで進んだ。煙突のある小屋だ。女が二人降りたち、小屋の鍵を開けた。運転してきた警官が後ろからダンボール箱を持って続いた。ヴァンからもれる甲高いラジオの音が、微かに、裏のフェンスにいるKのところまで聞こえた。やがて煙突から黒い煙が立ち昇った。

トラックの男たちは薪の束をおろし、門の内側に積み上げている。

警官はヴァンにもどり、運転席で髪に櫛を入れている。二人の女のうち、ズボンをはいた大柄なほうが小屋から出てきてトライアングルを鳴らした。最後の音が鳴りやまないうちに、マグや皿、空き缶を手にした子どもと、乳児を連れた母親がドアへ殺到した。女は道をあけさせ、子どもたちを二人ずつなかへ入れはじめた。Kはぶらぶらしながら群衆の後尾についた。出てきた子どもはスープとパンを数切れ手にしている。

小さな少年が出がけにつまずき、スープを脚の上にこぼした。Kはまるで自分が濡れたように恐る恐る歩きながら、再度、列に並んだ。小屋の外の地面にじかに座って食べる子もいたが、テントのなかに夕食を持ち帰る子もいた。

Kは戸口の女に近づいた。「すいません、食べ物をもらえるんですか？　皿はないんですが。病院から来たんです」

「子どもだけよ」そう答えるなり、女は向こうを向いてしまった。

Kは小屋に帰って黒いズボンをはいたが、ズボンはまだ湿っていた。カーキ色の半ズボンは、寝棚の下に投げ入れた。

ヴァンの警官にきいてみた。「食べ物はどこでもらうんですか？　俺は頼んでここに来たわけじゃない。どこで食べ物を手に入れればいいんですか？」

「ここは刑務所じゃないぞ。キャンプだ。食いぶちは自分で稼ぐ、キャンプじゃみんなそうしてるんだ」

「閉じ込められていて、どうやって働くんですか？　どこに仕事があるんですか？」

「ばか野郎、仲間にきけ。自分を何様だと思ってる、俺がただで食いぶちをあてがうとでも思ってるのか？」

山のほうがましだ、とKは思った。農場のほうが、路上のほうが、ケープタウンのほうがずっとましだ。暑くて暗い小屋、寝棚にぎゅう詰めにされていっしょに寝る見ず知らずの人間、あざけりに満ち満ちた空気。子ども時代にもどったみたいだ。悪夢のようだ。

いまではさらに多くの火が焚かれ、料理の匂い、肉を焙る匂いまで漂ってきた。ズボン姿の女が手招きしてKを台所へ呼び寄せ、プラスチックのバケツを渡した。「これを洗って、それからこのなかにしまって。ドアに鍵をかけるのよ。南京錠のかけ方は知ってるわね？」Kはうなずいた。バケツの底にはどろどろのトウモロコシがゆの残りが溜まっていた。二人の女が警官といっしょにヴァンに乗り込んだ。走り去る車を見ていたKは、彼女たちがまっすぐ前を見ていたことに気づいた。キャンプにはほかに興味を引くものなど何もないといわんばかりに。

闇が降りた。火のまわりには、食べたり話したりする人の輪がいくつもできた。やがてだれかがギターを弾くと、踊りが始まった。Kは最初、人影のなかをぶらつきながら見ていたが、ばかばかしくなってだれもいない小屋にもどり、寝棚に寝ころんだ。

だれかが入ってきた。振り向くと、黒い人影が近づいてくる。「煙草はどうだ？」と声がした。Kは煙草を受け取って身を起こし、背中をまるめて壁にもたれた。マッチの灯りで、自分より年上の男だとわかる。

「どこから来た？」

「今日の午後、裏のフェンスのあたりを歩いてみたけど、あれじゃだれだって登れるな」とK。「子どもにだってわけない。なんでみんなこんなところに居るんだ?」

「ここは刑務所じゃない。警官がそう言ったろ? 刑務所じゃないって。ここはジャッカルスドリフだ。キャンプだよ。キャンプのことお前、知らないのか? キャンプってのは仕事のない人間のためのものだ。食い物がなくて、頭の上に屋根もなくて、農場から農場へ仕事を探して渡り歩く人間のためのものさ。やつらはそういう人間をいっしょくたにして、キャンプへぶちこむ。渡り歩かなくてすむようにな。なんで俺が逃げ出さないかって? だけど、なんで行き場のないやつが、こんな上等な生活から逃げ出さなきゃならない? ベッドはこんなに柔らかいし、薪はただだし、男が門のところで銃を持って、夜中に金を盗みにくる泥棒を見張っててくれるのに。そんなことも知らないなんて、お前いったい、どこから来たんだ?」

Kは黙っていた。だれが責められているのか、わからなかった。

「フェンスによじ登ったら、居住地を離れたことになる。ジャッカルスドリフがいまのお前の居住地なんだ。よくきた。お前が居住地を離れれば、やつらはお前を捕まえる、浮浪者だからな、お前は。住所不定だ。最初はジャッカルスドリフ。お次はブラントフライ。ブラントフライへ行きたいのか? 強制労働キャンプだぞ。重労働、煉瓦工場だ、看守は鞭を持ってる。フェンスをよじ登ればお前はつかまって、二度目の違反だからブラントフライ行きだ。覚えとけ、お前が決めることだけどな。いったいどこへ行きたいんだ?」男は声を低くした。「山へ行きたいのか?」

Kには、どういう意味かわからなかった。男はKの脚を叩き、「来いよ、仲間に入れよ」と言った。「門のところでやつらが検査するの、見たろ? 酒を持ち込まないか、チェックしてるんだ。キャンプじゃ酒は御法度だから、たてまえは。そういうことだ、ま、出てきていっぱいやれよ」

こうしてKは、ギター弾きを取り囲む連中のところへ連れて行かれた。音楽が止んだ。「マイケルだ。はるばる休暇のためにジャッカルスドリフへやってきた。歓迎しようぜ」Kはみんなから座れ座れと言われて、茶色の紙で包んだ瓶からワインを勧められ、質問攻めにされた。どこから来た? プリンスアルバートで何をした? どこで捕まった? なんで都会を離れてこんな辺鄙な土地へわざわざやって来なければならなかったか、だれも理解できなかった。仕事もなく、何代も住み着いてきた農場から家族ごと放り出されるような土地へ。

「プリンスアルバートに住むつもりで母親を連れてくところだった」とKは説明しようとした。「病気だったもんで、脚が不自由になって。田舎に、雨のないところに住みたいって、そう言うもんだから。俺たちが住んでたところじゃ一年中、雨ばかり降ってた。でも、途中で死んでしまった。ステレンボッシュで、そこの病院で。だからおふくろ、プリンスアルバートは見てないんだ。ここで生まれたのに」

「気の毒にねえ」と一人の女が言った。「でもケープタウンじゃ、福祉を受けられたんでしょ?」Kの返事を待たずに女は「ここに福祉はないわ。これがあたしたちの福祉よ」と言ってキャンプ全体を腕に抱え込むようなしぐさをした。

Kは話を続けた。「それから鉄道で働いた。遮断された線路をきれいに片づける手伝いだ。それからここへ来た」

沈黙が流れた。話の締めくくりに、全部話したという証拠に、遺灰のことも話さなければならないだろうか、Kは考えた。いや、できない、まだできないと思った。ギターの男が別の曲を弾き出した。みんなの注意が自分から離れて音楽へ移っていくのがわかった。「ケープタウンにも福祉はなかった。福祉はうち切られていた」とK。隣のテントがぼんやり明るくなった。なかでろうそくを灯したのだ。テントの壁を、実物より大きな人影がシルエットになって動いた。Kは空を仰いで星をながめた。

「俺たちはここへ来て、かれこれ五カ月になるかな」そばで声がした。小屋に来た男だ。名前はロバート。「女房と子どもが四人、女が三人と男が一人だ、それに妹とその子どもたち。俺は近くのクラールストロームで働いていた、農場だ。長いこといたなあ、十二年だから。そしたら、いきなり羊毛市場がなくなっちまった。それでやつら、割当制度をおっぱじめた。農場主一人当たりいくらいくらってやつだ。それからアウツホールンへ通じる道路を封鎖して、もう一本の道路も封鎖して、そのあと両方とも封鎖解除して、すぐにまた全面封鎖。永久に。すると、やつが、農場主が俺んところへやってきて、こう言うんだ。『お前たちに出ていってもらわねばならん。養い口が多すぎて、俺にはそんな余裕はなくなった』俺は『どこへ行けばいいんですか？』ときいたよ。『仕事なんてないことはわかってるじゃないですか』『すまん、お前が悪いわけじゃないんだ。俺にはもう養っていく余裕がないんだよ』そういって俺を追い出した。家族持ちの俺をクビにして、住み込んでから日の浅い男を残した。若い独り者だ。口が一つなら――それなら養う余裕があるっていうことだから、俺も言ってやったよ。『仕事のない俺には、いったいどんな余裕があるんですかね』って。とにかく、一切合切荷造りして出てきた。すると路上で、嘘じゃない、路上でだぜ、警察が俺たちをしょっぴいたんだ。やつが警察に電話したんだな。警察にしょっぴかれたその夜のうちに、このジャッカルスドリフの金網のなかってわけだ。『住所はないのか？』ってきくから言ってやったよ。『昨日の夜まではありましたが、今夜、こうして住所がなくなるなんて思ってもみませんでした』するとやつら『どこで寝るのがいい？　動物みたいにフェルトのブッシュの下か、それともちゃんとしたベッドと水道のあるキャンプか?』ときた。『選べるんですか?』『選べるが、ジャッカルスドリフにするんだな。人迷惑なやつをうろうろさせるわけにはいかないから』だとさ。でも本当の理由を教えてやろうか、嘘じゃないぞ、なんであんなに手早く俺たちをしょっぴいたか。みんなが山に入るのを防ぎたいんだ。山に潜んである夜、フェンスを切ってやつらの蓄えをごっそりいただいてくのを防ぎたいんだ。このキャンプに男が何人いるか、お前、知ってるか? 若い男がさ」Kのほうに身を屈めて男は声を低くした。「三十人。お前が三十一人目だ。女や子ども、それに老人は何人いるか? 見てみろよ、自分で数えてみるといい。そこで質問だ、男たちはどこにいるか、家族といっしょにここにいない男たちは?」

「俺は山にいたけど、だれも見かけなかった」とK。

「じゃ、だれでもいいから、ここにいる女たちにきいてみな。男たちはみんなどこにいるのかって。『仕事があるんで、毎月お金を送ってくれる』とか『逃げちまったよ、あたしを捨てて』って答えるぜ。だからことによると、だろ?」

長い沈黙。大空を微かな光が横切った。Kは指差して「流れ星だ」と言った。

次の朝、Kは仕事に出た。まず鉄道管理局がやってきて、ジャッカルスドリフの男たちを呼び集めた。次がプリンスアルバートの役所、その次が近くの農場主。朝六時半にはトラックが連れにきて、七時半には彼らはレーウ・ガンカの北で仕事にかかっていた。鉄橋の上流と下流の川床の下草を刈り、穴を掘り、堤防を固めるためのセメントを混ぜた。仕事はきつかった。午前半ばでぐったりしたKは、山で過ごした時間のために年寄りみたいになってしまったと思った。

ロバートがそばに立った。「お前なあ、腰を傷めないうちに、やつらがいくら払うか考えたほうがいいぜ、お前はヒラ賃金だから一日に一ランドだ。俺は扶養家族がいるから一ランド半。無理すんなよ。行って小便でもしてこい。病院にいたんだろうが、じょうぶじゃないんだろ、お前」

やがて正午の休みが来たとき、彼はKにサンドイッチを分けてくれ、木陰でKのそばに長々と横になった。「週に五、六ランドになるから、それで自分の食いぶちを出すんだ。キャンプはただの寝場所さ。ＡＣＶＶ（アフリカーナ・キリスト教女性協会）のおばさんたちが――昨日見たろ――週に三回来るけど、あれは子どもだけのための慈善事業だ。俺の女房は町で週に三回、半日の家事仕事をやってる。赤ん坊は女房が連れてって、ほかの子どもは妹が面倒を見る。だから稼ぎはだいたい週に十二ランドになるか。それで九人の口を食わせなきゃならん。大人が三人、子どもが六人だ。ほかの連中はもっと苦労してる。仕事がないときは最悪だ。金網のなかに座ったまま、ベルトをきつく締め直さなければならんからな」

「稼いだ金を使うところは一箇所しかない。プリンスアルバートだ。お前がプリンスアルバートの店に入っていく、すると値段がいきなり跳ね上がる。なぜだ？　お前がキャンプの人間だからさ。こんな近くにキャンプがあるのが、あいつらは嫌なんだ。キャンプなんてなけりゃいいと思ってる。最初はあいつら大々的に、キャンプ建設反対キャンペーンをやった。俺たちが病気を持ち込む、衛生感覚もモラルもまるでないと言って。男と女がいっしょだなんて、悪の巣窟だそうだ。あいつらの言い分に従えば、キャンプのどまんなかにフェンスを立てて、一方に男、もう一方に女を入れて、夜は犬に見張りをさせなきゃならんだろうな。本当は——これは俺の考えだけど——キャンプなんて何マイルも離れたクープ地区のどまんなかにもってって、目に入らないようにしたいんだ。そうすりゃ、俺たちが真夜中に妖精みたいに忍び足でやっていき、あいつらの仕事をやり、庭を掘り、鍋を洗い、朝には何もかもきれいさっぱり片づけて姿を消すってことになるからな」

「さあそこで、いったいこのキャンプでだれが得をするか、とお前は疑問に思うよな。教えてやろう。まず鉄道会社だ。鉄道会社はジャッカルスドリフみたいなのを線路沿いに、十マイル置きに欲しいと思ってる。二番目が農場主だ。ジャッカルスドリフの集団から、激安の日雇い人夫を雇えるからな。日が暮れりゃ、トラックが連れ帰ってくれるから、人夫やその家族のことで頭を悩ますこともない、飢えようが、寒かろうが、知ったこっちゃない、一切かかわりなしってわけだ」

少し離れた、声の届かないところで、監督が小さな折り畳み椅子に座っていた。Kは彼が魔法瓶からコーヒーを注ぐのを見ていた。長くて平たい指がマグの取っ手におさまりきらず、指を二本宙に浮かせたままでマグを持ち上げて飲んだ。マグの縁越しにKと目が合った。彼は何を見ているんだろう。俺はあいつの目にどう映っているんだろう、とKは思った。監督はマグを置き、ホイッスルを唇に当て、座ったまま長々と吹いた。

午後も遅く、ブッシュの根を切っていると、その監督が彼の後ろに来て立った。脇の下からちらっと、二つの黒い靴と無造作に土埃を叩いている籐の杖が見えると、Kは自分がいつもの緊張で小刻みに震えるのを感じた。根を切りつづけたが、もう腕に力が入らなかった。監督が行ってしまってやっと、どうにか平静になれた。

夜は疲れすぎてものが食べられなかった。マットレスを外へ出して横になり、すみれ色の空に星がひとつ、またひとつと瞬き出すのを見ていた。するとだれかが便所に行きがてら、彼につまづいた。騒ぎになり、引っ込むことにした。マットレスを小屋にもどし、屋根板の下の暗い寝棚に横になった。

土曜に賃金が支払われ、売店を乗せたローリーがやってきた。日曜には牧師がキャンプを訪れて祈禱会が行われ、その後、夜間外出禁止の時刻まで門が開かれた。Kは祈禱会へ行ってみた。女や子どもに交じって立ち、いっしょに歌を歌った。それから牧師が頭を垂れてお祈りをした。「神よ、ふたたびわれらが心に平安が訪れますように、いかなる人間にも憎しみを抱かず、互いに睦み合って生きていくことができますよう、われらをお導きください、汝のみ名において、汝の命に従いて」それから牧師は何人かの老人に話しかけ、門のところで待っていた青いヴァンに乗り込んで走り去った。

さあプリンスアルバートへ行くのも、友達を訪ねるのも、フェルトに散歩に行くのも自由だ。町へ続く長い道を、八人家族がそろって出かけていくのをKは見た。男とその妻は一張羅の地味な黒服、娘たちはピンクと白のドレスに白い帽子、息子たちはグレーのスーツにネクタイを絞め、ピカピカの黒い靴を履いている。ほかの連中もそれに続いた。腕を組んで笑いさざめく少女たちの一群、妹とガールフレンドを連れたギターの男。「俺たちも行かないか?」とKはロバートに言ってみた。すると「若い者は行きたきゃ行けばいい。日曜のプリンスアルバートなんて、べつに特別なことはないさ。俺は前に行ったから、もう興味はないな。行きたければいっしょに行ったらいい。自前で冷たい飲み物でも買って、カフェの外に座って、ノミに食われた跡でも引っ掻いてりゃいい。

ほかにやることなんてないぞ。俺たちは刑務所行きだってんなら、刑務所にいようじゃないか、ごまかすふりはやめようぜ」とロバート。

それでもKはキャンプを出た。金網、小屋、ポンプが視界から消えるまで、ぶらぶらとジャッカル川沿いに下っていった。それから温かい灰色の砂の上に寝ころび、ベレー帽を顔にのせて眠りに落ちた。汗をかいて目が覚めた。ベレー帽を持ち上げると、目を細めて太陽を見た。睫毛についた虹の七色をすべて散らして、陽の光が空を満たした。俺は、自分の巣穴のありかを知らない蟻のようだ。砂に両手を埋め、何度も何度も、砂が指のあいだからこぼれ落ちるにまかせた。

病院で剃られた口髭がまた唇を被いはじめた。それでも、ロバートやその家族と火を囲んでいると、子どもたちの視線が絶えず彼に注がれるため、くつろげなかった。どこに座っても後を追ってきて、彼の顔につかみかかろうとする小さな男の子がいたのだ。母親はその都度、ばつが悪そうに子どもを連れ去るのだが、子どもは嫌がってもがき泣きわめくので、Kはどうしたらいいのか、どこに目をやればいいのかわからなくなった。年長の少女たちも、陰でこそこそ笑っているのではないか、とKは内心思った。女性に対してどう振る舞ったらいいのか、Kは見当がつかない。キリスト教女性協会のおばさんたちが、たぶんKがガリガリだったせいだろう、あるいは頭がちょっと弱いと見なしたからか、定期的にスープのバケツを洗わせてくれた。週に三回、これがKの食事になった。ロバートに稼ぎの半分を渡し、残り半分を自分のポケットに入れた。買いたいものは別になかったので、町へは一度も行かなかった。ロバートはまだあれこれKの世話を焼いてくれたが、キャンプについて説教することはもうなかった。「お前みたいなねんねは見たことがないな」とロバート。「ああ」とKは答えたが、ロバートもそんなふうに見ていたのか、とショックだった。

橋まわりの仕事は終わった。二日間男たちは仕事がなかったが、その後、町役場のトラックがやってきて道路ならしの仕事へ彼らを駆り出した。Kもほかの男たちといっしょに門の列に並んだが、土壇場でトラックに乗るのを止めた。「ぐあいが悪いから働けない」とKは看守に言った。「勝手にしろ。だが、金はもらえないぞ」と看守。

そこでKはマットレスを外へ出して、小屋の隣の日陰で、顔に片腕をのせて寝ころんだ。あたりではキャンプ生活のざわめきが続いていた。あまり静かに寝ていたためか、最初は少し離れてようすをうかがっていた幼い子どもたちが彼を起こしにかかり、起きないと見るとKの身体を玩具にして遊び出した。地面の一部ででもあるかのように彼の身体によじ登り、のしかかった。顔を隠したまま寝返りを打つと、小さな身体が背中に乗っていても、うとうとできることがわかった。この遊びのなかにKは思いがけない楽しさを発見した。子どもが触れることで元気をもらえるような気がしたのだ。役所の人たちが便所のなかに石灰を撒きに来て、子どもたちがそれを見に走って行ってしまったときは、残念にさえ思った。

フェンスをはさんでKは看守に話しかけた。「外へ出てもいいか?」

「お前は病気だと思ったぜ。今朝、病気だって言ってたろ?」

「働きたくないんだ。なんで働かなくちゃならない? ここは刑務所じゃないだろ」

「働きたくはないけど、他人には養ってもらいたいってんだな」

「俺はいつもいつも食べたいとは思わない。食べなくちゃと思ったら働く」

看守は、小さな見張り小屋のポーチの壁にライフルを立てかけ、そばのデッキチェアに腰をおろした。遠くを見ながらにやりとした。

「なあ、門を開けてくれないか?」とK。

「ここから出られるのは働きにいく連中といっしょのときだけだ」

「じゃあ、もしフェンスをよじ登ったら、どうする?」

「フェンスをよじ登ったら、お前を撃つ。ためらったりはしない、絶対に。だからやめとけ」

Kは危険の度合いを推し量るように金網を撫でた。

「いいか、よく聞けよ。悪いことは言わない、お前は新参者だから教えてやる。かりにお前を出したって、三日と経たないうちに、なかにもどしてくれって泣きついてくるぜ。三日のうちにだ。この門のところに立って、目に涙を溜めて、お願いだからなかにもどしてくれって俺に泣きつくことになる。なぜ、逃げ出したいんだ？　ここに家があるじゃないか、食い物もベッドも、仕事だってある。世間じゃみんな苦労してるんだ。お前だってわかってんだろ、俺が言うまでもないよな。何のために、あいつらに加わりたいんだ？」

「キャンプにいたくない、それだけさ」とK。「フェンスをよじ登って出ていかせてくれよ。向こうを向いててくれ。俺がいなくなったって、だれも気がつかないさ。ここに何人いるかなんて、あんただってわかっちゃいないだろ」

「お前がフェンスをよじ登るなら、俺はお前を撃ち殺す、いいか。造作もないことさ。嘘じゃない」

翌朝、ほかの男たちが仕事にでかけても、Kはベッドで寝ていた。しばらくしてからまた門のところへ行ってみた。おなじ看守が勤務に就いていた。二人はサッカーの話をした。「俺には糖尿病があるんだ」と看守。「だから北へやられることはない。ここに来て三年かな。事務仕事、貯蔵係、看守、そんな仕事だ。お前はキャンプはひどいとこだと思ってるけど、何もすることがないまま一日十二時間も棘《とげ》だらけのブッシュをながめて、こうして外に座っててみろ。それでもだ、これだけは言っておく、いいか、本音を言うとな、北へ行けという命令が出たら、俺は出ていく。絶対に見つからない。俺の戦争じゃないからな。あいつらに戦わせておくさ、あいつらの戦争なんだから」

看守がKの口元について知りたがったので(「ただの好奇心さ」と)、Kは話してやった。彼はうなずいた。「俺もそうじゃないかと思ったよ。でも、ひょっとするとだれかに切られたのかなと思ったんだ」

見張り小屋には灯油を燃料にした小型冷蔵庫があった。看守はコールドチキンとパンのランチを取り出し、金網のすきまからKにも分けてくれた。「戦争が続いていることを考えりゃ、俺たちはすごくうまくやってると思うけどな」そう言って看守はずるがしこそうに笑ってみせた。

看守はキャンプの女たちのこと、彼やその仲間が夜に受ける訪問のことを話した。「あいつらはセックスに飢えてる」と看守。それからあくびをして、デッキチェアにもどった。

翌朝、Kはロバートに揺り起こされた。「服を着ろ、仕事に行くんだ」Kはその腕を払いのけた。「来いよ。今日は全員、出ろとよ。言いわけはなし、議論もなしだ、来なければダメだ」とロバート。十分後にKは門の外の肌寒い早朝の風のなかに立ち、点呼を受け、トラックを待っていた。プリンスアルバートの通りを抜けて、クラールストロームの方角へ運ばれていった。農場の道をたどり、木陰にふぞろいに広がる一軒の屋敷を見ながら、青々と茂るアルファルファ畑のそばで止まると、腕章をつけ、ライフルを手にした二人の予備役兵が立って待っていた。トラックから這いおりると、口もきかず目を合わせようともしない一人の農場労働者から、鎌を手渡された。プレスのきいたカーキ色のズボンをはいた、背の高い男があらわれた。鎌を手に取り、男は「鎌の使い方はみんな知ってるな」と大声をあげた。「二モルゲン（オランダ植民地で使われた面積単位、一モルゲンは約二エーカー）刈らなきゃならん。さあ、始めろ！」

三歩ほどの間隔をあけて、男たちは畑仕事に取りかかった。前屈みになり、かき寄せ、刈り取り、半歩前進する、そのリズムでKはすぐに汗だくになり眩暈がしてきた。「きれいに刈れよ、きれいにな！」すぐ後ろで怒鳴る声がした。振り向くとカーキ色のズボンの農場主と顔が会った。彼が使っているデオドラントのあまったるい匂いがした。「どこで育った？　猿め」農場主は叫んだ。「根元から刈るんだ、きれいに刈れ！」Kの手から鎌を取り上げ、Kを押しのけ、アルファルファの次の株をかき寄せ、根元からきれいに刈り「わかったか？」と叫んだ。Kはうなずいた。「じゃあ、やれっ！　さあ、やってみろ！」Kは前屈みになり、次の株を地面すれすれから刈った。「こんなクズ野郎、どこで拾ってきたんだ？」農場主が予備役兵の一人に向かってそう叫ぶのがKにも聞こえてきた。「半分くたばってるぞ！　この次は掘り起こした死体でもよこすつもりか！」

「もうダメだ！」Kは最初の休みでロバートに言った。「背骨が折れそうだ。まっすぐ立つたびに、あたりがぐるぐるまわる」

「ゆっくりやれよ。やつらだって、お前がやれないことを無理にやらせることはできないんだから」

Kは自分が刈ったギザギザの刈り株を見た。

「あいつがだれか、知りたいか？」とロバートがささやく。「あの男はな、警察署長オーストハイゼンの義理の兄貴だ。やつの機械が壊れちまった、さあどうするか？　受話器を取って警察署を呼び出す。で、朝一番には、やつのアルファルファを刈る腕を三十組、確保してるって寸法だ。ここじゃ、そういうふうにことが運ぶ、そういう仕組みさ」

畑を刈り終わったときはほとんど真っ暗だったので、束ねるのは翌日やることになった。疲労困憊のあまりKはくらくらした。トラックに座り込んで目を閉じると、底無し空間を突進しているような気がした。小屋にもどるなり死んだように眠った。すると夜中に赤ん坊の泣き声で起こされた。まわりでぶつぶつと不満の声が上がった。みんな起きてしまったようだ。何時間も続いた気がする。横になったまま、赤ん坊がどこかのテントでぐずり、泣きわめき、泣き叫び、息をつくためしゃくりあげるのをくり返し聞かされた。眠りたいと思うあまり、Kは怒りが湧いてくるのを感じた。胸元で拳をきつく握りしめ、赤ん坊が消えてなくなればいいと思った。

　走るトラックの荷台に流れ込む風の唸りのなかで、Kは昨夜の泣き声のことを口にした。「知りたいか？　最後にあの子をどうやって黙らせたか」とロバート。「ブランデーだよ。ブランデーとアスピリン。それしか薬はないんだ。キャンプに医者はいない。看護婦もいない」しばしの沈黙。「キャンプを作ったとき、何が起きたか話そうか？　やつらが新しいホームとやらをすべてのホームレスのために、ボーンキースクラールやオンデルドルプから来た不法居住者《スクオッター》、通りの乞食、失業者、山で寝起きしていた浮浪者、農場から追い出された者、そういった宿無しのために作ったときにさ。やつらが門を開けてからひと月も経たないうちに、みんな病人になっちまった。赤痢、それからはしか、その次がインフルエンザだ。次々と倒れていく。檻のなかの動物みたいに閉じ込められてだ。この地区の看護婦がやってきて、いったい何をしたと思う？　ここにいるだれかにきいてみるといい。教えてくれるぜ。看護婦はキャンプのどまんなかに棒立ちになって、みんなが見てるなかで泣き出したんだ。身体から骨が突き出ている子どもを見ても、どうしたらいいのかわからなくて、ただ突っ立ったまま泣いたんだ。大きくて強そうな女が。地区の看護婦が」

「とにかく、やつらはぎょっとなった。それから水のなかに錠剤を放り込み、便所を掘り、蠅を殺す殺虫剤を撒き、バケツのスープを運んでくるようになった。だけど、あいつらは俺たちを好きでそうすると思うか？　おあいにくさま。俺たちが生きてるほうがいいから、俺たちが病気になって死んでいくさまがおぞましすぎるからさ。痩せ衰えて紙切れみたいにぺらぺらになって、それから灰になってふわふわ飛んで消えたって、やつらにとっちゃ屁でもない。ただ、心乱されるのが嫌なだけなんだ。心穏やかに眠りたいからな」

「わからない」とK。「わからないよ」

「ものごとの本質を見てないからだ」とロバート。「よおく見てみろ、やつらの心の奥の奥を、そうすればお前にもわかる」

Kは肩をすくめた。

「お前はあまちゃんなんだよ。いままでずっと眠り惚けてきたんだろ」とロバート。「もうそろそろ目を覚ましてもいいんじゃないか。なんであいつらがお前に慈善をほどこすか、お前と子どもたちに？　お前は無害、そうあいつらは思ってるからさ。お前の目は開いていない、自分のまわりの本当のことが見えてないんだよ」

二日後、夜泣きをした赤ん坊が死んだ。どのような事情があれ、どのようなキャンプでも、その内部および近辺に墓地を作ってはならない、というのが当局が命じた鉄則だったので、子どもは町の墓地の裏側の一角に埋められた。母親は十八歳の少女で、埋葬からもどって以来、ものを食べなくなった。まったく泣かず、ただテントのそばに座ってプリンスアルバートの方角をじっと見ていた。慰めにきた友達のいうことにも耳を貸さず、身体に触れた手を払いのけた。マイケル・Kは、少女から見えないところでフェンスにもたれて何時間も立ちながら、じっと彼女を見ていた。これは俺にとって教育なんだろうか？　ついに俺はこのキャンプで人生について学んでいるのだろうか？　目の前で次から次へ人生のシーンが演じられ、そのシーンがすべてしっかりと結びついているような気がした。それらのシーンがたった一つの意味に集約されていくような、何か悪いことに集約されていくような不吉な予感がしたが、それがどんなものになるのか、Kには見当もつかなかった。

一昼夜、少女は喪に服し、それからテントに引っ込んだ。いまだに泣きもせず、食べもしないという噂だ。毎朝、Kがまず最初に思うことは、今日も少女に会うだろうか、ということだった。少女は背が低くふっくらしていた。子どもの父親がだれだったのか、はっきり知っている者はなかったが、父親は山に行ってしまったという噂が飛び交っていた。Kは自分がとうとう恋をしたのかと思った。それから三日後、少女はまた姿を見せるようになり、ふたたびもとの暮らしにもどった。ほかの人たちに交じっている彼女を見るかぎり、変わったところはまるでない。Kは一度も少女に話しかけなかった。

十二月のある夜、興奮した叫び声で目覚めたキャンプ中の住人は、寝床からよろけ出て、プリンスアルバートの方角の地平線上に、真っ暗な空を背景にして、巨大な、美しいオレンジ色の花が浮かび上がるのを呆然とながめることになった。驚きのあまり息を飲む者、口笛を鳴らす者もいた。「警察署だ、絶対にそうだ!」だれかが叫んだ。突っ立ったまま見ている一時間ほどのあいだに、火は泉のように噴き出し、燃えつづけ、燃え尽きた。何もないフェルトのはるか向こうで、確かにあれは叫び声、泣き声、炎の唸りだと聞き取れる瞬間があった。やがて花の色が沈んだ赤色に変わり、泉は勢いをなくし、ついに遠くにかすむ煙しか見えなくなったころ、人々は寝入った子や目をこする子を抱えたまま、帰ってもう一度眠りについた。

明け方、警察が急襲してきた。正規の警官と男子生徒の予備役兵からなる二十人の分隊が、犬を連れ、銃を持ってやってきたのだ。ヴァンの屋根に乗った警官がメガフォンを使って大声で指令を出すと、一行は建物の列に向かって行き、杭を引き抜きテントを潰し、身体を折り曲げて必死で身を守ろうとする人影を殴りつけ、小屋になだれ込み、ベッドで寝ていた人たちに殴りかかった。素早く身をかわして逃げた若者が便所裏の隅に追い詰められて、意識がなくなるまで蹴りつけられた。小さな男の子が犬に押し倒され、おびえて泣き叫んでいるのを助け出されたが、頭を切り裂かれ血を流していた。半裸のまま、わめく者、祈る者、恐怖に立ちすくむ者がいるなかで、男も、女も、子どもも全員、小屋の前の空き地に集められて座るように命令された。そこから、目を光らせる犬と銃を構えた男たちに見張られて、人々がじっと目を凝らすなか、分隊の残りがテントの列をイナゴの群れのように移動しながら、テントを裏返し、なかにあったものをすべて外へ放り出し、スーツケースや箱の中身をぶちまけ、ところかまわず衣類、寝具、食糧、台所道具、瀬戸物類、トイレ用品をゴミの山と化すまで散乱させていった。しばらくすると彼らは小屋へ移動して、そこもまた滅茶苦茶にした。

そのあいだずっとKはベレー帽を早朝の風に飛ばされないよう、耳元に引き下げながら座っていた。すぐ隣で、泣き叫ぶ下半身裸の赤ん坊を抱いた女の両腕に、それぞれ、二人の幼い少女がしがみついていた。「こっちへおいで、ここに座るといい」とKは年下の少女にささやいた。少女は自分たちを襲った破壊の現場から目を離さずに、Kの脚をまたぎ、身を守ってくれる彼の腕のなかに立ち、親指をしゃぶった。姉もそれに加わった。二人は身を寄せ合って立っていた。Kは目を閉じた。赤ん坊は足をばたつかせてぐずり続けた。

彼らは門のところに並ばされ、一人ひとり点呼を受けた。持ち物はすべて、夜着の上にはおっていた毛布まで置いていくよう命令された。犬を連れた警官が、Kの正面にいる女の手から小型ラジオをもぎ取り、地面に落として足で踏みつけた。「ラジオはダメだ」

門の外で、男たちは左側に、女子どもは右側に集められた。門に鍵がかけられ、キャンプから人影が消えた。それから署長が、指令を発していた図体のでかいブロンドの男だったが、二人の志願兵の看守を連行させた。フェンスを背に一列に並ばされた男たちの面通しをするためだ。看守は武器を取り上げられ、服も乱れていた。見張り小屋で何があったのだろう、とKは思った。「さあ、だれがいないか教えろ」と署長。

見当たらない者が三人いた。違う小屋で寝起きしていた男たちで、Kは口をきいたことがなかった。

署長が看守たちに向かって叫んでいた。看守は署長の前に直立不動の姿勢で立っている。Kは最初、署長が叫ぶのはメガフォンに慣れているせいだと思った。だがやがて、その叫び声に含まれた怒りがだれの目にもあらわになってきた。「俺たちが裏庭に抱えているのは何だ！　犯罪者の巣窟だ！　犯罪者と破壊行為をするやからと怠け者だ！　そしてお前たち！　お前たち二人だ！　お前たちときたら、明けても暮れても、食って寝て太るだけ。自分が見張っているはずのやつらがどこにいるかさえ把握していない！　ここでいったい何をしているつもりだ——ホリディ・キャンプでもやってるつもりか！　ここは労働キャンプだぞ！　怠惰なやつに働くことを教えるキャンプだ！　働く、こと、だ！　もしもやつらが働かないなら、キャンプは閉鎖だ！　閉鎖して、こいつら浮浪者どもを追い散らす！　出ていけ、二度ともどってくるな！　チャンスはもうやった！」そう言って男たちのほうに向き直った。「そうだ、お前らだ、恩知らずのばか者が、お前らのことを言ってるんだ！」と叫んだ。「お前らは感謝ってことを知らんな！　住むところがないとき家を建ててやったのはだれだ？　寒さで震えているとき、テントと毛布をくれてやったのはだれだ？　いったいだれが看病してやった、だれが世話してやった、毎日毎日ここに食糧を運んでやったのは、いったいだれだと思ってるんだ？　そのお返しがこれか？　いいか、これからは飢えて死んでも一切知らん！」

ここで彼は大きく息をした。その肩越しに火の玉のような太陽が昇った。「俺の言うことが聞こえるか？」と彼は叫んだ。「みんなよく聞け！　お前たちが戦争をやりたいっていうから、戦争をくれてやった！　今後は、ここに俺の部下を見張りにつける――陸軍なんてくそくらえだ――俺は自分の部下を見張りにつけて、門に鍵をかけ、男だろうと女だろうと、子どもだろうと、かまわん、一人でも金網の外へ出るのを見たら、問答無用で撃ち殺せと命令するぞ！　仕事の呼び出し以外は、キャンプを離れることは許さん。訪ねてくる者も、外出も、ピクニックもなしだ。朝夕の点呼には居住者全員が答えろ。これだけ長く親切にすれば、もう十分だろう」

「ついでにこの猿どもも、いっしょに閉じ込めることにする！」彼は片腕を上げ、大げさな身振りで、まだ直立不動の姿勢を続ける二人の看守を指差した。「だれが指導権を握っているかを教えるために、あいつらをここに入れておく！　お前たち！　俺が目を光らせてないと思ってたな。お前たちがやってるいい暮らしのことを知らないと思っていただろ。見張りについていなくちゃならんときに、いちゃついていたことを知らないと思っていただろ」この考えが、どうやら彼の怒りに油を注いだようだ。やおら向きを変えると見張り小屋へ突進して、すぐに、内部が白い琺瑯《ほうろう》びきの小型冷蔵庫を腹にぐいと抱えて小屋の入り口にあらわれた。重さのために顔が真っ赤だ。帽子がドアの横木にこすれて落ちた。ポーチの端まで行くと、冷蔵庫を高々と持ち上げて投げおろした。地面に叩きつけられた冷蔵庫は、すさまじい音をたてて潰れた。モーターから油が滲み出した。「わかったか？」喘ぎ喘ぎそう言うと、彼は冷蔵庫を横倒しにした。ドアが開き、ガチャガチャと音をたてて中身が出てきた。ジンジャービールの一リットル瓶、マーガリンの塊、一連のソーセージ、潰れた桃とタマネギ、プラスチックの水容れ、ビール瓶が五本。「わかったか！」そう言うと彼は、目をぎらつかせながらまた喘いだ。

午前中ずっと、人々が太陽の照りつけるなかで座って待つあいだ、二人の若い警官と、胸と背中に「サンホセ州」と描かれた青いTシャツを着た助手が、要らぬことまで手を出しながら、のろのろと瓦礫《がれき》のなかを探しまわった。小屋のなかに隠してあったワインを見つけて、中身を地面に空けた。発見した武器を全部積み上げた。キーリー（先端にこぶのついた棒状の武器）が一本、鉄の棒が一本、長いパイプが一本、羊毛刈りの鋏が一丁、折り畳み式のナイフが数本でてきた。捜索は正午に打ち切られた。警察は収容者を囲いのなかにもどして、門に鍵をかけ、隊員を二人だけ残してものの数分で立ち去り、残された二人は日除けの下に腰掛けて、午後いっぱい、ジャッカルスドリフの人々がゴミの山を引っかきまわして、自分の持ち物を探すのをじっと見ていた。

あとになって新米の看守から、オーストハイゼンがなぜ収容者に対してあんなに怒っていたかを聞き出した。昨日の深夜、大通りの溶接所から大きな爆発音が聞こえ、それに続いて火の手が上がり、手がつけられない勢いで隣家に燃え広がり、そこから町の郷土資料館へ燃え移った。資料館は屋根が藁葺き、天井と床がイエローウッドでできていたため、内部は小一時間で丸焼けになったが、中庭に展示されていた古い農機具は救出された。トーチの灯りの下で煙のくすぶる溶接所の残骸を捜索していた警察が、押し入られた形跡を発見した。そうこうするうち警察署内の運転手が、前日の夕暮れにジャッカルスドリフの分岐点近くで、二台の自転車に乗った不審な三人の男に職務質問したことを思い出した(夜間外出禁止令違反すれすれの時間だと男たちに警告したところ、自分たちはいま大急ぎでオンデルドルプへもどるところで、そこに住んでいるのだ、と懇願したため、運転手はそれ以上深くは考えなかった)。キャンプの人間が町の放火事件に絡んでいると言いたいのは明らかだった。

わずかな所持品を集めるのはKにとっては造作なかったが、トランクやスーツケースを持っていたほかの小屋の住人は、自分の持ち物を探して瓦礫のあいだを、むっつりと歩きまわった。プラスチックの櫛一本で喧嘩になった。Kは近寄らなかった。

水曜だったが、スープを配る女性たちは来なかった。女たちの代表が門まで行き、キャンプの台所にあるコンロを使う許可を申し出たが、看守は鍵がないと言い張った。だれかが、たぶん子どもだろう、台所の窓に石を投げた。

次の日は、働きに出る者を集めるトラックも来なかった。九時ころ、警察の看守が新人と交替した。「俺たちを飢え死にさせる気だ」とロバートがあたりに聞こえるような大声で言った。「あの火事はあいつらにはもっけの幸いなんだ。前からやりたかったことをやろうとしてる——俺たちを閉じ込めて死ぬのを待ってやがる」

金網にもたれて立ち、フェルトをながめながら、Kはロバートが言ったことの意味を考えていた。キャンプは人を忘れ去られるまで収容しておく場所だというのも、いまとなってはそれほど奇異な考えではないと思った。キャンプが町から見えない、行き止まりの道路脇に作られたのも偶然ではなさそうだ。それでもまだ、見張り小屋のポーチにいる二人の若い看守が、平然と椅子に腰かけ、あくびをしたり煙草を吸ったり、ちょくちょく昼寝をしに小屋に入ったりしながら監視を続けるあいだに、その目の前で人々が死んでいくなんてKには信じがたかった。人が死んだら死体が残る。飢えて死んでもやっぱり死体は残る。もしも生きている身体が不快だというのが本当なら、死体は生きている人間の身体とおなじように不快ではないのか。この人たちが俺たちを本当に厄介払いしたいというのなら(奇妙なことにこの考えが彼の頭のなかで、植物が生長するように、どんどん大きくなっていくのがわかった)、もしも彼らが本気で俺たちを永久に忘れてしまいたいと思っているなら、俺たちにつるはしとシャベルを持たせて穴を掘るように命令しなければ。そうしておいて、俺たちが穴掘りに疲れ果てたとき、キャンプのどまんなかに巨大な穴を掘り上げていたなら、その穴に這い込み横になるよう命令しなければ、と彼は思った。俺たちが全員横になったら、小屋とテントを壊してフェンスを引き剝がし、小屋もテントもフェンスも、俺たちの持ち物もなにもかも残らず俺たちの上から放り投げて土をかけ、地面を平らにならさなければ。そうすればたぶん、あいつらは俺たちのことを忘れられるようになるかもしれない。だが、そんな大きな穴をだれが掘る？　男は三十人にも満たず、女子どもと老人が手伝ったとしても、いまの俺たちのような状態じゃ無理だ、つるはしとシャベルくらいじゃ、こんな石のように固いフェルトには歯が立たない。

　そんなふうに考えるなんて、ロバートみたいだ、われながら自分らしくない。この考えはロバートのものだけれど、それがただ自分のなかに住み着いてしまったというべきなのか、それとも、種子はもともとロバートのものだが、その考えが自分のなかで育って彼のものになったということだろうか？　Kにはわからなかった。

　そして月曜の朝、地区当局のトラックがいつものようにやってきて、彼らを仕事に連れ出した。乗り込む前に看守がリスト上の名前を照合したが、そのほかは、これといって変わったことはなかった。運転手の持っている名簿に従い、彼らは地区内のいくつかの農場におろされた。Kは二人の仲間といっしょにフェンス修理の仕事をやらされた。なかなか仕事がはかどらない。新しい針金の代わりに中古品を使うため、繋ぎ合わせるとあらぬ方角へ曲がってしまうのだ。Kはこの仕事の悠長さとくり返しが気に入った。朝出かけて夕方には帰る、一つの農場に一週間かけるといった調子で、ときには一日にフェンスをほんの二、三百メートルしか張らない日もあった。一度、農場主がKをわきに呼び、煙草をくれて、彼のことを褒めた。「お前、針金を扱う勘がいいな。フェンス専門にやれよ。この国じゃ、とにかく、器用なフェンス張りはいつだっていい稼ぎになるぞ。家畜を飼っていればフェンスは必要だからな。簡単なことさ」自分も針金は嫌いじゃない、と農場主は続けた。使い古しの針金を使わねばならないので苦労するが、それしかないんだ。週末に彼は、三人の労働に対して標準賃金を支払ったが、おまけとして果物と料理用の未熟トウモロコシの包み、それに古着を加えた。Kは古いセーターをもらい、ほかの二人には妻と子どもにと古着の箱が配られた。帰途、トラックの荷台で連れの一人が箱の中身をあれこれ摘んでいるうちに、大きな木綿のパンティが出てきた。男は指先で広げてしげしげと見やり、鼻の頭に皺をよせ、それを放り投げた。下着は荷台に流れ込む風の勢いに巻き込まれて消えた。それから男は、箱ごとトラックのわきから投げ捨てた。

その夜、キャンプ内に酒が出まわり喧嘩が始まった。Kがふと目をやると、糖尿病があると言っていた志願兵が火灯りのなかに立ち、腿をつかんで助けてくれと叫んでいた。両手が血に染まって光り、ズボンも濡れていた。「俺はどうなる?」何度も何度も彼は叫んだ。指のあいだから血が滲み出ていた。どろっとした油のようだ。あちこちから人が走ってきてじっと見ていた。

Kが門まで駆けていくと、警察からきた二人の看守は突っ立ったまま、騒ぎの起きている方角をながめていた。「あの人が刺された」どもりながらKは言った。「血が出てる、病院に、連れていかなくちゃ」

看守は顔を見合わせた。「ここへ連れてこい。そうしたら俺たちが面倒を見るから」一人がそう言う。

Kは駆けもどった。刺された男は足首にズボンを絡ませて座り、ひっきりなしにしゃべりながら腿をつかんでいたが、そこからまだ血が噴き出していた。「みんなで門のところまで連れていかなくちゃ!」とKは叫んだ。Kがキャンプで大声をあげたのは初めてだったので、みんな怪訝そうな顔をした。「門まで連れていこう、そうしたら病院へ連れていってくれる!」地面に座っていた男が力強くうなずき、叫んだ。「病院へ連れてってくれ、この血の噴き出し方を見てくれ！」

男の仲間、志願兵の片割れが人をかきわけながらやってきて、持ってきたタオルで傷口のまわりを縛ろうとした。だれかがKを肘でこづいた。ほかの小屋の男だ。「放っとけ、自分たちで面倒見ればいいんだ」人垣が崩れはじめた。すぐに子どもだけになったが、Kは、ちらつく灯りのなかで若いほうの男が年上の男の腿を縛るのを見ていた。

だれが看守を刺したのか、看守は治ったのか、どちらもKは知らずじまいだった。Kにとってそれがキャンプ最後の夜になったからだ。みんなが寝静まったころ、Kはそっと黒いコートに持ち物を包んで抜け出し、貯水タンクの後ろに身を潜め、最後の残り火も消えてフェルトを渡る風の音しか聞こえなくなるのを待った。ゆうに一時間は待っただろうか、長いあいだじっと座っていたため身震いが起きた。それから靴を脱ぎ、それを首のまわりに掛け、便所裏のフェンスまで忍び足で進み、荷物を向こう側に投げて、よじ登った。フェンスをまたぎ越すときズボンが有刺鉄線に引っかかり、一瞬、銀青色の空にくっきりと彼の姿が浮かび上がった。射撃の標的にはもってこいだ。引っかかったズボンをどうにかはずして飛びおり、フェンス内の地面と驚くほどよく似た地面を、爪先立って進んだ。

夜じゅう歩いたが、まったく疲れを感じなかった。自由になった興奮で身が震えることもあった。夜が白みはじめると道路を離れて、広々とした土地へ入った。人は見かけなかったが、レイヨウが隠れ家から飛び出し、全速力で丘に駆け込むのには一度ならず驚かされた。白い枯れ草が風に揺れ、空は青く、身体じゅうに精気がみなぎっていた。大きな輪を描くように進み、最初の農場は家屋を大きく迂回し、次の家屋も遠目にして歩いた。風景は見渡すかぎり何もない。ときには、この大地に足を踏み入れるのは、あるいはこの小石を踏むのは自分が最初なのでは、と思うことさえ難しくなかった。しかし、一、二マイルごとに出くわすフェンスが、自分は不法侵入者であり逃亡者であることを思い出させた。首をすくめてフェンスをくぐり抜けるたびに、ぴんと張った針金が弾けて唸ると、自分は針金にかけては熟練者なのだという喜びを感じた。とはいえ、自分が地中に杭を埋め込みフェンスを張り、土地を分割しながら一生を過ごすところは想像できない。自分はあとに形跡を残すような重いものではなく、何かもっと、地表の微小片のようなものだ。蟻の足が引っ掻いても、蝶が歯を立てても、土埃が舞い上がっても気づかないほど、深い眠りについている何か。

最後の斜面を登ると、心臓がどきどきしてきた。丘の頂上に近づくにつれて、下方に家が見えてきた。まず屋根と壊れた破風、次に水漆喰の白壁、何もかももとのままだ。きっと、俺はフィサヒー家最後の人間より長く生き延びたんだ、間違いない、そう思った。俺が山のなかで霞を食って生きていた毎日が、あるいはキャンプで時間に飲み込まれるようにして過ごした日々が、きっとあの少年には、食べるにしろ飢えるにしろ、隠れ穴で眠っているにしろ起きているにしろ、耐え難く長い一日だっただろう。

裏のドアは鍵がかかっていなかった。Kが跳ね戸を押し開けると、何かが飛び跳ね、彼の顔を掠めるようにして逃げ去った。猫だ。黒と生姜色のぶちの大きな猫。以前、この農場で猫を見かけたことはなかった。

家には熱気と埃臭さがこもっていたが、古い脂と未加工の皮の臭いもした。臭いは台所に近づくにつれてひどくなった。台所のドアのところで彼は躊躇した。まだ時間はある、足跡を消して忍び出る時間はある、そう思った。何かのために舞いもどったとしても、フィサヒーのように生きるためではないし、彼らが寝たところに寝るためでも、彼らの土地をながめながらストゥープに座っているためでもない。この家が、かりにフィサヒー家代々の幽霊が住みつくために放置されたとしても、そんなことはどうでもいい。もどってきたのはこの家のためではないのだから。

台所は屋根の穴から陽光が射し込み、ガランとしていた。臭いは食糧貯蔵室からきていた。貯蔵室の薄暗さのなかに目を凝らすと、羊か山羊の脇腹がフックからぶら下がっているのが見えた。死骸には干涸びた灰色の皮が骨に付着しているだけで、ほとんど何も残っていなかったが、それでも、そのまわりに緑色の腹をした蝿がたかっていた。

台所から出たKは憂鬱な気分で、フィサヒー少年の形跡か隠れ場を示す手がかりを探しながら、家のほかの部分を調べた。何も見つからなかった。床は真新しい埃の膜に被われていた。屋根裏部屋の戸は外から南京錠がおりたままだ。家具は以前の場所にあり、あえて何かを隠した形跡は見あたらない。食堂のまんなかに立ち、息を詰めて、屋根裏や床下のどんな微かな気配も聞き逃すまいと耳を澄ました。しかし孫息子の心臓の鼓動が聞こえたとしても、かりに孫息子がここにいて、それも生きているとしてだが、それはKの鼓動とおなじ拍動を打っていた。

陽光のなかに出て、フェルトを横切り、貯水池と、かつて母親の遺灰を撒いた畑へ続く道をたどった。道端のどの石も、どのブッシュにも見覚えがある。貯水池へ着くとくつろいだ気持ちになれた。家のなかでは感じられなかったものだ。まるめた黒いコートを枕代わりにして寝ころんで休み、上方で空が回転するのをながめた。ここで生きていきたい、そう思った。ここでずっと生きていたい、母が、そして祖母が生きていた場所。じつに簡単なこと。こんな時代を生きるために、人が獣のように生きる覚悟をしなければならないなんて哀しいことだ。生きたいと思う人間は、窓から灯りがもれる家には住めないのだ。穴のなかに住み、日中は隠れていなければならない。人は自分が生きている痕跡を残さずに生きなければならない。そういうことになったんだ。

貯水池は干上がり、そのまわりに茂っていた青草は白茶けた、固くて脆い枯れ草になっていた。種子を蒔いたカボチャやトウモロコシは跡形もない。彼が耕した畑にはフェルトから侵入した草が威勢よく伸びていた。

ポンプのブレーキをゆるめた。弾み車が軋りながら揺れ、大きく震えて回転を始めた。ピストンがぐいと下がってふたたび上がってきた。水が噴き出し、最初の赤錆びた色もやがて澄んだ。すべてがもとのまま、山のなかで思い描いた通りだ。流れる水に手をかざすと、水の勢いに押されて指が反り返るほどだ。貯水池のなかに入って流れのなかに立ち、花のように顔を上向けながら水を飲み、浴びた。飽きることなくそうした。

戸外で寝たが、フィサヒー少年が出てくる夢で目が覚めた。蜘蛛が這いまわる、床下の暗闇に身をまるめてうずくまり、頭上に洋服ダンスの重みがのしかかるなか、少年は口を動かして、ことば、嘆願、祈り、命令のようなものをくり返すが、何を言っているのかKには聞こえず、意味もわからない。身体の強ばりと消耗感を感じて身を起こした。最初の一日をあいつに盗まれてたまるか！　Kは呻いた。子守りになるためもどったわけじゃないんだ！　何カ月も自分の面倒は自分で見てきたんだから、もう少し自分で面倒を見てりゃいいんだ！　黒いコートにくるまり、歯をくいしばって夜明けを待った。

耕して植える、そう心に決めてきた楽しみを思うと疼くような気持ちに襲われ、住処《すみか》を作る作業をとにかく早く片づけてしまいたいと思った。

　午前中いっぱい、丘の中腹から続く浅い谷間や、岩が垂直に切り立つ断層に沿って、フェルトを踏査した。貯水池から三百ヤードほど離れたところに、ふっくらした胸のような、なだらかな丘が二つ向き合うように弧を描いていた。丘と丘が出会う中腹斜面に深さが人の腰ほど、長さが三、四ヤードの割れ目ができていた。割れ目の底は暗青色の細かな砂利だ。おなじような砂利は両側の斜面から削り取ることができる。ここをＫは住処にしようと決めた。農場の納屋から道具を持ち出した。スコップと鑿《のみ》だ。羊小屋の屋根から五フィート四方の波板トタンを一枚剝がした。廃園となった果樹園の下方の壊れてもつれたフェンスから、苦労して三本の杭を引き抜いた。これらをすべて貯水池へ運び、仕事に取りかかった。

　まず最初は割れ目の内側の両斜面を、上より底が広くなるまで刳《く》り抜き、砂利の散らばる底を平らにした。次第に狭くなる片端には石を積んで止めをした。それから三本の杭を割れ目に直角に渡し、その上から波板トタンをかぶせ、重しに大きな平たい石をいくつかのせた。これで深さ五フィートの洞穴、いや巣穴のできあがりだ。だが、貯水池のところへもどってながめると、入り口の黒い穴がすぐ目についた。そこで午後の残りは穴を目立たなくする方法を探して過ごした。夕闇が迫るころ、二日目は何も食べていないことに気づき、驚いた。

次の朝、川砂を袋に詰めて運び底床一面に敷いた。丘陵斜面の岩層から平らな石を剝いできて正面の壁を築き、わざと不定形な割れ目だけ残して、そこからなんとかもぐり込めるようにした。泥と枯れ草を捏ねて、屋根と壁の隙間に詰めた。屋上には砂利を並べた。一日中何も食べず、食べたいという欲求も感じなかったが、仕事のペースが落ちてきたことはわかった。手製の住処を前にして、呆然と立っていたり、膝をついて放心したりするようになっていた。

割れ目に泥を詰めて平らにならしながら、ふと思った。丹精込めたこのモルタル造りも、雨が降ればひとたまりもなく流されてしまうだろう。雨水は間違いなく、溝を伝って彼の家のなかに流れ込むだろう。砂の下に石を敷けばよかった、庇を出すことにすればよかった。がしかし、と彼は思い直した。俺はこの貯水池のそばに、次の世代に残す家を建てているわけではない。俺が造るものは粗雑な、一時しのぎのシェルターで十分、心の琴線に触れることなく遺棄されるものであるべきなんだ。だから、万が一やつらがここを、その廃墟を見つけて首を振りながら、なんて無策なしろもの、仕事にプライドってものを持たないのか！　と言い合ったとしても、そんなことはどうでもいい。

納屋のなかにカボチャとメロンの種子が一握り残っていた。帰り着いてから四日目、Kはこれを植える仕事に取りかかった。前回植えた作物の墓の上の、フェルトに波打つ草の海のなかに、種子一粒を蒔く小さな地面をいくつか耕した。もう土地全体を灌漑しようとは思わなかった。どうせ青々と生い茂る草が彼の努力を裏切ることになるのだから。そこで、古いペンキの缶で貯水池から水を運び、種子に一つひとつ水を遣った。この仕事が終わると、あとは発芽を待つだけだ。発芽すればの話だが。巣穴のなかに横たわり、この哀れな第二の子どもたちが大地の闇から太陽に向かってたたかいを開始するところを思った。ひとつだけ心配なのは、盛夏を過ぎてから種子を蒔いたので、下準備が十分ではなかったことだ。

種子の世話をし、見守り、大地に食物が稔るのを待つあいだ、彼自身の食物に対する欲求はどんどん薄れていった。空腹感はまったくなく、ほとんど思い出せない感覚になっていた。見つけたものを手当たり次第口に入れたが、それは食べなければ肉体は死ぬという思いを払拭できなかったからにすぎない。何を食べるかは重要ではなかった。味覚は麻痺し、あっても土埃の味がした。

この大地から食物が稔れば俺の食欲はもどる、その食物には固有の味があるのだから、と自分に言い聞かせた。

山やキャンプの過酷な体験で、彼の身体には骨と筋肉しか残っていなかった。衣服はすでに、原形を留めないほどぼろぼろになって身体からぶらさがっていた。それでも自分の畑のまわりを動きながら、そんな肉体の状態に深い喜びを感じた。足取りは軽く、ほとんど地面に触れないくらいだ。これなら飛ぶことだってできる、肉体のまま霊魂にもなれそうだ。

また昆虫を食べるようになった。時が終わりのない流れになって降り注ぐので、午前中いっぱい、腹這いになって蟻の巣をのぞき込みながら、幼虫を草の茎で一匹ずつ摘んで口に入れながら過ごした。あるいは、枯れた木の幹を剝がして甲虫の幼虫を探したり、飛んでいるバッタを上着ではたき落とし、頭と脚と羽をもぎ、胴体をどろどろに潰して陽に干した。

根も食べた。毒にあたる不安はなかった。無害な苦みと有毒の苦みを判別できる気がしたからだ。まるで、かつて自分は獣であり、良い植物と悪い植物を判別する生まれながらの能力が、まだ自分のなかで死に絶えていないとでもいうかのように。

彼が引きこもった場所は、農場を貫く小道から一マイルも離れていなかった。小道は大きく輪を描いて枝道と合流し、その枝道がさらに遠くのモールデナース渓谷へと続いている。小道を通るものはほとんどなかったが、気を許すわけにはいかない。モーターの低い唸りが聞こえたとき、何度かあわてて隠れ家にもぐり込まねばならなかった。川床をぶらついていてふと見上げると、すぐ近くをロバの荷車が通るのを目にしたこともある。手綱を引いていたのは老人で、隣にだれか、女か子どもがいたようだ。見られただろうか？　動いて注意を引いてはまずいと思い、凍りついたようにその場に立ちつくした。だれかが見ようと思えばまる見えの格好で、彼は、荷車がゆっくりと進んで丘の向こうに消えるのをじっと見ていた。

昼夜なく警戒しているのとおなじように厄介なのが、思うように水を使えないことだった。ポンプの翼が動いているのを見られてはまずいし、貯水池はいつも干上がっているように見えなければならない。そこで、ポンプのブレーキをゆるめて数インチだけ汲み上げた水を苗木まで運ぶのは、月明かりの下か、不安に駆られながら夕暮れにやるしかなかった。

一度か二度、湿った土にレイヨウ類の足跡を見つけたが、気にしなかった。するとある夜、荒い鼻息と蹄の音で目が覚めた。家から這い出ると、姿を見ないうちから臭いでわかった。山羊は、貯水池が干上がったときどこかへ行ってしまったものとKは思い込んでいた。寝ぼけながらも畑を守りたい一心で、よろよろと山羊のあとを追い、口汚く罵り、石を投げつけているうちに、転んで手の平に棘を深く刺してしまった。夜通し畑の見まわりをした。山羊は早朝の光のなか、丘の斜面に二、三頭寄りかたまってぽつぽつ姿をあらわし、彼が立ち去るのを待っていた。そのためKは一日中、石を手に山羊を追って突進しながら見張りを続けるはめになった。

野生化した山羊は作物を脅かすばかりか、そこにいるだけで畑が人目につく。それならば、寝るのは昼にして、夜起きて畑を守り耕すことにしようと決めた。最初のうちは月の出ている夜しか作業ができなかった。月のない濃い闇のなかで、根が生えたように立ち、両手を広げ、ぬっとあらわれる自分の影を想像して恐ろしくなったのだ。それでも時が経つにつれて、盲人の自信をつけていった。しなやかな若枝を前に構え、自分の家と畑のあいだにつけておいた道をたどり、ポンプのブレーキをゆるめてコックを開き、缶に水を汲み、草をかき分け蔓を見つけて一本いっぽん水をやる。次第に夜に対する恐怖心が消えていった。昼間にふと目が覚めて戸外を見やると、強い光にたじろぎ、瞼の裏に奇妙な緑色を感じながら寝床へ引っ込むまでになった。

すでに夏も終わりに近づき、ジャッカルスドリフのキャンプを出てからひと月以上が過ぎていた。フィサヒー少年を探すことはなかったし、自分にそのつもりがあったとも思えない。少年のことはもう考えまいとしたが、ときおり、少年がフェルトに穴を掘っているのではないか、農場の敷地内で自分とおなじように生きているのではないか、トカゲを食べ、草露を飲み、軍隊が自分のことを忘れるのを待っているのではないか、と考えていることに気づいた。そんなこと、ありえないのに。

農場の家は、必要なものを取りに行くときを除いて、死者の住処として避けた。火を熾す道具が欲しいと思っていると、壊れた玩具の入ったスーツケースのなかにいいものを見つけた。赤いプラスチックの望遠鏡、これなら付属のレンズで太陽光線を集め、ひとつかみの枯れ草に当てれば火が熾きる。納屋のなかで見つけた鹿皮を紐状に切り取り、なくしたパチンコの代わりを作った。

暮らしをより安楽にできそうなものは、ほかにもたくさんあった。焼き網、鍋、折り畳み椅子、厚めのゴムの敷布団、食糧用の袋もまだある。納屋のなかをあれこれ引っかきまわすと、どれも何かに利用できそうなものばかりだ。しかし、地中にある自分の家までフィサヒー家のがらくたを運ぶことには警戒心が働いた。彼らが被った災難の二の舞になりはしないか。最悪の誤りは、張り合って、貯水池のそばのほんのかりそめにすぎないものに新しい家を築こうなどと思うことだ、そう自分に言い聞かせた。むしろ、自分が使うものは木や皮や動物の腸などがいい、自分が必要としなくなったとき、昆虫が食べられる素材であるほうがいいんだ。

ポンプの櫓《やぐら》にもたれて、ピストンが底に達するたびに伝わってくる振動を感じながら、頭上で、大きな車が油のきいたベアリングに乗って闇を切り分ける音を聞いた。自分に子どもがいなくてよかった。人の父親になりたいという欲望がなくて本当によかった。こんな奥地の田舎で子どもを抱えていたら、どうしたらいいかわからない。ミルクや衣服や友達、学校のことだってある。そんな仕事を自分がうまくこなせるわけはないから、最悪の父親になってしまう。ああ、ただ過ぎていく時間だけの人生なら生きていくのも難しくはない。俺は呼び出されるのを逃れた幸運者だ。ジャッカルスドリフのキャンプのことを、金網のなかで子どもを育てている親たちのことを思った。彼ら自身の子どもたちと従兄弟や従姉妹の子どもたちとそのまた従姉妹の子どもたちを、毎日毎日大勢の足で踏みつけられ、太陽に焼かれ、あまりに固くなってしまった大地の上で育てているのだ。そんな土地にはもう何も生えそうもない。俺の母親はここへ遺灰を持って帰ってきたあの母親だし、父親はノレニウス学園なんだ。俺の父親は寮のドアに貼ってあった二十一項目の規則表だ、第一項目が「寮内ではいかなるときも静かにすること」というあの規則表。それに、線が曲がっていると俺の耳をひねる、指のない木工の教師。カーキ色のシャツにカーキ色の半ズボン、黒いソックスに黒靴で、贖罪のためにパペガーイ通りの教会まで二列に並んで行進する日曜の朝。それが俺の父親だったんだ。母親は埋葬されてまだ甦らない。だから、俺のような、伝えるものを何も持たない人間が、人の邪魔にならないここで自分の時間を過ごしているのは良いことなんだ。

帰り着いてからひと月経ったが、Kの知るかぎり訪ねてくる者はない。農場の家の床についた埃の上の真新しい足跡は、彼自身のものか猫のものだ。猫は気ままに出入りしていたが、どうやってなのかKにはわからなかった。そしてある夜明け、何気なく家のそばを通り過ぎようとしたとき、彼は度肝を抜かれてその場に立ちつくすことになった。いつもは閉まっている正面のドアが半開きになっていたのだ。開いたドアの隙間から三十歩と離れていないところでKは、突然陽光にさらされたモグラのように、自分が丸裸だと感じながら立ちすくんだ。足を忍ばせて川床の隠れ場まで引き返し、自分の穴に滑り込んだ。

一週間というもの農場の家には近寄らなかったが、闇に紛れ、小石がぶつかる微かな音がフェルトに響き渡って彼の存在を暴露するのではないかと怖れながら、這いつくばるようにして畑の世話をした。育ちはじめたカボチャの葉がいまや自分が貯水池を占拠していることを示す、色鮮やかな緑の旗に見えた。そこでKは蔓の上に念入りに草の葉をかぶせ、さらにカボチャの葉を刈り取ることまで考えた。眠ることができず、オーブンのように熱い屋根の下で草の寝床に横たわり、自分が発見される前触れとなる物音に耳をそばだてた。

とはいえ、自分の恐怖がばかばかしく思えるときもあった。人間社会から切り離されて、一瞬、自分が危うく鼠より臆病になっていると認識できる澄明な時間。いったいどんな根拠があって、ドアが開いていたのはフィサヒー家の人が帰ってきたとか、警察がやってきて悪名高いブラントフライに引き渡されるとか考えたのだろう。この広大な国土の上を何百何千の人が、戦禍を逃れて毎日ゴキブリの巡礼よろしく移動しているというのに、そんな難民が人里離れた、荒れ果てた農場の空き家に隠れ住んだからって、なんでびくびくしなくちゃならない？　きっとそいつ、いや、その人たち（Kが思い浮かべたのは、男が家財道具を積んだ荷車を押し、女が後ろから重い足取りで続き、二人いる子どものうち一人は女と手をつなぎ、もう一人は荷車の積み荷の上に座って、かぼそい声で鳴く仔猫をしっかり抱いていて、風が、疲れきった彼らの顔に土埃を吹きつけ空に黒雲を運んでくる、そんな光景だ）――そういう人たちのほうがむしろ自分のことを恐れて当然なのに。骨と皮と化した野人がぼろをまとって、コウモリの飛び交う時間に地面からぬっとあらわれるのだから。

だがそれでも、と彼は考える。そういう人たちでないとしたら、逃亡兵とか気晴らしに山羊撃ちにやってきた非番の警官だったら、俺のお粗末なトリックや草で隠したカボチャや、泥でカムフラージュした巣穴を見て、腹を抱えて笑うような屈強な男たちだったら、俺の尻を蹴飛ばし、荷物をまとめろ、と言って俺を小間使いにするだろうか？やつらのために木を伐り水を運び、やつらの銃口の射程内に山羊を追い込む小間使い。そうなったら、あいつらはグリルした分厚い肉を食い、俺はおこぼれの屑肉の皿を抱えてブッシュの陰にうずくまるんだ。そんなことになるくらいなら、夜も昼も隠れていたほうがいいのではないか、やつらの奴隷になるくらいなら地中深く自分を埋め込んでしまった方がましではないか？　（それにしても、俺を小間使いにするなんて、やつらはちらりとでも考えるだろうか？　フェルトを突進してくる野人を見て、あいつの被り物のバッジをだれが撃ち抜けるか、と賭を始めるんじゃないのか？）

　日々が過ぎていったが、何も起きなかった。太陽が照り、鳥がブッシュを飛び交い、あたり一面、静寂が支配していた。するとKにも自信がもどってきた。まる一日、隠れ家に横になって農場の家を見張っていた。太陽が左から右へ弧を描いて、影はストゥープを右から左へと移っていく。中央の深い闇の切れ端は開いたドアなのか、それともドアそのものなのか。遠すぎてよく見えなかった。夜が来て月が昇ると、荒れた果樹園にできるだけ近づいてみた。家には灯りもなく音もしない。忍び足で出て庭を横切り、階段のすぐ下まで行くと、そこからドアが開いているのが見えた。これはずっと開いていたに違いない。階段を上って家のなかに入った。入り口の漆黒の闇のなかに立って耳を澄ました。静寂だけ。

納屋の袋の上に横になり、残りの夜が過ぎるのを待った。うとうとしたが、夜中に眠るのは慣れていなかった。朝になって、もう一度家に入った。床は掃いたばかり、火格子もきれいになっていた。隅には微かに煙の匂いも漂っている。納屋の裏の屑のなかに、ラベルのついていないキラキラ光る真新しいコンビーフの空き缶が六個捨ててあった。

巣穴にもどり、間違いなく兵隊が農場にいた、それも徒歩でやってきた、とおののきながらその日は隠れて過ごした。山にいる反逆者狩りや脱走兵の追跡、あるいはただの視察で来たなら、なぜジープやトラックで来なかったのだろう？　なぜこそこそやってきたのか？　なぜ形跡を消したりするのか？　説明はいくらでもつく、幾通りにも説明はつくかもしれないが、Kには彼らの真意が読めなかった。彼にわかったのは自分が発見されなかったのは本当に幸運だったということだけだ。

その夜はポンプで水を汲むのを控え、太陽と風が貯水池の底を乾かしてしまえばいいとさえ思った。さらに草をたくさん引きむしり、両手いっぱいに抱えて、人目につくカボチャの蔓の上にかけた。身を低くして静かに息をした。

一日が過ぎ、また一日が過ぎた。それから日が沈もうとするころ、手足を伸ばすためにKが家から出ると、平地を横切る影が目に入った。さっと地面に身を伏せた。馬に乗った男が一人、そばに徒歩の男がもう一人、貯水池に向かっている。馬上の男の肩から突き出た銃身もくっきりと見える。自分の穴に向かってミミズのようにずるずると這いもどりながら、早く暗くならないか、地面が俺を飲み込んで守ってくれないか、とそればかり考えた。

穴の入り口近くの小山の陰から、頭を上げてもう一度だけ見ようとした。

馬ではなくロバだ。ちっぽけなロバで、乗り手の足が地面につきそうだ。はるか後方にもう一頭のロバがいて、こちらには人が乗っていないが、両脇に灰色の大きな荷物が紐で結わえられている。二頭のロバのあいだに、数えると男が八人、列のしんがりに九人目がいた。全員銃を持ち、荷物を担いでいる者もいる。青いズボンが一人、黄色いズボンが一人、ほかはみな迷彩服だ。

できるだけ音をたてずに、Kは後ろ向きに穴のなかに滑り込んだ。入り口からはもう何も見えなかったが、無風の空気のなかを彼らが貯水池へおりていく音が聞こえ、ポンプのブレーキをゆるめるとき鎖がぶつかり合う音がして、低い話し声さえ響いてきた。だれかが梯子を上り、地面より高くなった踊り場まで行き、またおりてきた。

暗くなり、すぐ近くに見知らぬ者がいることを表すのはロバの荒い鼻息だけになった。川床で斧が振りおろされる鈍い音が聞こえた。しばらくすると頭上の峰の輪郭が、焚き火のほのかなオレンジ色に映えて浮かび上がった。風がひと吹きすると、梯子が揺れ、金属の擦れる音がしてポンプの弾み車が一度だけまわって止まった。「なんで水が出ない?」——はっきりとことばが聞きとれた。彼には理解できないことばがさらに続き、どっと笑う声がした。やがてまた風が起き、ポンプが軋みながらまわり、Kは、ピストンが地中深くで唸る最初の音を手の平と足の裏に感じた。押し殺した歓声。肉を焼く匂いが風に乗って流れてきた。

Kは目を閉じて顔を両手に埋めた。貯水池でキャンプしているのは、家に寝泊まりしていたのは、兵隊ではない、それは彼にもはっきりとわかった。山からきた男たちだ。鉄道線路を爆破し、道路に地雷をしかけ、農場の家屋を襲って貯蔵物を運び去り、町と町の連絡網を断ち切る男たち。ラジオが皆殺しにしたと伝え、新聞が大きく開いた傷口から流れる血溜まりのなかに点々と横たわる彼らの写真を載せる、あの男たち。いまKのところへやってきたのは、そういう男たちだ。しかしKには、彼らがただのサッカーチームのように思えてならない。きつい試合のあとにフィールドを離れてきた十一人の男たち。くたくたに疲れ、満足感にあふれ、腹をすかせて。

心臓がどきどきした。朝になり彼らがここを出発するとき俺は、とKは秘かに考える、この隠れ家から出て彼らの後ろを小走りでついていくこともできる、ブラスバンドのあとを追う子どものように。そのうち彼らが俺のことに気づいて立ち止まり、何が欲しいんだ？　ときくだろう。すると俺はこう答える。荷物を運ばせてください、一日の終わりに薪を割ったり火を熾させてください。あるいは、こんなふうに言うこともできる。必ずまた貯水池にもどってきてください、そのときは御馳走しますから。そのころまでにはカボチャやスカッシュ、メロンも収穫していますから、桃やイチジクやウチワサボテンの実だって、何だってありますよ。そして次に、彼らが山に向かうときは、いや、どこであろうと夜陰に紛れて行くときは、彼らに食べ物を出してやり、食後はいっしょに火のまわりに座って彼らのことばにうっとり聞き入る。彼らの話はキャンプで聞いたのとは違うはずだ、なぜならキャンプは置いて行かれた者、女子ども、年寄り、盲人、不具、痴呆といった、どれだけ辛抱してきたかという話しかしない人たちのものだから。それとは違って、この若い男たちは冒険、勝利、敗北、逃走を体験してきた。彼らには、戦争が終わったあとも長く語りつづける物語がある。一生分の物語、あんぐりと口を開けて聞き入る孫たちに語り聞かせる物語。

それでも、自分の靴紐が結べているか調べるために手探りしたその瞬間、Kには、自分が這い出して立ち上がり、闇から火明かりのなかに出ていき、名告《なの》りを上げたりしないことがわかった。その理由も理解できた。大勢の男たちが、畑作りなんか戦争が終わってからだ、といって発っていった。でも、あとに残って畑を作りつづける人間は必要なはずだ、少なくとも畑作りの知識だけでも維持しなければならないはずだ。いったんその絆が断ち切られたら、大地は固くなり、その子どもたちのことを忘れてしまう。それが理由だ。

そうはいっても、この理由と彼が決して名告りをあげないことのあいだには、大きなギャップがあった。彼と火明かりを隔てる距離よりもさらに大きなギャップ。いつだって、自分のことを自分自身に説明しようとするときはギャップが、穴が、暗闇が残った。それを前にすると彼の理解は立ちすくみ、いくらことばを注ぎ込んでも埋まらなくなる。ことばは呑み込まれ、ギャップだけが残った。彼の話はいつだって穴の開いた話だった、間違った話、いつだって間違いなんだ。

ノレニウス学園と授業のことを思い出した。恐怖に身を強ばらせて、目の前の問題をにらんでいた。その間、教師は列のあいだをゆっくりと歩きながら、生徒に鉛筆を置かせて出来の良いものと悪いものを選別するときが来るまでの残り時間を数えていた。十二人の男で六袋のジャガイモを食べる。それぞれの袋にはジャガイモが六キロ入っている。商はいくらか？　自分が十二と書くのがわかる、六と書くのもわかる。だが、それらの数字をどうしたらいいのかわからない。どちらの数字も×をつけて消す。「商」ということばをじっと見つめる。変わらない、解けてなくなりもしない、秘密を明かしてもくれない。商が何なのか知らずに俺は死ぬんだ、そう思った。

夜どおし、貯水池にゆっくりと水が溜まっていく音に耳を澄ましながら、目を覚ましたまま横になり、ときおり、星明かりのなかに目を凝らして、ロバがじっとしているか、それともまだカボチャの若葉を食いちぎっているかを見た。そのうちうとうとしたらしい。次に気づいたのが、彼のすぐ下の草地をだれかが手を叩きながらどすんどすんと、ロバを追いまわす音だった。すでに茜色の空を背景に山脈の青い輪郭が見えていた。穏やかに吹く風にのってかすかな音が聞こえてくる。バックルのぶつかり合う音、マグにスプーンが当たる音、水がはねる音。

さあ、ちゃんと目が覚めているいまが最後のチャンスだ、いましかない。巣穴から外に滑り出て、這いつくばって前進し、尾根の肩越しにのぞいて見た。

一人の男が貯水池から這い上がろうとしていた。冷たい夜の水から上がり、壁に身を寄せて立ち、白いタオルで身体を拭いている。柔らかな曙光が彼の濡れた裸体にきらきらと反射した。

男が二人、ロバに荷を積んでいる。一人が轡《くつわ》を抑え、もう一人がかさばる二つの布袋と、これもキャンバス地で縛った長い筒状の包みをロバの背にのせ、紐をかけている。

残りの連中は貯水池の壁の陰にいて、ときおり頭が動くのがKにも見えた。壁の近くに立っていた男の姿がまた見えた。今度は服を着ていた。前に身を屈め、コックを開いた。水が、Kが最初のときに掘った溝に勢いよく流れ込み、畑に流れ込んだ。これは何かの間違いだ、何かのサインだ、そう思った。

さっきの男がポンプのブレーキを固定した。

長い、ばらつく列を作って、男たちは東の山に向かってフェルトを移動しはじめた。ロバは先頭に一頭、しんがりにもう一頭、太陽が稜線の縁から顔を見せて彼らの顔いっぱいに光を浴びせた。Kは屋根の陰で、男たちが黄色い草のなかを上下する点になるまで凝視しながら、あとを追うならまだ遅くはない、まだ間に合う、と考えていた。やがて、ついにその姿が消えると、外に出て水浸しの畑を見てまわり、ロバが荒らした跡を調べた。

痕跡はいたるところに残っていた。ロバは作物を食いちぎったばかりか、あちこちを踏みにじっていった。草のなかで、ぷっつりと切られた長い蔓から萎れた葉が垂れ、芽吹いた仁果が、緑色のビー玉ほどの小球が、無惨に食い荒らされていた。彼は作物の半分を失った。ほかに闖入者が残していった痕跡はない。焚き火の跡は念入りに土と小石がかけられ、残った温もりでようやくその地点が判別できるだけだ。貯水池からは水がすっかり消えていた。彼はコックを閉めた。

自分の巣穴の上の斜面を登り、頂上に身を伏せて太陽の方角に目を凝らした。何も見えない。彼らは丘と丘のあいだに消えてしまった。

俺は、子どもたちが家を出ていった女みたいだ、とKは思った。することは後片づけと沈黙に耳を澄ますだけ。彼らに食べ物を出したかったのに、食い物を出せたのはロバにだけ、あいつらには草を食わしておくことだってできたのに。穴のなかに這い込み、もの憂く横になって目を閉じた。

朝になり、ヘリコプターの音で目が覚めた。頭上を通過し、川の方角へ飛んでいった。十五分後にもどってきて、さらに北の方角へ低く飛んでいった。

彼は考えた。土地が水浸しなのがわかってしまう。草の色がほかより青々としているのもわかってしまう。彼らはカボチャの葉の緑色を見分けるかもしれない。葉が旗のように彼らに向かって揺れているのだから。空中からは何もかもまる見えで、本来地中に育つもの以外は何でも見えてしまうんだ。玉葱を植えればよかった。

山に逃げ込む時間はまだある、俺のやれることが洞穴に隠れるだけだとしても、そう思った。だが、もの憂さは抜けそうもない。来たければ来ればいい、どっちでもいいさ。彼はふたたび眠りに落ちた。

一週間のあいだは以前より慎重にやった。明るいうちは巣穴から一歩も外に出ず、助かった蔓にもごくわずかしか水を遣らなかったため、葉が萎れ、巻き髭も枯れてしまった。切られた蔓は短く引きちぎった。花が全部実をつけても、収穫できるカボチャは四十個にもならない、残されたものを見ながら独り呟いた。もしも彼らがロバを連れて帰りにまたここを通ったら、収穫はゼロだ。よく熟した実を収穫するなんてことはもういい。種子が途絶えないために十分なものが採れさえすればいい。来年、夏が来たらまたやってみればいいんだ。

夏が終わろうとしていた。焼けつくような暑さと分厚い雲が垂れ込める日々のあとに雷雨がやってきた。雨水が溝を掘って押し寄せ、Kは家から放り出された。貯水池の壁で風雨をよけ、まるで殻をなくした蝸牛だと思いながら、ずぶ濡れになってうずくまった。一時間ほどで雨は止み、鳥たちがまた鳴き出し、西の空に虹が出た。ぐっしょりと水を吸った藁のマットを穴から引っぱり出し、水の流れが止まるのを待った。それからもう一度、泥を捏ねて屋根と壁を塗り直す作業に取りかかった。

ロバはもどらなかった。十一人の男たちも、ヘリコプターも。カボチャは育っていった。夜になるとKは、這っていってすべすべした外皮を撫でた。夜毎に大きくなるのが手にはっきりとわかる。時が経つにつれて、何もかもうまくいくのではないかという希望が胸中で膨らんでいった。日中に起き出し、畑全体を見渡した。あちこちで、草の被いをかけられた実が、彼に向かってちらちらと無言の光を発していた。

蒔いた種子のなかにメロンの種子が一個混じっていた。畑の向こう端に二つの大きな青緑色のメロンが育っている。姉妹を思わせるこのメロンが、カボチャよりも愛しく思えた。カボチャは兄弟軍団だと思った。メロンの皮が傷まないように、その下に草の敷き藁を入れてやった。

やがて、十分に熟れた最初のカボチャを切る夕べがやってきた。それは畑のまんなかで、ほかの実よりも一足早く生長していた。Kは、最初の果実、最初の子どもとしてそれに目をつけていた。外皮は柔らかく、ナイフはすっと深く入った。果肉は、縁のところがまだ緑色を残していたが、濃いオレンジ色だ。作っておいた焼き網の上にカボチャの薄切りを並べ、炭火で焙った。暗くなるにつれて火はいっそう明々と燃えた。果肉が焦げる匂いが立ちのぼった。教えられたことばを唱え、空に向かってではなく、いま跪いている大地にそのことばを捧げながら彼は祈った。「われわれが受け取ろうとしているものに対し、心から感謝の気持ちを捧げます」二本の金串で薄切りを裏返しているうちに、その動作のさなかに、突然、感謝の念が胸にあふれ出るのを感じた。まさに、ほとばしる熱い思い、と表現されるあの感覚だ。ついに成就されたのだ、彼は独り呟いた。

あとは、残りの人生を、自分の労働によって大地から産み出される食べ物を食べて、ここで静かに暮らしていけばいい。土のように優しくなりさえすればいい。最初の薄切りを口に運んだ。ぱりっと焦げた皮の下、果肉は柔らかくたっぷりと汁を含んでいた。目に歓喜の涙をためて嚙みしめた。最高だ、これまで食べたなかで最高のカボチャだと思った。この土地にやってきて初めて、食べることに喜びを感じた。最初の一切れの後味は口中に痛いほど鋭い喜びを残した。炭火から網をはずして、二切れ目を取った。歯が、カリッと固い表面にあたり、柔らかくて熱い果肉に沈んだ。このカボチャなら、こんなカボチャなら残りの生涯、毎日だって食べてもいい、ほかのものは一切いらない。塩が一摘みあれば完璧なんだが——塩が一摘み、バターが一かけら、砂糖をさっと一振り、その上からシナモンをちょっと振りかける！　三切れ目を食べ、四切れ、五切れと食べていき、カボチャが半分ほど消えたころ、腹がいっぱいになったKは、塩、バター、砂糖、シナモンの味覚を一つひとつ追想することに耽った。

ところがカボチャが熟することが新しい心配の種になった。蔓は隠せたが実のほうが、遠目に見ても畑にぽっかり穴があいたような、奇妙な外観を呈するようになっていた。まるで膝丈の草むらに一群れの仔羊が眠っているようだ。Kはカボチャの上からできるだけたくさん草をかけたが、実全体を被うことは避けた。実を熟させるのは晩夏の貴重な陽の光だったから。できるだけ早く収穫すること、茎が茶色くなっていなくても、外皮にまだ緑色の斑《ふ》が残っていても、摘み取って運び去ってしまうこと、それしかない。

日は短くなり、夜は寒さを増していった。ときには畑仕事に黒いコートを着込まなければならないほどだ。袋で両脚を包み、両手を腿のあいだにはさんで眠った。眠る時間が次第に長くなった。仕事が終わると、もう外に座って星をながめながら夜のしじまに耳を澄ましたり、フェルトを歩きまわることはなく、穴に潜り込み深い眠りに落ちるようになった。いまや午前中はずっと寝ている。正午にようやく、屋根から放射する柔らかな温もりを浴びながら倦怠と白昼夢のあいまを移ろい、それから陽が沈むころ外に出て手足を伸ばし、川床へ下りて切り跡が見えなくなる時刻まで木を伐った。

火を焚くにも遠くから見えないようにくぼみを掘り、空気孔も作った。食べ終わるとそのくぼみの上に平らな石を二個のせて土を振りかけた。そうしておくと熾《おき》は次の夜までもった。くぼみのまわりの地中では、穏やかな、途切れることのない温もりのおかげで、多種多様な昆虫の生命が育まれていた。

何月かわからないが、たぶん四月だろう。日付も覚えていなかったし、月の満ち欠けも記録しなかった。自分は囚人でも追放者でもない、貯水池のそばの生活は服役しなければならない刑期ではないのだ。

ほとんど薄明かりと夜の生き物になっていたので陽光は目を傷めた。もう貯水池の周囲を動きまわるのに小径をたどる必要はない。視覚よりも触覚で、眼球に触れそうな気配と顔面に当たる感触で、障害物の存在が察知できたからだ。彼の目は、まるで盲人のように何時間もずっと焦点が定まらなかった。嗅覚を頼りにすることも覚えた。大地の内部から湧く澄んだあまい水の匂いを胸いっぱいに吸い込んだ。その匂いに酔いしれ、飽くことがなかった。名前は知らないが、葉の匂いでブッシュを嗅ぎ分けることができた。雨の気配さえ匂いでわかった。

そんななかでもとりわけ、夏の終わりに向かって、彼は怠惰を愛するようになっていった。好きでもない労働からあちこち盗むように再利用する自由時間ではなく、花壇の前にしゃがんで指でフォークをぶらぶらさせながら人目を盗んで楽しむようなものではなく、時そのものに、時の流れに身を委ねるような、この世界の地表いちめんにゆっくりと流れ、彼の身体を洗い流し、腋の下や股下で渦を巻きながら瞼を揺するような時間、そんな時間に身を委ねる怠惰。やるべき仕事があっても、楽しいとも不満だとも思わない。どちらでもおなじだ。午後いっぱい横になって眼を開けたまま天井の波板トタンと錆の跡をにらんで過ごすこともある。気が散ることもなくひたすら鉄板をにらんでいたが、その線がパターンやファンタジーに変形することもない。彼は彼であり、自分の家で寝ている、錆はただの錆で、動いているのは時間だけ、自分を乗せて流れつづける時間だけだ。一度か二度、頭上高くジェット戦闘機が甲高い音を響かせるとき、もうひとつの時間、戦争が起きている時間の存在を思い出した。しかしそれ以外は、暦と時計の枠の外で、幸いにも忘れ去られた片隅で、半ば目覚め、半ば眠ったように彼は生きていた。腸のなかでまどろむ寄生虫のようだ、石の下のトカゲのようだ、と彼は思った。

寄生虫というのは警察署長が使ったことばだ。ジャッカルスドリフのキャンプ、陽の当たる小ぎれいな町にぶらさがり、その内実を食い荒らし、栄養物は一切返さない寄生虫の巣。とはいえ、寝床に怠惰に横たわり、何の感慨もない(結局それが俺に何の関係があるんだ、と思う)Kには、すでにキャンプと町のどっちが寄生虫でどっちが宿主なのか判然としなかった。虫が羊を貪り食うのなら、なぜ羊は虫を呑み込んでしまわないのか？　キャンプに何百万、いやもっと多くの、数え切れないほどの人が住み、施し物で命を繋ぎながらその土地その土地の食い物に頼り、こすからく生き、時代から逃げるために社会の片隅に這い込み、とにかく目立たないよう、人目を引かぬよう、見つからぬよう生きていこうとしたら？　宿主よりも寄生虫の数が圧倒的に多いとしたら？　怠惰な寄生虫、ほかにも軍隊や警察や学校や工場や会社にまで潜む寄生虫、心のなかの寄生虫だっているかもしれない。そういう場合寄生虫はやっぱり寄生虫と呼ばれるのだろうか？　寄生虫にだって肉もあれば中身もある。寄生虫も何かの餌になるんだ。ことによると、キャンプが町を食い物にする寄生虫なのか、それとも町がキャンプを食い物にする寄生虫なのか、それはどっちの声が大きいかで決まる、それだけのことかもしれない。

Kは母親のことを考えた。自分を生まれ故郷に連れて帰ってほしいというから、彼はそうしたが、ひょっとすると額面通りやりすぎたかもしれない。だが、この農場が母親の本当の生まれ故郷でなかったら？　母親が話していた馬車小屋の石壁はどこにある？　Kはわざわざ昼日中に農場の庭と、丘の中腹にあるコティージに隣接した長方形の裸地まで足を運んでみた。もしもここに母親がかつて住んでいたならきっとわかる、そう自分に言い聞かせた。目を閉じ、母親の話に出てきた泥煉瓦の壁と茅葺き屋根を頭のなかに思い浮かべようとした。ウチワサボテンの庭、小さな裸足の少女が撒いた餌をせわしなくつついばむ鶏たち。そしてその子の立つ入り口の背後に、顔は陰になってよく見えないが、第二の女性を彼は探した。母親をこの世に送り出した女性。病院で死にかけていたとき、自分の最期がきたことを悟った母親が見ていたのは俺ではなく、俺の背後に立っているだれかだった。彼女の母親か、その幽霊だ。俺にとって母親は大人の女だったが、彼女自身にしてみれば、まだ、手を取って助けてほしいと自分の母親を呼んでいる子どもだった。そして彼女の母親もまた、その秘かな人生は知りようもないが、やっぱり子どもだったんだ。終わりのない子どもの家系に俺は生まれたんだ。

その家系の先頭に、たった独りで立っている人物を想像しようとした。不格好な灰色のドレスを着た、母親というものをもたない女。しかし、その女が生きた沈黙について、ことの始まりよりもさらに前の沈黙について考えなければならなくなったとき、彼の心は立ち往生した。

あまりに長時間眠るようになったので、動物たちがもどってきて畑を荒らすようになった。野兎と小さな灰色のスタインボックだ。蔓の端をかじるくらいなら気にならなかったが、蔓を嚙み切り果実が枯れたときは暗い怒りにかられた。愛する二つのメロンを失うことになったら、自分でも何をするかわからない。何時間もかけて針金で罠を作ろうとしたが、うまく行かなかった。ある夜、彼は畑のまんなかを寝床にした。皓々とした月明かりで眠ることができず、カサカサッと音がするたびにびくつき、寒さに足がかじかんだ。貯水池の周囲にフェンスがあったらどんなに楽だろう、しっかりした金網のフェンスの下端を地中一フィートほど埋め込めば、どんな動物が掘っても潜り込めないんだが。

口のなかでひっきりなしに血の味がした。下痢が止まらず、立ち上がると一瞬眩暈がする。胃が、身体の中心に拳をねじ込まれたように感じることもある。食べたいと思うより多量のカボチャを、無理をして食べた。それで胃の緊張感は和らいだが、ぐあいは良くならない。鳥を仕留めようとしたが、パチンコを使う術も持ち前の忍耐力も消え失せていた。トカゲを殺して食べた。

カボチャは一気に熟し、蔓が黄ばんで枯れた。貯蔵法など考えたこともなかった。果肉を薄切りにして陽に干してみたが、腐って蟻を喜ばせただけだ。そこで三十個のカボチャを、巣穴のそばにピラミッド状に積み上げた。まるで標識塔《ビーコン》だ。埋めるわけにはいかない、カボチャは太陽の被造物なのだから、温かく乾いたところでなければならない。最終的には川床の下草のなかに、流れに沿って五十歩ほどの間隔で置いた。カムフラージュのため、泥を捏ねてカボチャにまだらに塗った。

やがてメロンが熟した。それに続く日々はこの二個の子どもたちを食べながら、体調が良くなることを祈った。食べるとぐあいがいいような気がしたが、まだ力が出ない。果肉は川底の沈泥を思わせるオレンジ色で、それより少し濃かった。こんなにあまい果物は食べたことがない。これほどのあまさが、あの種子から、この大地から、出てくるものだろうか? 種子をほじり、広げて干した。一個のメロンから片手いっぱいの種子が採れた。これこそ「大地の恵み」だ。

Kが巣穴から一歩も出ない最初の日が過ぎた。午後になり、空腹感もなく目が覚めた。寒風が吹いていたが、気にかけるべきことはない、その年にやるべきことは済んでいる。Kは寝返りを打ってふたたび眠りに落ちた。次に気づいたのは夜明けで、鳥が鳴いていた。

時間の感覚を失った。ときどき、黒いコートの下で両脚を袋でくるんだまま息苦しくなって目が覚め、昼だなと思った。長時間、色のない無感覚状態のなかに横たわり、疲労感で眠気を振り払えないこともあった。肉体が次第に衰えていくのが自分でもわかった。お前は息をするのを忘れている、なのに息もせずに寝ている、と自分に言おうとした。鉛のように重い手を持ち上げ、心臓の上に置いた。はるか遠くで、まるで別の国にいるみたいに、生気のない収縮と弛緩を感じた。

昼夜の区別なく四六時中眠り呆けた。一度、一人の老人に揺り起こされる夢を見た。汚れたぼろぼろの服を着た老人は煙草の臭いがした。Kの上に屈み込んで肩をつかみ、「この土地から出ていけ!」と言った。Kは振り払おうとしたが、爪が深く食い込んできた。「面倒なことになるぞ! シッシッ!」と老人は罵声を発した。

母親の夢も見た。母親といっしょに山のなかを歩いていた。足取りは重かったが、彼女は若くて美しかった。彼は地平線から地平線へと大きく手を広げた。嬉しさに浮き浮きしていたのだ。鹿毛色の大地にくっきりと緑の線を描いて川が流れ、道路や家屋敷はいっさい見あたらず、あたりには微風さえない。大きな動作をすることで、両腕を巨大な風車のようにめぐらすことで、足場を失い、岩肌の縁を超えて天と地のあいだの何もない虚空に危うく運び去られようとしているのがわかった。それでも恐怖感はなかった。自分が飛べるのはわかっていたから。

ときには眠っていたのが一日なのか一週間なのか、あるいは一月なのかさえ判別できないまま、急に覚醒することがあった。ひょっとすると自分の身体を完全に把握していないのかもしれない。お前は食べなければだめだ、そう言って、なんとか身を起こしてカボチャを探そうとした。だがふたたび脱力して脚は伸びきり、あくびが出て、肉体の快感に身を委ね、横になって、ひたすらその快感がさざ波のように身体を抜けるのにまかせていたかった。食欲はまったくない。食べることが、ものを摘み上げて無理に喉もとから身体のなかに入れてやることが、奇妙な行為のように思えた。

やがて少しずつ眠りが浅くなり、覚醒している時が頻繁に訪れるようになった。数珠繋ぎのイメージが矢継ぎ早に、脈絡なく襲ってくるようになり、ついていけなくなった。寝返りを打って向きを変えるが、眠るのも不快だし起き上がる力もない。頭痛が始まった。歯ぎしりをすると頭のなかをずきんずきんと血が流れ、その音にたじろいだ。

雷雨がやってきた。雷鳴の轟きが遠いあいだ、Kはほとんど気づかなかった。やがて雷がいきなり頭上を直撃して土砂降りの雨になった。雨水は巣穴の両脇から浸み込み、雨溝を流れ、泥漆喰を洗い流して寝床まで達した。身を起こし、屋根板の真下で頭と肩をこごめるようにしていた。ほかに避難場所もなかった。押し寄せる水のなかで、隅に寄りかかりながらずぶ濡れのコートを身体のまわりにきつく巻きつけ、眠ったり目覚めたりした。

寒さで震えながら陽光のなかに出た。空はどんよりと曇り、火を熾す手だてもない。こんなふうに生きていくのは無理だ、そう思った。畑をうろつき、ポンプのそばを通った。何もかも見慣れたものばかりなのに、自分が新参者か幽霊になったような気がした。地面に水溜まりができ、川に初めて水が流れ、数ヤード幅の茶色い濁流と化していた。はるか向こうに鈍青色の砂礫のなかから何か白いものが突き出ていた。あれは何だろう？　と不思議に思った。雨で巨大な白いキノコが生えたのだろうか？　はっとした。カボチャだった。

震えは止まりそうにない。手足に力が入らない。片足をもう一方の足の前に出すのも、まるで老人のように意識的にやらねばならない。突然座りたくなり、濡れた地面にへたり込んだ。待ち受けていた仕事はあまりにも多く、難儀そうだ。目が覚めるのが早すぎたんだ、まだ眠り終えていないのに。目の前のふらつきを止めるためには食べるべきなんだろうが、胃が受けつけそうもない。無理にお茶を想像した。カップ一杯の、砂糖のたっぷり入った熱いお茶。両手両膝をつき、泥水をすくって飲んだ。

発見されたときKはまだ座り込んでいた。車の鈍い音は、彼らがまだ遠くにいるうちから聞こえていたが、遠雷だと思った。農場の家の下手の門に彼らが到着したとき、Kは初めて目を留め、それがだれかを理解した。Kは立ち上がったが眩暈を起こしてまた座り込んだ。一台の車が家の前で止まり、もう一台、ジープがフェルトを突っ切り、彼のところへ向かってきた。四人の男が乗っていた。彼らがやってくるのを見ながら、Kは絶望感が自分のなかに根を下ろすのを感じた。

最初彼らはKをただの浮浪者だと軽く考えた。警察が拾い上げればジャッカルスドリフに住処を見つけてやるような無宿者だと思ったのだ。「俺はフェルトに住んでる」質問にはそう答えた。「住所なんかない」そう言ったあとは頭を膝の上にのせて休ませねばならなかった。頭はガンガンしたし、口のなかは胆汁の味がした。兵士の一人が二本の指で彼の片腕を摘み上げ、ぶらぶらさせた。Kは振り払わなかった。腕が自分のものとは思えず、自分の身体から突き出た棒みたいに感じた。「こいつ、何を食って生きてんだろうな?」と兵士が言う——「蠅か?　蟻か?　イナゴかな?」Kには彼らのブーツしか見えない。目を閉じた。しばらく気を失った。やがてだれかが肩を叩き、何かを押して寄こした。サンドイッチだ、厚切りの二枚の白パンにボローニャソーセージがはさんである。彼は身を引いて首を横に振った。「食えよ！」彼に恩恵を施そうとする者が言う。「何か力のつくものを身体に入れろ！」Kはサンドイッチを受け取り、一口食べた。噛まないうちから胃が、吐くものもないのに嘔吐を開始した。両膝に頭を埋めて、口中のパンと肉を吐き出し、サンドイッチを返した。「こいつは病気だ」と声がした。「酔っぱらってるんだろ」と別の声。

　ところが、それから家が発見された。石を積み上げた正面の壁が雨で剥き出しになっている。最初、彼らは代わる代わる手と膝をついて内部をのぞき込んだ。それから屋根を剥がし、きちんと片づいた内部をさらした。シャベル、斧、岩肌を刳《く》り抜いた棚の上のナイフ、スプーン、皿、マグ、さらに虫眼鏡と濡れた草の寝床。Kは連行され、まっすぐに立たされて、自分の手仕事に向き合わされた。もう親切そうな素振りはない。彼の頰を涙が伝い落ちた。「お前が作ったのか？」彼はうなずく。「ここに独りでいるのか？」彼はうなずく。彼をつかんでいた兵士が、その腕を背中に捻り上げる。Kは痛みに悲鳴を上げた。「本当のことを言え！」と兵士。「本当です」とK。

　トラックもやってきた。あたりは騒然とし、人声と、ガーガー、ギリギリと鳴る無線機の音が飛び交った。Kと彼が建てた家を見るために兵士が群がっていた。「散れ！」兵士の一人が叫ぶ。「この一帯全域を捜索するんだ！　足跡を探せ、穴もトンネルも、どんな貯蔵庫も、すべて探し出せ！」兵士はここで声を低めた。ほかの兵士とおなじような迷彩服を着ていた。役職を示すバッジは見あたらない。「あいつらがいったいどういうやつか、わかってるな」そう言いながら兵士の目が休みなく動いているため、だれか特定の相手に話しかけているようには見えない。「何もないと思うだろ、するといつだって足の下の地面はトンネルでブスブスだ。こういう場所はよく見てまわるんだ。この辺では鼠一匹見かけなかったというんで、引き上げると、やつらが地面から這い出して来るってわけだ。どれくらいここにいるか、あいつを尋問しろ」彼はKのほうを向き、声を荒げた。「おい！　どれくらいここにいるんだ？」

「去年から」巧い嘘か下手な嘘かわからないまま、Kはそう答えた。

「じゃあ、仲間はいつ来る？　お前の仲間は、いつまたやって来るんだ？」

Kは肩をすくめた。

「もう一度尋問しろ」と言って上官は向こうを向いた。「尋問を続けろ。仲間がいつ来るのか聞き出せ。やつらが最後にここにいたのはいつか吐かせろ。こいつが黙ってるだけなのか、見かけ通りのばかなのか調べろ」

Kをつかまえていた兵士が親指と人差し指で彼の首筋をつかみ、膝をつかせて顔が地面につくまで押さえ込んだ。「上官のことばが聞こえたろ！　さあ、言うんだ。吐いちまえ」そう言ってベレー帽を指ではじき飛ばし、Kの顔を地面に思い切り押しつけた。鼻と唇を押し潰されたKは湿った土を嘗めた。大きく息をついた。引っ張り上げられ、立たされた。両目が開かなかった。「さあ、お前の仲間のことを話すんだ」と兵士。Kは首を振った。胃袋のあたりに強力な一撃をくらって、Kは失神した。

間違いなくこの辺に食糧と武器が隠されていると確信する彼らは午後も捜索を続けた。まず最初に、貯水池の周辺をくまなく捜し、それから捜索範囲を川の上下流に広げた。イヤホンつきの計器と黒い箱を使う兵士が、川床の肩の部分に沿って、柔らかい地面に細い枝を突き刺しながらゆっくりと移動するのをKは見ていた。若い兵士がカボチャを抱えてもどってきたところをみると、カボチャは大半か、たぶん全部、発見されてしまったのだ。畑の隅に、放り出されたカボチャの山ができた。カボチャを発見したことで彼らは、隠された物資があるとさらに確信を強めた。(「でなければ、やつらがこの猿をここに残していくわけがない」という声がKの耳にも聞こえてきた。)

彼らは再度尋問をしたがったが、Kが衰弱しきっているのはだれの目にも明らかだった。お茶をあたえ、彼がそれを飲むと今度は言いくるめようとした。「お前は病気だ。

いいか、仲間がお前を扱うやり方を見てみろ。お前がどうなったって、やつらは知ったこっちゃないんだ。家に帰りたいだろ? お前を家に連れ帰って、人生をやり直させてやるからな」

ジープの車輪を背にして座らされた。一人がベレー帽を持ってきて彼の膝の上に落とした。柔らかい白パンが一切れ差し出された。彼は一口ほおばり飲み下したが、わきに身を寄せ、お茶もろとも吐き出した。「放っとけ、くたばってるぜ」だれかが言った。Kは袖で口をぬぐった。彼を取り囲むようにして兵士たちは立っていた。彼らもどうしていいかわからないんだ、とKは思った。

Kが口を開いた。「俺はあんたたちが考えているような者じゃない。眠ってたところを起こされた、それだけだ」彼らが理解したようすはなかった。

一行は農場の家に宿営した。台所に自分たちのコンロを備えつけた。じきにトマト料理の匂いがしてきた。だれかがストゥーブのフックにラジオを吊した。神経に障る電子音のリズムがあたりに鳴り響き、彼を落ち着かない気分にした。

廊下の突き当たりの寝室に入れられ、四つ折りの防水布の上に毛布を掛けて寝かされた。温めたミルクと、アスピリンだという錠剤を二錠あたえられ、これはなんとか吐かずに済んだ。しばらくして陽が落ちると、少年が食物の皿を持ってきた。「ほら、一口でもいいから食べてみたら」そう言って皿に懐中電灯の光を当てた。濃いグレイヴィーソースのかかった二本のソーセージとマッシュポテトが見えた。彼は首を振ると壁際に寝返りを打った。少年は皿を(気が変わったらと)ベッド脇に置いていった。それ以後は邪魔されることはなかった。落ち着かないままちょっとうとうとしたが、食べ物の匂いが鼻についてしかたがなかった。ついに起き上がり、皿を隅に移した。兵士はストゥープと居間にいた。話し声や笑い声は聞こえたが、灯りは消えていた。

翌朝、トンネルと隠された物資の捜索を応援するため、プリンスアルバートから犬を連れた警察がやってきた。署長のオーストハイゼンはすぐにKに気づいた。「この手の顔は忘れようったって忘れられるもんじゃない。こいつは十二月にジャッカルスドリフから逃げ出したやつだ。名前はマイケルズ。自分じゃ何て言った?」「マイケル」と軍の士官。「マイケルズだ」とオーストハイゼン署長は言い、ブーツでKの肋骨をこづいた。「やつは病気じゃない、いつだってこんなふうなんだ。なあ、マイケルズ」

それから貯水池へ連れもどされたKは、生い茂る草のなか、犬が川床の上手下手かまわず手綱を握る者を引きまわすのをじっと見ていた。犬は意気込んで鼻を鳴らして手綱をぐいぐい引っ張ったが、ヤマアラシや野兎の古巣に行き当たるのが関の山だった。オーストハイゼンがKの横っ面を張りとばした。「いったいどういうことだ、猿?　お前、俺たちをおちょくってるのか?」犬がまたヴァンに乗せられた。だれもが捜索に興味をなくしていた。若い兵士たちは陽差しのなかで、おしゃべりをしながらコーヒーを飲んでいた。

Kは両膝に頭を埋めて座っていた。意識ははっきりしているが、眩暈を抑えることができない。唾液が一筋、口から垂れた。それを止めようともしなかった。彼は自分に語りかけた。季節がまためぐってくる前に、この大地の一粒一粒が雨に洗われてきれいになり、陽に乾き、風に運ばれてしまうんだろう。俺の痕跡を留めるものなど一粒も残りはしないんだ。俺の母親がこの大地のなかで過ごす季節が終わって、いまやきれいに洗い流され、風に吹かれ、草の葉のなかに吸い上げられてしまったように。

だとしたら、離れられない家《ホーム》のように、この大地のこの地点に俺を縛りつけているものとは、いったい何なんだ? だれだってみんな生まれた家は出ていくものだ、結局、だれだってみんな母親から離れていくんだ。それとも俺は、離れられずに、こうして死ぬために、母親の膝の上に頭をのっけて死ぬためにもどってこなけりゃならないような子どもなのか? 俺が母親の膝に、母親はそのまた母親の膝に頭をのせて、そんなふうに何代も何代も延々と続いてきたような、そういう子どもの、そういう家系の出なんだろうか?

大きな爆発音が聞こえた、さらにすぐ次の爆発。あたりの空気が震え、騒がしく鳥が鳴き、次々と丘に轟き地響きをたてた。Kは半狂乱になってあたりを見まわした。「見ろ！」兵士が指差した。

フィサヒー家があったあたりに、灰色とオレンジ色の雲が立ちこめている。霧ではなく土埃の雲、家を持ち上げて運び去る竜巻みたいだ。やがて雲は勢いをなくして薄まり、残骸が姿を見せはじめた。後壁の一部と煙突、ベランダを支えていた柱が三本。屋根板が一枚風にあおられて舞い、音もなく地面に落ちた。残響があたりに広がっていったが、Kにはそれが丘にこだましているのか、自分の頭のなかで響いているのか、もうわからなかった。

燕が飛んでいく、手を伸ばせば触れられそうなほど低く、地面すれすれに。

それからさらに数回爆発が続いたが、彼はもう頭を上げず、ただ、付属の建物も消えたなと思った。これでフィサヒー家の人たちが隠れる場所もなくなった。

ジープがフェルトを突っ切りながらもどってきた。彼のまわりではどこも後片づけと荷造りに忙しかった。だが、畑のなかで兵士が一人だけ作業をしている。草の塊を根をつけたまま掘り返し、慎重にそばに置いていた。不安になったKは立ち上がり、つんのめるようにしてそこへ向かった。「何してるんですか？」大声で言ってみた。兵士は答えない。浅い穴を掘りはじめ、掘った土を黒いビニールシートの上にのせていた。穴はこれで三つ目だ、とKは思った。ほかの二つもそばのビニールシートにきちんと土が盛られ、かたわらには根に泥のついた草の塊が置かれている。「何してるんですか？」もう一度きいた。彼の土地を見知らぬ者が掘り起こしている光景が、思った以上に彼の心をかき乱した。「俺にやらせてください」と言ってみた。「穴掘りは慣れてますから」しかし兵士は、手を振って彼を追い払った。三つ目の穴を完成すると八歩進み、また一枚ビニールシートを敷いた。シャベルが土に食い込むとき、Kはうずくまって草の上に両手をついた。「お願いだ、後生だから！」立ち上がった兵士は腹を立てていた。だれかがKの襟首をつかんで引きもどした。「こいつに邪魔をさせないでくれ！」と兵士は言った。

Kはポンプのそばに立って見ていた。ジグザグに五つ目の穴を掘り終わると、兵士は長く白い綱を伸ばし、その区域に印をつけた。仲間の兵士が二人、トラックから木枠を運んできて地雷を並べはじめた。彼らが一つひとつ地雷を並べ導火線をつけていくと、最初の兵士が草を植え、手ですくった土を次々とかけていった。表面の土を軽く叩いて平らにし、手箒でその跡をすべて消し取り、四つん這いになって後退した。

「ここから離れろ」Kの背後でだれかが言った。「トラックのところへ行って待ってろ」上官だった。後退りながら、Kは上官が指示することばを耳にした。「支柱と支柱のあいだにテープを二本張れ、およそ腰の高さだ。踊り場の下にもう一本。それにつまずいたら、全部吹き飛ぶようにしたい」

荷造りがすべて終わり、Kをトラックの荷台の兵士のあいだに乗せて、あとは車を出すだけという段になり、だれかが、畑の片側に残されたカボチャの山を指差した。「あれを積め!」ジープから上官が叫んだ。兵士たちがカボチャを積み込んだ。「それから、やつの犬小屋を元通りにして、前とおなじに見えるようにしておけ!」と命令した。屋根がふたたび掛けられるのを全員が待った。「重しの石だ! あったようにしておくんだ! 急げ!」

未舗装の道をがたがた揺らしながら車を走らせ、彼らはジープのあとを追った。Kは頭上の吊り紐にしがみついた。両隣の兵士が、Kにぶつからないよう思わず身を固くするのがわかった。もくもくと土埃が上がり、自分が何を残していこうとしているかさえ見えなかった。

Kは向かいの若い兵士のほうへ身を屈めて「あの家にはさ、少年が隠れていたんだよ」と言った。

兵士にはその意味がわからなかった。Kはもう一度言い直さなければならなかった。

「何だって言ってる？」だれかがきいた。

「あの家にもう一人少年が隠れていたって言ってます」

「もう死んでるって言ってやれよ。もう天国に行ってるって」

それからしばらくして、分岐点に差しかかった。トラックがスピードを上げ、タイヤが唸りを上げると兵士たちの緊張もほぐれて、吹き上げられる土埃が、彼らの後ろからプリンスアルバートへ通じる道に沿って、まっすぐに一本の長い線を引いていった。

II

病棟に新しい患者がいる、身体訓練の最中に倒れ、呼吸と脈拍がひどく微弱になって運び込まれた小柄な老人だ。長期にわたって栄養失調が続いていた徴候が、いたるところに見られる。皮膚のひび割れ、手足の傷、歯茎からの出血。関節が突き出て、体重は四十キロを切る。どこか知らないがカルーのどまんなかでたった独りでいるところを発見されたという話だ。山から出てきて作戦を展開するゲリラの集結拠点を守り、秘かに武器を貯蔵し作物を栽培していたというが、彼がそれを食べなかったのは一目瞭然だ。私は、彼を連れてきた看守に、こんな状態の人間になぜ身体訓練などさせたのかと質問した。うっかりしてました、それが彼らの答えだ。新規収容者といっしょに来たんですが、手続きに手間取りまして、担当の軍曹が待ち時間に彼らに何かやらせたがり、その場で走らせたんです。そんなこと、この男には無理なことがわからなかったのだろうか？　と私。囚人は不平を言いませんから。それに軍曹が、あいつはだいじょうぶ、ふだんから痩せているんだ、と言ったんです。痩せた人間と骸骨の見分けもつかないのか？　と言うと、彼らは肩をすくめた。

＊　　＊

新しい患者、マイケルズには手を焼いている。自分はどこも悪くない、頭痛を止める薬が欲しいだけだと言い張る。腹も減ってないという。実際には、食べ物を飲み下すことさえできない。点滴を続けようとすると、弱々しく抵抗する。

老人のように見えるが、本人はまだ三十二歳だという。たぶん本当だろう。ケープ地区の出身で、この競馬場が競馬場として使われていたころから知っているそうだ。ここが以前は騎手の更衣室だったと聞いて喜んでいた。「俺もこの体重なら騎手になれそうだな」などと言って。市の庭師として働いていたが、職を失い、運が向いてくるのを願って、母親を連れて田舎に行ったそうだ。「お母さんはいまどこにいるんだい?」ときくと、私の視線を避けるようにして「草を育てている」と答えた。「亡くなったという意味?」(埋葬された?)と私はたずねた。彼はかぶりを振り「燃やされてしまった。頭のまわりで髪が光輪のように燃えていた」と言った。

まるで天気のことでも話すように、無感動にことばを口にする。彼が本当にこの世界の人間なのか、確信がもてないほどだ。彼が反逆者のために集結拠点を守っていたなんて思ってみただけでも唖然とする。だれかがやってきて一杯飲ませ、銃の面倒をみてくれと頼んだので、愚かにもうぶすぎて断れなかった、というならまだわかる。反逆者として閉じ込められていながら、戦争が起きていることがまるでわかっていないのだ。

＊　＊

フェリシティが髭を剃ったので、彼の口を調べることができた。隔膜のずれを伴う、単純で未完成の裂け目。口蓋は無事だ。これまでにこの状態を矯正しようと試みたことはあったのかと彼にたずねた。わからないという。手術は彼の年齢でも軽く済むと指摘し、手はずが整ったら手術を受けてみるか、と言ってみた。彼はこう答えた。（ことばをそのまま引くと）「俺は俺だ。女にはもてなかったけど」私は、女のことなんか気にするな、みんなとおなじように話ができるようになればもっと楽にやっていけるさ、と言いたかったが、何も言わなかった。彼を傷つけたくなかったのだ。

何かのついでにノエルに彼のことを話した。「ダーツ一つ投げられないんだから、集結拠点なんて守れるわけがない。たまたま交戦地帯に紛れ込んで、そこから出る知恵さえなかった、おつむの弱い人間ですよ。リハビリテーション・キャンプじゃなくて、籠編みやビーズ細工をやるような環境で保護されるべきですね」

ノエルが記録を持ち出した。「これによると、マイケルズは放火犯だ。労働キャンプからの逃亡者でもある。捕まったとき、遺棄された農場で青々とした畑を作っていて、その地域のゲリラ部隊に食糧を提供していた。それがマイケルズの経歴だ」

私は首を横に振った。「それは間違っている。だれかほかのマイケルズと混同しているんです。このマイケルズはどうしようもないばかですよ。このマイケルズはマッチの擦り方さえ知らない。もしここのマイケルズが青々とした畑を作っていたというなら、なぜ飢えて死にそうになったんですか?」

「なぜ食べなかった?」病棟にもどって彼にたずねた。「きみは畑を作っていたそうじゃないか。なぜ、自分では食べなかった?」「俺は眠ってる最中に起こされた」それが彼の答えだ。私が狐につままれたような顔をしたに違いない。「眠っているときは食い物は要らない」と彼は言った。

自分の名前はマイケルズではなく、マイケルだという。

＊　＊

ノエルが回転を早めろと圧力をかけてくる。診療所にはベッドが八つあり、現在、十六人の患者がいるが、うち八人は元計量室に収容されている。ノエルはもっと迅速に治療して彼らを退院させられないかと言う。赤痢患者をキャンプ生活にもどすなんて、なんの利点もないでしょう、伝染病を広げたいなら話は別ですが、と私は答える。もちろん伝染病を広げたいわけではない、と彼は言う。だが、過去に仮病を使った例がいくつもあって、それは断固なくしたいのだと。あなたはあなたの計画に責任があり、私は私の患者に責任をもつ、それが医者に課せられた仕事ですから、と私は答える。彼は私の肩を叩く。「きみはいい仕事をしているよ、それを問題にしてるわけじゃない」と言う。「私が頼んでいるのは、手加減していると彼らに思われないようにしたい、そういうことだよ」

われわれ二人のあいだに沈黙が流れる。ともに窓ガラスに止まった蝿を見る。「そうはいっても、われわれは手加減してますね」それとなく私が言う。

「たぶん、手加減してるかもしれない」とノエル。「たぶん、ちょっとたくらんでいるのかもしれない、心の裏で。たぶん、ある日彼らがやってきて、みんなを裁判にかけるとしたら、だれかが前へ進み出て『この二人は除外しよう、手加減していたから』と言ってくれるかもしれないと思ってる。ありうることだろ？　でも、私が話してるのはそんなことじゃない。私が言ってるのは出入りのことだ。現時点では診療所から出て行く患者より入ってくる数のほうがはるかに多い。きみがそのことに何か手を打つつもりかどうか、それが聞きたいんだ」

彼の執務室から二人が出ていくと、トラックのまんなかの旗竿に伍長がオレンジと白と青の旗を揚げるのを一同が注視しているところで、五重奏のバンドが「空の青《アイト・ディ・ブ》きより《ラウ》」（アパルトヘイト体制下の国歌で、解放後も後半部として残された）を演奏していた。コルネットの音ははずれ、むっつりと黙り込んだ六百人の男たちが、裸足で、着古されたカーキ色の服を着て、考え方を矯正されるため、気をつけの姿勢で立っている。一年前は彼らに歌わせようと試みたりもしたのだが、それはもう諦めた。

＊　＊

今朝はフェリシティが、新鮮な空気を、といってマイケルズを外へ連れ出した。日向ぼっこをするトカゲのように彼は顔を太陽に向けながら草の上に座っている。そばを通り過ぎたとき、診療所はどうかときいてみた。彼は思いのほか多弁だった。「ラジオがないから嬉しい」と言う。「あそこじゃラジオが四六時中鳴っていた」私は最初、別のキャンプのことだと思ったが、子ども時代に彼が過ごした人里離れた施設のことだった。「午後も夜もずっと、八時まで音楽がかかっていた。まるで、どこもかしこも油をかぶったように」「音楽はお前たちを静かにしておくためさ。そうしないと、お前たちは殴り合いをしたり、窓から椅子を放り投げたかもしれないだろ。音楽はお前たちの怒りを鎮めるためだったんだ」と私は説明した。理解したかどうかわからないが、彼は歪んだ微笑を返してよこした。「音楽を聞くと落ち着かなかった。いつもそわそわしてきて、自分の考えに集中できなかった」「どんなことを考えたかったんだい?」「よく、飛ぶことを考えた。飛んでみたいといつも思っていたから。よく、自分が両腕を広げてフェンスの上や家と家のあいだを飛んでるって考えたな。低く、みんなの頭の上すれすれを飛ぶんだ、でもみんなには俺が見えない。音楽がかかると落ち着かなくて、それができなくなった、飛ぶことがさ」そう言って、いちばん苛々した曲の名前を二、三あげさえした。

窓際のベッドに彼を移した。どういうわけか彼を嫌い、終日、横になったまま彼に向かって悪態をつく、足首を骨折した少年から離したのだ。これで、身を起こせば空と旗竿のてっぺんくらいは見える。「もう少したくさん食べれば散歩に行けるよ」なだめるように私は言う。だが、彼に本当に必要なのは理学療法で、それはここでは提供してやれない。彼は棒切れをゴムバンドで束ねて作った玩具みたいだ。必要なのは徐々に進める食事療法、軽い運動、それに理学療法だ。そうすればじきに、キャンプ生活にまた参加することが可能になり、競馬場を往復しながら行進し、スローガンを叫び、旗に敬礼し、穴を掘ってまた埋めることもできるようになる。

＊　＊

食堂で耳にしたこと。「フラットの生活に子どもたちがなじめなくて苦労してるの。広い庭やペットを恋しがって。あんなふうに疎開しなければならなかったから、たった三日の猶予しかなかったのよ。あとに残してきたもののことを考えると涙が出るわ」しゃべっているのは赤ら顔の、水玉模様のドレスを着た女性、下士官の妻だろう。（彼女の夢に出てくる捨ててきた家のなかでは、見知らぬ男がブーツを履いたままシーツのあいだに大の字になって寝ていたり、急速冷凍庫を開けてアイスクリームに唾を吐きかけている。）「なぐさめなんて言わないで」と彼女。いっしょにいるのは私の知らない痩せた小柄な女性で、男みたいに髪をオールバックにしている。

ここでやっていることが正しいなどと信じている者が、われわれのなかにいるのだろうか。疑わしいものだ。いちばん信じていないのが、あの女性の夫である下士官だ。古い競馬場と有刺鉄線をどさっとあたえられ、男たちの精神をうまく入れ替えろなんて。精神の専門家でもないのに、精神は肉体となんらかの関係があると用心深く仮定して、任された捕虜たちに腕立て伏せや往復行進をさせる。ほかにも、ブラスバンドのレパートリーから無理に何かあてがったり、こざっぱりした制服姿の若者が白髪まじりの村の長老たちに、蚊の撲滅方法や等高線に沿った耕作法を教えている映画を観せたりする。その手続きが終わると彼らが洗脳されたことを証明し、十把一絡げにして労働部隊へ送り込み、水を運ばせ便所を掘らせる。大きな軍事パレードにはいつでも、戦車やロケット砲や野戦砲に交じってカメラの前を行進する、労働部隊から来た一団がいる。われわれが敵を仲間に変身させることができると証明するためだ。しかし彼らが肩に担いでいるのはシャベルであって銃ではない、私にはわかっている。

＊　＊

日曜の休みが明けてキャンプにもどるとき、これじゃまるで入場料を払う賭博客のようだと思いながら、門のところに佇む。正門の上のところに「特定観客用観覧席Ａ」と読める標識。診療所の門の上の標識は「会員および関係者専用」だ。なぜ取り外さないのだろう。競馬レースがいつの日かまた再開されると思っているのだろうか。ごたごたが済んで社会が以前のように落ち着くと信じて、どこかで競走馬を調教している人たちが、いまだにいるのだろうか。

＊　＊

患者を十二人に減らすつもりだ。しかし、マイケルズは少しも快方に向かわない。腸壁にはっきりと変性が見られる。食事をスキムミルクにもどした。

彼は寝たまま窓と空を見上げている。丸坊主の頭から耳を突き出し、いつもの笑みを浮かべて。運び込まれたとき持っていた茶色の紙包みを彼は枕の下に押し込んだ。いまではもっぱらその包みを胸の上にのせている。なかに彼のムティ（アフリカ固有の医術に使われる薬で、さまざまな動植物から作られる）が入っているのかとたずねると、彼は、いや、と言って干したカボチャの種子を見せた。私は大変心を打たれた。「戦争が終わったらまた畑にもどらなくちゃな」と彼に言った。「カルーにもどる気か？　どうだい？」彼はしゃべりたくなさそうだった。「もちろん半島地区にも良質な土壌は、波打つ芝地の下にたくさんあるさ。半島地区にまた市場向けの菜園ができるのも悪くないなあ」と私。彼は答えなかった。私は包みを彼の手から取り「安全のため」枕の下に押し込んだ。一時間後に通りかかると彼は眠っていた。口を枕に押しつけて、赤ん坊のように。

彼はまるで石だ。そもそも時というものが始まって以来、黙々と自分のことだけを心にかけてきた小石みたいだ。その小石がいま突然、拾い上げられ、でたらめに手から手へ放られていく。一個の固い小さな石。周囲のことなどほとんど気づかず、そのなかに、内部の生活に閉じこもっている。こんな施設もキャンプも病院も、どんなところも、石のようにやりすごす。戦争の内部を縫って。みずから生むこともなく、まだ生まれてもいない生き物。実をいうと私は、彼のことを一人前の男だと考えることができない、どう数えても私よりも年上だというのに。

＊　＊

病状は安定している。下痢は落ち着いた。だが、脈拍が少なく血圧も低い。夜は徐々に暖かくなっているのに、昨夜は寒いとこぼすので、フェリシティがソックスをあたえなければならなかった。今朝は親しげにする私を払いのけた。「俺を放っておくと死んでしまうとでも思ってるのか？　なぜ俺を太らせようとするんだ？　なぜ俺のことで騒ぎ立てる？　なぜそんなに俺は重要なんだ？」私は議論する気になれなかった。脈を取ろうとすると、驚くほどの力で手を引いた。昆虫が鉤爪を振りまわすように腕を振って。彼のことはそのままにして回診を終えてから、また行ってみた。言いたいことがあったからだ。「マイケルズ、きみはなぜ重要かってたずねたな。きみは重要じゃない、それが答えだ。でもそれは、きみが忘れられたということじゃない。だれも忘れられたりはしない。たとえば雀でもいい。雀が五羽、はした金で売られるとする、それでも雀は忘れられたわけじゃない」

彼は精霊の声を聞こうとする老人のように、しばらく天井をにらみつけ、それから口を開いた。「俺の母親は一生涯働きつづけた。他人の家の床を磨き、他人のために料理をし、皿を洗った。彼らの汚れた服を洗濯した。彼らが入った風呂を磨いた。這いつくばってトイレも掃除した。ところが年老いて病気になったら、彼らは母親のことを忘れた。見えないところへ追い払った。母親が死んだら火のなかに放り込んだ。遺灰の入った古ぼけた箱をくれて俺にこう言った。『ほら母親だ、持っていけ、もう用はない』」

足首を骨折した少年が寝たふりをしながら聞き耳を立てていた。

私はマイケルズにできるだけぶっきらぼうに答えた。彼の自己憐憫に同調しても仕方がなさそうだ。「われわれはきみのために、やるべきことをやるまでだ。きみが特別なわけじゃない。そんな心配は無用だ。元気になれば、磨く床はごまんと待っているし、掃除するトイレだってうんざりするほどある。母親のことにしても、きみは全部を話したわけじゃないだろ、きみにはわかっているはずだ」

それでも彼の言うことは正しい。私は確かに彼を気遣いすぎている。いったい、彼は何者なんだ？　一方に、町なら安全だと思って田舎から出てくる難民がいる。もう一方には、一部屋に五人で暮らし、満足に食べ物も手に入らないような生活にうんざりして、町を抜け出し、見捨てられた田舎へ行って糊口をしのごうとする者がいる。マイケルズは、何者であれ、この第二の群れの一人にすぎないのか？　混みすぎて沈没しそうな船を見捨てた鼠だな。ただし、都会の鼠だったために土地から生活の糧を得る術を知らず、ひどい飢餓状態に陥った。そこを幸運にも発見され、また船に引き上げられた。だったら何をそんなに憤慨しなければならない?

＊　＊

プリンスアルバートの警察からノエルが電話を受けた。昨夜、町の水道施設が襲撃された。ポンプが吹き飛ばされパイプも切断された。修理技師を待っているあいだ、井戸水でやっていかねばならない。陸上の送電線もやられた。とにかく明らかなのは、小舟がまた一つ沈んでいく一方で、大型の船団は闇をかき分けて進んでいくが、それもどんどん孤立して、積んでいる人間の重みで呻いている、ということだ。警察がマイケルズにもう一度話をききたがっている。首謀者たち、つまり山から来た彼の仲間について吐かせたいんだ。あるいは代わりに、われわれに尋問して欲しいという。「もう彼のことは一度、取り調べたんじゃないんですか?」私はノエルに抗議した。「二度目の尋問の目的は何ですか? あいつは出かけられる状態じゃありませんよ、どのみち彼は自分に責任がもてないでしょう」「われわれと話ができないほど悪いのか?」とノエル。「それほどじゃありませんが、筋の通った話なんか聞き出せませんよ」ノエルがマイケルズの書類を持ち出して私に見せた。「分類」の項目には、田舎の警官が書いた几帳面なカッパープレート書体のアフリカーンス語で「オプガールダー」とある。「オプガールダーって何ですか?」「リスや蟻みたいなもんさ、いや蜜蜂かな」とノエル。「新しい階級ですか? 彼はオプガールダーの学校へ行き、オプガールダーの資格をもらったってわけですか?」

パジャマの上から毛布をはおったマイケルズを、売店の奥にある貯蔵室へ連れていった。壁際にペンキの缶とダンボール箱が積まれ、四隅には蜘蛛の巣がかかり、床には埃が分厚く積もっているので、腰をおろす場所もない。マイケルズは不機嫌そうにわれわれと向き合い、毛布をきつくつかみ、棒のような二本の足で、ひるむようすもなく立っている。

「マイケルズ、お前は面倒なことになってるぞ」とノエル。「プリンスアルバートの仲間が厄介事を起こしたんだ。人の迷惑になることをやってる。だから、捕まえて話をつけなきゃならん。われわれにはお前が自分にできる手助けをすべて提供しているとは思えんのだよ。だから二度目のチャンスをやる。仲間のことを話してくれ。彼らがどこに隠れているのか、どうすれば彼らに会えるのか」そう言ってノエルは煙草に火を点けた。

マイケルズは身動きひとつせず、われわれから目をそらそうともしない。

「マイケルズ。いいか、マイケル——われわれのなかには、はたしてきみが反逆者と関係があるのだろうかと思ってる者もいる。やつらのために働いていたわけじゃないときみがわれわれを説得できるなら、われわれもずいぶん面倒から解放されるし、きみも不幸な状態から抜け出せる。だから教えてくれ、所長に言うんだ。あの農場で、捕まったとき本当は何をやっていたんだ？　われわれが知っているのは、プリンスアルバート警察からまわってきたこの書類上に記載されていることだけだし、はっきり言って、彼らの言うことは全然筋が通っていない。本当のことを教えてくれ、本当のことを全部言えば、きみもベッドにもどれるわけだし、われわれもこれ以上きみに嫌な思いはさせないから」

いまやなかばしゃがみ込むような姿勢で、彼は毛布を喉元に引き寄せながら、われわれ二人をにらんでいる。

「なあ、言ってしまえよ！　だれもきみを傷めつけようなどと思ってないんだから、われわれが知りたいことを話してくれるだけでいいんだ！」

沈黙が続く。役割をすべて私に負わせたまま、ノエルはしゃべらない。「言ってしまえよ、マイケルズ。一日中こうしているわけにもいかないじゃないか、戦争中なんだから！」

ついに彼が口を開いた。「俺は戦争とは関係ない」

私のなかで苛立ちが一気に募った。「戦争とは関係ないだって？　むろん、お前も戦争のまったただなかにいるんだよ、好きだろうと嫌いだろうと！　ここはキャンプだ、休暇用リゾートでも保養所でもないんだ。お前のような人間を社会復帰させて働かせるためのキャンプさ！　砂袋の詰め方や穴の掘り方を、背中が痛くなるまで叩き込まれることになるんだ！　お前が協力しないなら、ここよりもっと悪いところへ行くことになるぞ！　一日中かんかん照りのなかで焼かれて、ジャガイモの皮とトウモロコシの穂軸をあてがわれるような場所へ行って、もしお前が生き残れなかったら、あいにくだが、お前の番号は×印でリストから消され、それで一巻の終わり！　だから言ってしまえ、もう時間がないんだ、お前がやっていたことを教えてくれ、そうすればわれわれはそれを書き込んでプリンスアルバートに送るから！　この所長は忙しい人なんだから、時間を無駄にするのは慣れてないんだ、この立派なキャンプを運営するため、引退を棚上げして、お前のような人間を助けているんじゃないか。協力して当然だろ」

しゃがみ込んだまま、私が跳びかかったらかわそうと身構えながら、彼は答えた。「俺はことばが達者じゃないから」それだけ言うと、トカゲのような舌で唇を嘗めた。

「われわれはきみにことば達者になれとも、口べたになれとも言ってない、ただ本当のことを教えてほしいだけだよ！」

彼はずるそうに笑い返した。

「この、お前の庭《ガーデン》で、何を育てていたんだ?」とノエルが言った。

「野菜畑《ガーデン》だ」

「だれのための野菜だ? その野菜をだれにやった?」

「俺の野菜じゃない。大地から穫れた物だから」

「だれにその野菜をやったのか、それをきいているんだ」

「兵隊が持っていってしまった」

「兵隊がお前の野菜を持っていって、それでお前はいいのか?」

彼は肩をすくめた。「育つ物は俺たちみんなのものさ。俺たちはみんな、大地の子どもなんだ」

私が口をはさんだ。「きみの母親はあの農場に埋められてるんだろ? 母親はあの農場に埋められたって言わなかったか?」

彼の顔が石のように閉ざされたが、私は優位に立ったと思って続けた。「私に母親の話をしてくれたじゃないか、でも所長は聞いていない。所長に母親の話をしてやったらどうだい」

母親の話をしなければならないことが彼にとってどれほど苦痛か、再度、私は心に留めることになった。彼は床の上で足の爪先をまるめ、唇の裂け目を嘗めた。「真夜中にやってきて農場を焼き、女子どもを殺す、お前の仲間について話せばいいんだよ」とノエル。「私が聞きたいのはそれだ」

「きみの父親のことを話してくれないか。母親のことはたくさん話してくれたが、父親のことは聞いたことがないな。父親はどうした？」と私。

彼は、完全に閉じることのない口をかたくなに引き結び、にらみ返した。「子どもはいないのか、マイケルズ？」と私はたずねた。「きみくらいの年齢だと——女房や子どもをどこかに隠しているんじゃないのか？　なんで独りなんだい？　将来を託すものはどこにある？　自分で話が終わりになってしまっていいのか？　それじゃ話が悲しすぎる、そうは思わないか？」

息詰まるような沈黙、耳のなかでそれが聞こえそうなほどの、鉱山の坑道で経験するような、地下室、防空壕、空気のない場所で経験する沈黙だ。

「ここへきみを連れてきたのは話をするためだ、マイケルズ」と私。「上等のベッドをあてがい、食べ物もたくさんあたえ、一日中居心地よく寝そべって、鳥が空を飛んでいくのを見ていられるようにしているんだから、われわれとしてもそのお返しが欲しいところだな。そろそろ吐いてもいいんじゃないか、な。きみには語るべき話があり、われわれはそれを聞きたい。どこからでもいいから始めたらいい。母親のことでもいい。父親のことでもいい。きみの人生観でもいいさ。母親のことを話したくないというなら、あるいは父親のことや人生観なんて嫌だというなら、このところ考えてる耕作プランとか、ときたま山からおりてきてちょっと立ち寄り、食事をしていく仲間のことを話してくれ。われわれが知りたいことを話してくれれば、きみを独りにしてやれるんだがな」

私はここで一息ついた。彼は頑固ににらみ返してきた。「話せよ、マイケルズ」私はまた口を開いた。「話すなんて簡単だろ、わかってるよな、話せよ。いいか、よく聞け、ほら私は難なくこの部屋にことばを響かせているだろ。一日中飽きずにしゃべりまくる人間だっているし、あたり構わずしゃべりまくる人間だっている」ノエルと目が会ったが、私は続けた。「自分に中身をあたえてみろ、なあ、さもないときみはだれにも知られずにこの世からずり落ちてしまうことになるぞ。戦争が終わり、差を出すために巨大な数の引き算が行われるとき、きみはその数表を構成する数字の一単位にすぎなくなってしまうぞ。ただの死者の一人になりたくないだろ？　生きていたいだろ？　だったら、話すんだ、自分の声を人に聞かせろ、きみの話を語れ！　われわれが聞いてやろうじゃないか！　こんなふうに親切に、文明人の紳士が二人して、必要とあらば昼も夜も、きみの話に耳を傾けようとしてるなんて、おまけにノートまでとろうとしてるなんて、いったいどこの世界にあるというんだ？」

何の予告もなくノエルが部屋から出ていった。私は「ここで待ってろ、すぐにもどる」とマイケルズに命令して、急いであとを追った。

暗い廊下でノエルを呼び止め、彼に懇願した。「彼から筋の通った話を引き出そうなんて思ってませんよね。それはわかってるはずです。彼はばかだ、くそ面白くもないばかだ。たまたま戦場に迷い込んだ、哀れな、どうしようもないやつですよ。戦場ってことばを使うのが許されるなら、人生の戦場と言ってもいい、高い壁で囲った施設のなかに閉じ込められて、クッションを詰めたり、花壇に水を遣ったりしていたほうがよかったときに、です。どうでしょう、ノエル、頼みがあるんですが。私は本気です。彼を出してやりましょう。無理に彼の話をでっちあげないで欲しい――」

「無理にでっちあげるなんて、だれが言った？」

「――彼から無理に話をひねり出そうとしないほうがいい、話なんて本当にないんですから。もっとも深い意味で、彼には自分が何をしているのかわかってないんですよ。何日か観察してきて、そう確信するようになったんです。報告書には何か適当に書いておけばいいじゃないですか。このスヴァルトベルグの反逆分子たちの集団はどのくらいの規模だと思いますか？　二十人？　三十人？　二十人いたと彼が言ったことにすればいいじゃないですか、いつでもおなじ二十人。農場にやってきて、まあ四週とか五週、いや六週ごとに来たけれど、次にいつ来るかは絶対に言わなかったと。彼らの名前は知っているが、ファーストネームだけ。ファーストネームのリストを作ればいいじゃないですか。彼らが持っていた武器のリストも付けて。どこか山のなかにキャンプがあるって言ってたけれど、正確な場所は絶対に教えなかったって。ただ高い所、農場から歩いて二日はかかるってことにしておけばいい。洞窟のなかで彼らは眠り、女もいっしょだった。子どもも。それで十分ですよ。それを報告書にまとめて送っておけばいいんです。彼らに邪魔させないためにはそれで十分ですよ、そうすればわれわれも自分の仕事を続けられるんですから」

二人は屋外の、春の青空の下に立っていた。

「つまりきみは私に嘘をでっちあげて署名しろというんだな」

「嘘じゃないですよ、ノエル。私がした話のなかには、マイケルズの親指を締めつけ拷問して吐かせるより、おそらくずっと多くの真実が含まれています」

「だが、もしその反逆分子たちが山のなかに住んでいなかったらどうする？　プリンスアルバート近辺に住んでいるとしたら？　昼間は言われた通り黙って仕事をこなし、子どもたちが寝静まったころ床板を剝がして銃を取り出し、闇のなかを歩きまわり、爆弾をしかけ、火を放ち、テロをやって人を殺害するとしたら？　そういう可能性について考えたことはあるかい？　なぜそんなにやっきになってマイケルズをかばうんだ？」

「かばってるわけじゃありません！　今日一日の残りを、自分の尻の穴と肘の区別さえつかないような哀れなばか者から話をひねり出すために、あの汚らしい穴蔵で過ごしたいんですか？　夢のなかに出てくる燃えさかる髪をした母親のことを考えて、がたがた震えるようなやつ、赤ん坊はキャベツ畑で生まれるとまともに信じてるようなやつですよ。ノエル、われわれにはもっとましな、やるべきことがあるでしょう！　誓ってもいい、何もありませんよ、それに彼を警察の手に渡したって、警察もおなじ結論に達するでしょう。何もないんです、まともな人間の関心をわずかなりとも引く話なんてまったくない。私は彼を観察してきたからわかるんです！　やつはわれわれの世界の人間じゃない。自分だけの世界に生きているんです」

　だからマイケルズ、手っ取り早く言うと、私は説得力によってきみを救ったってことだ。警察が満足するような話をわれわれが作り上げたから、きみは、手錠をかけられ、ヴァンの後部で尿にまみれてプリンスアルバートまでもどる代わりに、清潔なシーツに横になり、木陰で鳩が鳴くのを聴きながらうとうとしたり、自分の思いに浸っていられるんだ。いつかきみに感謝される日が来ることを願うよ。

それにしても信じがたいのは、きみが三十年ものあいだ街の日陰の部分で生き延び、交戦地帯でひとシーズン気ままに暮らしてから(かりにきみの話を信じたとしてだが)無傷でぬっとあらわれたことだ。きみを生かしておくのは脆弱なペットのアヒルの仔、いや一腹の仔猫でいちばんひ弱な仔猫か、毛が生えたばかりで巣から放り出されたひな鳥を飼うようなもんだというときに、だよ。書類もないし金もない。家族も友達もなく、自分が何者かさえわかっていない。不可解なもののなかでもその最たるもの、その理解しがたさときたら、ほとんど天才じゃないかと思うくらいだ。

＊　＊

初めての夏日、ビーチにはもってこいの日だ。なのに、それどころではなく、見るからにひどい高熱、眩暈、嘔吐、リンパ節の腫れを伴う新患が運び込まれた。私は元計量室だった部屋にその患者を隔離し、血液と尿を採取して分析のためにウィンバーグへ送った。半時間ほど前に郵便仕分け室の前を通りかかると、だれの目にも明らかな赤十字と「至急」のスタンプが押されたその包みが、まだそこに置いてあった。今日は郵便車が来ないんです、と事務員は言い訳する。自転車で使いの者を出せなかったのか？ 使いに行ける者がいませんから、と彼は答える。一人の囚人のことじゃ済まないんだぞ、キャンプ全体の衛生状態に関わるんだ、と私。彼は肩をすくめた。「明日があるさ《モーラ・イス・ノッホ・ア・ダッハ》」なんで急ぐ？　と言わんばかりに。机の上にはポルノ雑誌が開いてあった。

西壁の向こう、煉瓦と有刺鉄線の向こう側で、ロスミード街のオークがエメラルドグリーンの葉を広げ、ここ数日めっきり濃さを増した。通りからはパカッパカッという馬蹄の音が聞こえ、こうしているいまも別の方角から、運動場の方から、ウィンバーグの教会の小さな聖歌隊の歌が流れてくる。いつも第二日曜日にアコーディオンの伴奏で、囚人たちに歌を歌ってくれるのだ。「神を讃えよ《ローフ・ディ・ヘール》」と歌っている、しめくくりの曲だ。それが終わると囚人たちはパップ（トウモロコシがゆ）とグレイヴィーソースのかかった豆の食事のためにDブロックまで行進させられて帰ってくる。精神のためには聖歌隊と牧師（牧師が不足することはない）、身体のためには医者というわけか。かくして彼らに不足するものはなく、二、三週間で心を入れ替え、率先して働く人間になったという保証付きで出ていくことになり、次にまた六百人のピカピカの新顔が入ってくる。「私がやらなくても、だれかがやることになるんだ」とノエルは言う。「それに、そのだれかは私よりひどいかもしれない」とノエル。「少なくとも私がここに来てから、囚人が不自然な死因で死ぬことはなくなった。戦争が永久に続くことはないんだ。いつかは終わらなくちゃならんのだ。何にしてもそうなんだ」というのがファン・レンズブルグ所長の言い分だ。「そうはいっても」話す順番がまわってきたので私は言う。「銃撃戦が終わり、歩哨が逃走し、門から悠々と歩いて入ってきた敵が期待するのは、キャンプの司令官が机のところでリボルバーを片手に、弾を頭に貫通させている姿を発見することですよ。そういう意思表示が彼らは何より欲しいんですから」ノエルは返答しないが、おそらく、そのことを考え抜いているのだろう。

＊　＊

昨日、マイケルズを退院させた。退院届けには、最低七日間は身体訓練を免除する由、明記した。ところが今朝、私が正面観覧席から出て最初に目にしたのは、マイケルズが必死でほかの連中といっしょにトラックをよたよた進む姿だった。筋骨たくましい四十人の男たちの後ろを追いかける、上半身裸の骸骨。訓練官に私は抗議した。その答えは「歩けなくなったら、落伍しますよ」だ。私は断言した。「落伍するのは死ぬときだ。心臓が止まるってことだぞ」すると「やつはずっとあなたに作り話をしてたんですよ」と言う。「こんな野郎たちの作り話を全部信じてはいけませんよ。あいつだって別に悪いところはないんです。なんであいつにそんなにこだわるんです？　ほら」と彼は指差す。マイケルズがわれわれの前を通っていく。目を閉じ、深く息をしながら、その顔に緊張感は見られない。

ひょっとすると私は彼の話を信じすぎたのかもしれない。あるいは、ただ彼がほかの人間よりも食が細いだけなのかもしれない。

*　*

私は間違っていた。疑うべきではなかった。二日で彼はもどってきた。フェリシティがドアまで行くと彼がいた。二人の看守に支えられ、意識がなかった。どうしたのかと彼女がたずねた。看守たちは知らないふりをし、アルブレヒツ軍曹にきいてくださいと言った。

彼の手足は氷のように冷たく、脈も非常に弱い。フェリシティが彼を毛布でくるみ、湯たんぽを入れてやった。私は点滴をしてから、チューブで糖分と牛乳をあたえた。アルブレヒツは単なる不服従だと考えている。マイケルズが規則で決められた活動に参加することを拒否した。その罰に彼は兎跳びを命じられた。六回ほどやったところで気を失って倒れ、意識がもどらなかった。

「拒んだって、何を?」私がたずねた。

「歌わないんです」

「歌だって？　頭が正常じゃないんだよ、あいつは、まともに話すこともできないんだ——なんだって歌なんか歌わせようとしたんだ？」

彼は肩をすくめ「別に痛めつけることにはならんでしょう」と言う。

「それにしても、なんで体操の罰なんかやらせた？　赤ん坊のようにひ弱いんだ、見ればわかるだろうに」

「そういう規則ですから」と彼は答えた。

＊　＊

マイケルズに意識がもどった。彼が最初にやったことは鼻からチューブを引き抜くことで、フェリシティが止めようとしたが間に合わなかった。いまはドアのそばに何枚も重ねた毛布の下で寝ているが、まるで死体のようだ。何も食べようとしない。小枝のような腕で栄養物の瓶を押しのける。「俺の食べ物じゃない」と言わんばかりに。

「きみの食べ物とはいったい何なんだ？」ときいてみる。「なぜきみはわれわれにそんな態度をとる？　きみを助けようとしているのがわからないのか？」あくまで穏やかな無関心を示す彼の一瞥に、私は憤怒をかきたてられる。「毎日、何百という人間が飢えて死んでいるのに、お前は食べないという！　なぜだ？　ハンストをしてるのか？　抗議のハンストのつもりなのか？　そういうことか？　いったい何に抗議してる？　自由が欲しいのか？　もしもお前を自由にしたら、もしもこんな状態で街へ出したら、二十四時間以内に死んでしまうぞ。自分の面倒もろくに見られないじゃないか、お前にはやり方がわかってない。フェリシティと私がこの世で唯一、お前を救うケアができる人間なんだよ。お前が特別だからじゃない、それが仕事だからだ。なぜ協力しない？」

こんなあからさまな口論が病棟中を騒動に巻き込むことになった。だれもが耳をそばだてている。髄膜炎が疑われる少年（彼は昨日、フェリシティのスカートに片手を入れようとして私に捕まえられた）がベッドに膝をつき、首をもたげ、にんまりと笑いながらこちらを見ていた。フェリシティさえ、箒を使うふりをしていた手をぴたりと止めている。

「特別扱いなど頼んだおぼえはない」しゃがれ声でマイケルズが言った。私は背を向けて歩き去った。

きみは何も頼んだことなどないさ、だが、きみは私の首筋にまとわりつくアホウドリになってしまった。きみの骨張った腕が私の頭の後ろで絡まり合って、きみの重みで私は頭を垂れて歩いているんだ。

病棟内の騒ぎがおさまったころ、私はきみのベッドサイドにもどって腰をおろした。

長いあいだ待った。するとついにきみは目を開けて話し出した。「俺は死ぬつもりはないよ。ここの食い物が食べられない、それだけだ。キャンプの食い物は食えない」

「彼に退院許可書を書いてやってはどうですか?」私はノエルに強く言った。「私が今夜にでも門まで連れていき、二、三ランド持たせて追い出す。そうすれば自分の好きなようにやっていけます。あなたが退院許可書を書くなら、私が適当に報告書を書きますから。『入院前からの慢性的栄養失調の結果、肺炎により死亡』とか。名簿から名前を抹消すれば、もう彼のことで頭を悩まされなくて済むんです」

「きみがあの男にこれほど関心をもつなんて、まったく困惑のきわみだね」とノエル。「報告書を改ざんしろなんて言わんでくれ、そんなことをするつもりはないぞ。もし彼が死ぬつもりなら、自分で餓死するつもりなら、放っておけばいいんだ。簡単なことだろ」

「死ぬことが問題じゃないんです。彼は死にたがってるわけじゃない。ここの食べ物が好きじゃないだけなんです。心底、嫌なんだろな。ベビーフードさえ食べようとしない。たぶん、自由というパンしか食べないのかもしれない」

気まずい沈黙が流れた。

「たぶんあなたや私だって、キャンプの食事は好きじゃないでしょ」私は執拗に続けた。

「運び込まれたときのようすをきみも見たろ」とノエル。「あのときだって骸骨みたいだったじゃないか。彼はあの農場で自由というパンを食べながら、小鳥のように自由に独りで生きていたのさ、だがここに来たときは骸骨みたいだった。ダッハウ(ナチスの強制収容所があった)から生き延びた人間さながらだ」

「たぶん、彼はもともとひどく痩せているんでしょう」と私。

＊　　＊

病棟は闇のなかだ、フェリシティは部屋で寝ている。私は懐中電灯を手にマイケルズのベッドのそばに立ち、彼を揺り起こすと、マイケルズは眩しそうに手で目を被った。屈み込んでささやくように話しかけると、彼の身体から、清拭しているのになぜか煙の匂いがした。

「マイケルズ、ちょっと言っておきたいことがある。もし食べないのなら、きみは本当に死んでしまうぞ。とても簡単なことだ。時間がかかるし、心地よいことでもないが、最後は間違いなく死ぬ。きみを止めるために何かをするつもりは、私にはない。きみを縛りつけて、紐で頭を固定しチューブを喉から差し込んで養うのは簡単だろうが、そういうことをするつもりはないんだ。私はきみを子どもや動物としてではなく、自由な人間として扱いたい。きみが自分の生命を投げ出したいというなら、勝手にするがいい、きみの生命だ、私のじゃない」

彼は目元から手をはずし、大きく咳払いをした。話し出すかと思ったが、そうはせずに首を振りながら微笑んだ。懐中電灯の光のなかで見るその笑みはよそよそしく、鮫のような笑いだった。

「どんな種類の食べ物が欲しい?」私はささやいた。「いったいどんな種類の食べ物なら、食べる気になるんだ?」

彼はゆっくりと懐中電灯に手を伸ばし、それをわきへ押しのけた。それから寝返りを打ち、また寝てしまった。

*　*

九月の新規収容者に対する訓練期間が終わり、今朝は長蛇の列をなす裸足の男たちが、鼓手に先導され、武装した看守に両側をはさまれて出発した。鉄道操車場までの十二キロの道程を行進し、内陸へ移送されるのだ。あとに残されたのは、手に負えない部類として閉じ込められ、ムルダースルスへ向けて移送されるのを待っている五、六人ほどの連中と、診療所内の歩行不能の三人だ。マイケルズもその三人に入る。チューブによる栄養摂取を拒んでから何も口を通っていない。

微風には石炭酸石けんの臭いが漂い、静けさが心地よかった。私は気分も軽く、幸せと言っていいくらいだ。戦争が終わってキャンプが閉鎖されたら、こんなふうになるのだろうか？（あるいは戦争が終わってもキャンプは閉鎖されないのだろうか？　高い塀のあるキャンプはどんなときも使い道があるのだろうか？）必要最小限の人員を除いて、全員、週末の外出許可を得て出かけてしまった。月曜には十一月の新規収容者が到着することになっている。しかし、鉄道の輸送機能が崩壊しているため、今後の計画はその日その日で立てることになる。先週はデ・アールが襲撃され、操車場が大きな被害を受けた。ニュースでは放送されないが、ノエルが確かな筋から聞き込んできたのだ。

＊　＊

今日、メイン通りの物売りからバターナッツ・スカッシュを買い、薄切りにしてトースターで軽く焼いた。「カボチャではないが、ほぼおなじ味だ」そう言いながら、マイケルズを起こして背中に枕を入れてやった。彼が一口嚙み、口のなかでもぐもぐやるのを私は見ていた。「うまいか？」ときくと彼はうなずいた。スカッシュに砂糖を振りかけておいたが、シナモンは見つからなかった。しばらくしてから、きまり悪い思いをさせないよう、その場を離れた。もどったとき彼は横になり、そばの皿はからだった。フエリシテイが次に掃除をするときは、たぶん、ベッドの下に蟻のたかったスカッシュを発見することになるんだろう。なんてことだ。

「どうしたらきみは食べる気になるんだろうな?」あとから彼にたずねてみた。

彼が長いあいだ何も言わなかったので、てっきり眠ってしまったんだと思った。すると咳払いをした。「これまで、俺が食う物にこんなに気をつかう人はいなかった。だから理由は俺のほうがききたいくらいだ」

「理由はきみが飢えて死ぬのを見たくないからだ。ここでだれかが飢えて死ぬのを見たくない」

彼は私の言うことを聞いていたのだろうか。まるで失いたくない一連の考えでもあるかのように、裂けた唇が動きつづけた。「自分で思うんだ、俺はこの人にとって何なんだって。自分でも思うんだよ、俺が生きるか死ぬかが、この人にとっていったい何なんだって」

「われわれがなぜ囚人を撃ち殺さないのかとききたいところだろう。おなじ質問だからな」

彼は左右に大きく首を振ってから、いきなりその大きな暗い眼窩を見開き、私に向けた。言いたいことはほかにもあったが、私は口をきけなかった。あの世から見据えるような眼差しの人間と議論するなんて、どう見ても馬鹿げている。

かなりの時間、私たちは見つめ合った。それから私は自分が話し出すのがわかった、ほとんどささやくような声で。しゃべりながら考えたことは「降伏」。これが降伏というものなのか。「おなじ質問を私はきみにしているのかもしれない。きみがしたのとおなじ質問をね。この男にとって私はいったい何者なのかって」さらにか細い声で、どぎまぎしながらささやいた。「私はきみにここへ来るよう頼んだわけじゃない。きみが来るまでは何もかもうまくいっていたんだ。幸せだった、こんな場所にいるにしては、だが。だから私にしてもききたいんだよ、なんで私なんだ?」

彼はふたたび目を閉じた。私の喉は渇ききっていた。彼のそばを離れ、手洗いへ行き、水を飲み、洗面台にもたれてしばらく立っていた。後悔でいっぱいになり、やってくる面倒のことを考えながら、自分にはまだ覚悟ができていないと思った。コップに水を汲んで彼のところへもどった。「きみが食べないとしても、水は飲まなくちゃな」彼を助け起こして、水を数口飲ませた。

＊　＊

親愛なるマイケルズ
きみのことが知りたい、それが答えだ。よりによってきみのような人間がどうして戦争に加わることになったのか、それも、きみの居場所などまったくない戦争にだ、それが知りたい。きみは兵士ではないだろ、マイケルズ、滑稽なやつだよ、道化、いや木偶《でく》の坊だ。このキャンプに何の用がある？　ここじゃ、めらめらと燃える髪をしてきみの夢に出てくる、執念深い母親からきみをリハビリさせるためにできることなど何もないんだ。（私は話のなかのこの部分を正しく理解しているかな？　とにかく私なりに理解すると、そういうことなんだが。）きみをリハビリさせるために、われわれにできるのは何だろう？　籠編みか？　芝刈りか？　マイケルズ、きみはナナフシだな。捕食者だらけの世界から身を守る唯一の方法といえば自分の奇怪な形しかないナナフシだ。どういうわけか、広大な、草一つ生えていないコンクリートのような平地のどまんなかに降り立ったナナフシみたいだ。のろくて脆い、小枝のような脚を一本一本持ち上げて、合体する対象を求めてにじり寄ろうとするが、そんなものは一切ない。なぜきみは茂みを離れた？　茂みこそがきみの居場所だというのに。静かな郊外のほの暗い庭の片隅で、人目につかない茂みにぶらさがりながら、何でもいい、ナナフシが生きていくためにすることをやって一生を送ったほうがよかったんだ。葉っぱをあちこちかじってみたり、アブラムシなんかを食べたり、草の露を飲んだりしていればよかったんだ。それに——これは私の個人的な意見だが——きみはもっと若いころに自分の母親から逃げ出すべきだったな、話を聞くかぎり、彼女こそ本物の殺人者のように聞こえるよ。母親からできるだけ遠い茂みへ行き、自立した人生を始めるべきだった。背中に母親を背負い、田舎の安全を求めて燃えさかる街から逃げ出したとき、マイケルズ、きみは大きな間違いをしでかしたんだ。なぜなら、きみが母親を背負って、その重みに喘ぎ、煙にむせ、銃弾をかわしながら、親孝行のための離れ業をしているのを思うと——確かにきみはそれをやったのさ——そんなとき私はつい、母親はきみの肩に座って、きみの脳味噌を喰いつくしながら、ぎらぎらと勝ち誇ったように偉大なる「母親の死」を具現していると考えてしまうんだよ。その母親が死んだいま、きみは秘かにそのあとを追おうとしている。きみが大きく目を見開いたとき、いったい何を見ているんだろうと思ったんだ——きみが私を見ていないのは確かだし、診療所の白い壁や空いたベッドを見ていないのも確かだし、真っ白なターバンを巻いたフェリシティを見ているわけでもない。いったい何を見ているんだ？　炎の輪のなかでめらめら燃える髪をした母親が、にんまり笑いながら、光のカーテンを通過して向こうの世界へ加わるよう、曲がった指できみを差し招いているところなのか？　これで、生きることに対するきみの無関心の説明になっているだろうか？

もう一つきみのことで知りたいのは、あらゆる食物に対するきみの食欲を奪ったものとは、きみが荒野で食べていたものとは、いったい何かということだ。きみが教えてくれた唯一の食べ物、それはカボチャだったな。きみはカボチャの種子まで持っていた。カルーではカボチャしか食べないのか？　一年間もきみがカボチャばかり食べて生きていたなんて信じろっていうのか？　人間の身体はそれだけじゃ生きていけないよ、マイケルズ。ほかに何を食べた？　狩りをしたのか？　自分で弓と矢を作って狩りをしたのか？　木の実や根も食べたのか？　イナゴも？　書類によるときみは「オプガールダー」だという。貯蔵係。だが、きみが何を貯蔵していたかは書いてない。マナ（「出エジプト記」でイスラエル人が天から与えられた食物）だったのか？　空からきみのためにマナが降ってきたというのか？　それを、仲間が夜中にやってきて食べられるように、地下倉庫に貯えたというのか？　キャンプの食べ物をきみが食べようとしないのは、それが理由か――マナの味がきみの味覚を永久に麻痺させたとでもいうのか？

きみは隠れているほうがよかったな、マイケルズ。自分のことに無頓着すぎた。深い深い穴蔵の真っ暗闇のなかに這い込んで、面倒が終わるまでじっと辛抱していたほうがよかったんだ。きみは自分が目に見えない精霊だと思ったことはないか？　この惑星への訪問者、国家の法律を超えた存在だと。いまや国家の法律がきみを手中に収めた。法律はお前を元ケニルワース競馬場の観覧席下のベッドにピンで留めたのだから、必要とあらば、きみを泥のなかにだってねじ込む。法律は鉄でできているんだ、マイケルズ、それを肝に銘じてほしい。どれほどきみが自分を痩せ細らせても、法律はゆるみはしない。宇宙的な魂に故郷はないんだ、南極大陸や公海はいざ知らず。

妥協しなければきみは死んでしまうぞ、マイケルズ。衰弱が進めば、どんどん非肉体的な存在になり、やがては魂だけになって天空の彼方に飛んでいけるなんて考えるのはよせ。きみが選んだ死は苦痛と悲惨と恥辱と後悔が詰まっていて、解放が訪れるまでには耐えなければならない日々が延々と続くぞ。きみは死にかけている、そしてきみの物語は、きみが正気にもどって私の言うことに耳を貸さないかぎり、永遠に消えてしまう。私の言うことを聞け、マイケルズ。きみを救えるのは私しかいない。きみをありのままに独自の魂として見ることができるのは私だけだ。きみを気遣うたった一人の人間。私だけがこれはソフトキャンプ向けのソフトなケースだとかハードキャンプ向けのハードなケースだとか考えずに、きみを等級区分を超えた人間の魂として、幸いにも主義主張などに惑わされず歴史に無縁な魂として、その堅牢な石棺のなかでかすかに翼を動かし、その道化めいた仮面の下で何かを呟いている、そんな魂として見ているんだ。マイケルズ、きみは貴重な存在だ、きみのような生き方は。きみのような人間はもういない。まるではるか古代から生き延びた生き物、シーラカンスや、ヤンキー英語など絶対に話さない人物のようだ。われわれは全員へりを越えて歴史という大鍋に転げ込んでしまった。きみだけが、薄弱な光をたどり、孤児院で(いったいだれがそこを隠れ家などと思っただろう?)ひたすら時機を待ち、戦争と平和を巧みに切り抜けながら、だれもゆめゆめ思いつかぬ戸外に潜み、時間の隙間をあてどなくさまよい、移りゆく季節をながめながら、歴史の道筋を変えようなどと砂粒ほども考えずに、むかしながらのやり方でなんとか生き延びようとした。われわれはきみを高く評価し、祝福すべきなんだ。きみの衣服を雛形として博物館に納めるべきだな。きみの衣服、きみの持っている一袋のカボチャの種子にもラベルを貼って、だ。競馬場のトラックの壁にも、きみがここにいたことを記念する銘板をつけるべきなんだ。だが、ことはそんなふうには進まない。本当のことを言うと、きみは人知れず死に、近頃ではヴォルテマーデ墓地に移送することさえ問題外だから、競馬場の隅に、名前もない穴に埋められることになり、私以外にきみのことなど思い出す者もいなくなるんだ。きみが折れて、ついに口を開くようにならないかぎり。きみに強く言うぞ、マイケルズ、折れるんだ！

友より

＊　＊

噂が飛び交ってからようやく、今月の新規収容者について確かな知らせが届いた。主な一群はレッダースブルグで立ち往生したまま、移送されるのを待っている。イースタンケープからの一群は、結局、来そうもない。アイテンハーゲの集結キャンプには、囚人をソフトとハードに選別するスタッフがもういないため、その地区の被拘禁者はすべて、次の通達が出るまで重警備キャンプに収容されようとしている。

というわけでケニルワースにはホリディ・キャンプのような雰囲気が漂っている。明日クリケットの試合が、キャンプ職員チームと補給局長チームとのあいだで行われることになった。コースのまんなかで大奮闘だ。みんな芝刈り、地ならしに精を出している。ノエルがチームのキャプテンになるはずだ。もう三十年もやっていないんだ、と彼は言う。ぴったり合う白いズボンがないんだよ、と。

さらに線路の爆破が続き、いたるところで輸送が滞れば、軍司令部《カッスル》はわれわれのことを忘れ、戦争が終わるまでこの壁に囲まれた静かな忘却のなかで試合をさせておいてくれるだろう。

ノエルが点検にやってきた。病棟には患者が二人しかいない。マイケルズと震盪《しんとう》症の患者だ。マイケルズは眠っていたが、われわれは声を落としてマイケルズについて話した。チューブが使えればまだ救うことはできるが、だれであれ生きたいと思わない者にそれを強制するのはどうかな、と私はノエルに言った。法規はすっかり私の頭から遠のいている。強制的栄養摂取も人工的延命もなし。(同時に、ハンガーストライキも公表しない。)「あとどれくらい持つ?」とノエル。まあ、二週間ってとこでしょう、ひょっとすると三週間、と私。「少なくとも静かな最期だろ」「いや、苦痛に満ちた、痛ましい最期です」「何か注射とかしてやれることはないのか?」とノエル。「やつを死なせるためにですか?」「いや、死なせるということじゃない。楽にしてやるためにだ」私は断った。まだ気が変わる余地のある人間に対し、そんな責任は引き受けられない。われわれは放っておくことにした。

＊　＊

クリケットの試合が行われるが、打ったボールは草むらに入るし、打者はボールが当たらないよう跳び上がるしで、負ける。白地に赤い玉縁のトラックスーツでプレイするノエルは、まるで保温用下着を着たサンタクロースで、打席は十一番、初球でアウト。「どこでクリケットを覚えたんですか?」ときくと「モールレースブルグだ、一九三〇年代の学校で、昼休みの運動場だ」と彼は答えた。

われわれのなかでも彼はいちばんまともな人間のように思える。試合のあとは、夜遅くまで飲んで騒ぐ。二月にサイモンズタウンでリターンマッチをやろうということになる。もしわれわれがまだ、このままでいればの話だが。

＊　＊

ノエルがひどく気落ちしている。今日、アイテンハーゲは序の口に過ぎず、リハビリテーション・キャンプと強制収容キャンプの区別が廃止されると耳にしたのだ。バーツケールデルスボスは閉鎖され、ケニルワースを含む残り三箇所も、徹底した強制収容キャンプに衣更えされるとのこと。リハビリテーションが大規模な労働部隊に対し、強制収容キャンプ同様に人員供給できる理想的方法だと立証するのはどうやら失敗に終わったようだ。「このケニルワースで戦闘強化部隊の実習訓練をやれっていうんですか、こんな住宅地域のどまんなかで、煉瓦塀と二連の有刺鉄線に囲まれたなかで、一握りの老人と少年と心臓病患者だけで彼らを見張れっていうんですか?」とノエルは主張した。

その答えは「ケニルワース・キャンプの不備については以前からの懸案事項だった。再開される前に、照明、監視塔も含めて、全面改装されることになるだろう」というもの。

引退を考えている、とノエルは私にうち明ける。六十歳、もう十分に務めは果たした。夫を亡くした娘が、ゴードン湾に来ていっしょに住まないかとしきりに言ってくるんだ、と。「鉄のキャンプを運営するには鉄のような人間が必要だ。私はそういう人間ではない」私は反論しかねた。鉄のようではないことが、彼のいちばんいいところだからだ。

＊　＊

マイケルズがいなくなった。夜中に逃げたのだろう。今朝フェリシティがやってきて彼のベッドがからになっているのに気づいたが、報告しなかったのだ(「トイレに行ったと思ったもんですから」——！)私が発見したときはすでに十時をまわっていた。いまになって思えば、容易《たやす》いことだったはずで、ごく普通の健康状態の人間であれば造作なかっただろう。ほとんどからのこのキャンプは、歩哨といっても正門と職員住宅区域に通じる門に立っているだけで、外辺部をパトロールする兵隊もいなければ、側門は鍵がかかっているだけだ。それを壊して出る者も、まして無理に侵入する者もない。つまり、われわれはマイケルズのことをすっかり忘れていたのだ。忍び足で外へ出て、塀をよじ登ったに違いない――どうやったかなど知るもんか――そして秘かに逃げ出した。針金が切られたようすはない、といっても、マイケルズはどんなものでもするりと抜けられる亡霊に近いのだ。

ノエルは途方に暮れていた。逃亡について詳細な経過報告を出し、民間警察に責任を委ねることになる。だが、となるとこの件に関する事実調査が行われることになるから、成り行きまかせのここのやり方が発覚するのは避けられない。職員の半分が外泊パスでいなくなること、歩哨のパトロールはやったりやらなかったり、などなど。逃げ道は、死亡報告書をでっちあげて、マイケルズは死んだことにすること。そうしましょう、と私はノエルを急かす。「マイケルズの話はこれっきりにしましょう」と私。「哀れなばかが、病気の犬みたいに死に場所を探して出ていったんだ。放っておきましょう、わざわざあいつを引きもどして、見知らぬ人間の視線をスポットライトのように浴びて死ぬのを強制するのは止めましょう」すると、ノエルが微笑《わら》った。「微笑ってますね」と私。「でも私が言ったのは本当のことですよ、マイケルズのような人間はあなたや私の理解を超えたものと交感し合って生きているんです。偉大かつ善良な主の呼ぶ声を聞き、それに従うんです。象の声を聞いたことがありますか?」

「マイケルズはこのキャンプなんかに来なけりゃよかった」私は続けた。「間違いだったんですよ。はっきり言って、彼の人生は最初から最後まで間違いだった。口にするのも残酷な話だが、私はあえて言います。こんな世界に生まれてこなけりゃよかった、そういう人間ですよ。母親がやつの状態を見るなり秘かに窒息させ、ゴミ箱に捨てりゃよかったんだ。もう黙って行かせてやろうじゃないですか。死亡証明書は私が書きます、あなたは署名すればいい、軍司令部《カッスル》の事務官がろくに目も通さずにファイルする、それでマイケルズのことは終わりですよ」

「あいつはキャンプ専用のカーキ色のパジャマを着ている」とノエル。「警察が捕まえて、どこから来た？　ときくだろう、ケニルワースから来たとやつは答える、そこで警察が調べる、だが逃亡者の報告はない、となるとえらく厄介なことになるぞ」

「パジャマは着ていきません」と私は答えた。「何を着ていったかはまだわかりませんが、パジャマは置いていきました。ケニルワースから来たと認めるかどうかですが、たぶん認めないでしょう。理由は簡単、ケニルワースにもどされたくないからです。何か別の話にするでしょう、たとえば『天国の園』からやってきたとか。カボチャの種子の入った包みを取り出し、サラサラッといわせてニッと例の笑いを見せる、そこで警察はまっすぐ精神病院へやつを送り込む、まだ精神病院が全面閉鎖されていなければですが。それでマイケルズの話を耳にするのも終わり、誓ってもいいですよ。おまけに彼の体重がどれくらいか知ってますか？　三十五キロ、骨と皮だけ。二週間、何も食べてませんから。やつの身体には普通の食物を消化する力がないんです。立ち上がって歩く力が残っていただけでも驚きです。塀をよじ登ったなんて奇跡ですよ。どれくらい生き延びるか？　戸外で一夜過ごしたらそれで野垂れ死にでしょうね。心臓が停止するでしょうから」

「そういえば、外のどこかに倒れていないかだれかに調べさせたのかね？　つまり、塀を登って向こう側に倒れていないかどうかだが――」とノエル。私は立ち上がった。「キャンプの外に倒れて蠅がたかっている死体を発見したという報告さえあればいいさ。こんなことときみの仕事じゃないが、どうしても調査したいというなら、やってくれ。私の車を使ってもいい」

車は使わなかったが、歩いてキャンプの周辺をまわった。外辺部には雑草が生い茂り、後壁に沿って進むには膝まで茂る草をかき分けねばならなかった。死体はもちろん、針金を切った形跡もなかった。半時間後にはスタート地点にもどってしまい、外から見たキャンプがいかに小さいか、いささか驚いたくらいだ。なかの住人は全世界だと思っているのに。その後は、ノエルに報告に行く代わり、ふらりとロスミード街に出て、昼の静けさを楽しみながらオークの木漏れ日のなかをあてもなく歩いた。老人が自転車に乗って通り過ぎた。ペダルを踏むたびにキーキーと鳴る。挨拶代わりに彼は片手を上げた。そのあとを追ってまっすぐこの通りを進んでいけば二時には海岸に出るな、ふとそんな考えが浮かんだ。命令や規則が崩壊するなら、今日ではなく明日、いや来月、あるいは来年でなければならない理由などどこにある、と自問した。今日の午後、調剤室で在庫調べをしたからといって、人類にいったいどれほど貢献したことになるというんだ？海岸に行き、服を脱ぎ、下着だけで寝そべり、子どもたちが水のなかではしゃぎまわるのを見ながら、やわらかな春の陽差しを全身に浴びたところで、それから駐車場の売店で——売店がまだあればだが——アイスクリームを買ったところで、たいした違いはないんじゃないのか？　ノエルが机に向かって、入ってくる身体と出ていく身体の帳尻を合わせる苦心をしたからって、どれほどのことを成したというんだ？　昼寝でもしたほうがましじゃないのか？　今日の午後は休みだと宣言して海岸に行ったほうがいいんじゃないか？　指揮官も、医者も、牧師も、身体訓練の指導官も、看守も、警察犬の調教師も、拘禁者ブロックの厄介な六人のケースも、とにかくすべて、あとのことは震盪症患者にまかせて海辺へ行ったほうが、世界全体の幸福ははるかに増すんじゃないのか？ひょっとすると女の子に会えるかもしれない。いったいどんな理由があって戦争なんかやってるんだ？　世界の幸福の量を増やすためじゃなかったのか？　それとも私が勘違いしていたのだろうか？　別の戦争のことを考えていたのだろうか？

「マイケルズは壁の外には倒れていません」私は報告した。「われわれが責任を追及されることになる服も着ていません。彼が着ていったのはロイヤルブルーのオーバーオールです。胸と背中にTREEFELLERS《トリーフェラーズ》と文字が派手に入ったやつです。いつからかは知りませんが、正面観覧席のトイレの釘にかかっていたものです。だから、そんなやつのこと、われわれは知らないと言ってもだいじょうぶです」

ノエルは疲れたようすだ。年を取って疲れた男。

私は言う。「それに、なぜこの戦争をやっているのか思い出させてくれませんか。以前聞いたが、ずいぶんむかしのことで、忘れてしまったらしい」

「この戦争をやる理由は、少数者が自らの運命について発言できるようにするためだ」とノエル。

われわれは空しい視線を交わし合った。私の気分がどうあれ、それを彼と共有することはできなかった。

「きみが書くと約束した死亡証明書をくれたまえ。日付は書かずに、空欄のままでいい」

そして夕方、私はすることもなく看護婦詰め所の机に向かって座っていた。病棟は暗く、屋外では南東の風が吹きはじめ、震盪患者は静かな息をしている。そのとき、自分は人生を無駄にしている、という思いが有無を言わさぬ力で襲ってきた。毎日毎日、私は待機状態で人生を無駄にし、事実上は囚人としてこの戦争に専心してきたのだ。屋外へ出て、だれもいない競馬場のトラックに立ち、風に吹き払われた空を見上げながら、この心の乱れが早く治まればいい、平常の心がもどればいいと思った。戦争の時間とは待つ時間だ、ノエルは以前そう言った。待つ以外にキャンプでやることなどあるだろうか？　形だけは生きているそぶりをし、義務を果たし、壁の向こうで低い唸りを上げる戦争の音に常時聞き耳を立て、その変化の速度に耳を澄ましながら。とはいえ、フェリシティが、フェリシティだけ例にとっても、歴史がこれからどんな方角へ向かおうかとためらっているときに、自分は宙吊り状態で生きているとか、生きてはいるが生きていないなどと考えるだろうか、そんな考えがふと私の頭に浮かんだ。フェリシティと私のこれまでのやりとりだけで判断するなら、フェリシティは歴史など子どもが受ける教理問答くらいにしか思っていないはずだ(「南アフリカはいつ発見されましたか？」「一六五二年です」「人間が作った穴で、世界でいちばん大きなものはどこにありますか？」「キンバリーにあります」)。フェリシティが、時間の流れがわれわれ全員を取り巻き、渦巻くところを想像しているとは思えない。戦場で、軍司令部で、工場や通りで、会議室や閣議室で、最初はどんよりしているが、やがて混沌からあるパターンが生まれ、歴史そのものが誇らかな意味を宣言する、そんな変貌の瞬間をめざしているなどと思うわけがない。私が誤解していないなら、フェリシティは自分のことを、待つ時間やキャンプの時間、戦時という時間のポケットに置き去りにされた追放者などとは思っていないはずだ。彼女にとって時間とは、シーツを洗濯しているときにしろ床を掃いているときにしろ、これまで通りぎっしりふさがったものなのだ。それに対して私は、片耳でキャンプ生活の陳腐なやりとりを聴き、もう一方の耳では「大構想《グランド・デザイン》」のジャイロスコープがたてる超感覚的な回転音に聴き入っている、そんな私にとって時間は空虚なものになり果ててしまった。(あるいは、私がフェリシティをみくびっているのだろうか?)震盪症患者でさえ、すっかり内省的になって自分がゆっくりと消滅する過程に包まれているとはいえ、私が生きている生よりも、はるかに濃密な死のなかで生きている。

そうなると困るのがわかっているのに、どうやら私は、警官が、マイケルズの襟首をぼろ人形のようにつかんで門のところにあらわれ、「ろくでなしはもっと注意して見張っていたほうがいい」と言って彼を放り出し、さっそうと出ていくことを願っているようだ。砂漠にカボチャの花を咲かせるファンタジーを夢見るマイケルズにしたって、忙しすぎて、愚かすぎて、歴史の歯車が回転する音が耳に入らないほどやっきになっている者の一人なのに。

＊　＊

今朝、何の予告もなく、トラックが連なるコンヴォイが四百人の囚人を乗せて到着した。まずレッダースブルグに一週間、次にボーフォート・ウェストの北の線路上に留め置かれた一群だ。われわれがここでゲームに興じ、ガールフレンドと過ごしたり、生と死と歴史について哲学的考察などやっていたあいだ、この男たちはずっと、十一月の太陽が照りつけるなか、待避線に停車した家畜用の無蓋貨車のなかで待たされていた。高地の夜寒に、詰め込まれた貨車のなかで身体を寄せ合って眠り、日に二度ほど外に出て身体を伸ばせるだけで、線路脇の棘のあるブッシュの火で料理したポリッジしかあてがわれず、自分たちが乗った貨車の車輪に蜘蛛の巣ができていくのを、彼らより急ぎの貨物列車がガラガラと通りすぎるのをじっと見ていたのだ。ノエルはそっけなく受け入れを拒否しようと思ったという。ここの施設を任されているのだから、その権限はあるかもしれない。だがそれも、囚人たちの臭いを嗅ぎ、彼らの疲労と窮状を目にするまでのことで、もし自分がここで苦情をいえば、彼らはすぐにまた操車場にもどされ、乗ってきた貨車内に束にして押し込まれ、想像を絶する官僚機構の上層部のだれかが奮起するのを待つか、さもなければ死を待つしかないとわかるまでのことだった。そこでわれわれは全員、一日中休む暇なく働いて彼らを受け入れた。シラミを駆除し、着ていた衣服を燃やし、サイズの合ったキャンプの制服をあてがい、食事と薬をあたえ、病人と単なる飢えた者を分けた。病棟と付属棟はふたたびはちきれんばかりだ。新患のなかにはマイケルズに負けず劣らず衰弱している者もいる。彼らはほとんど生死の境をさまよっている状態、とにかく私が考えるかぎり、人間としてぎりぎりの限界に近づいていた。あれやこれやで、それから通常の業務にもどり、遠からずまた、国旗掲揚訓練と教育上の歌唱指導が始まり、夏の午後の静けさが台無しになるのだろう。

ここへ来るまでに少なくとも二十人が死んだ、と囚人たちは語った。死んだ者はフェルトの墓に墓標もなしに埋められたのだ。ノエルは書類を調べた。それは今朝ケープタウンで作成されたばかりのものであることが判明し、到着した人数しか書かれていない。「荷積み書類を請求したらどうですか?」私は彼に言ってみた。「時間の無駄だ」とノエルは答えた。「まだ書類が来ていないと答えるだけだろ。書類なんて来るわけがないんだ。だれも調査なんて望んでないからな。それに、四百人のうちの二十人は容認しがたい割合だなどとだれが言う? 人は死ぬ、いつだって人は死んでいくんだ、それが人間の定めだからな、止められやしないさ」

赤痢と肝炎が蔓延している。もちろん回虫もだ。フェリシティと私だけでは手に負えそうもないのはわかりきっている。ノエルは二人の囚人を雑役夫として働かせることに同意した。

その間も、ケニルワースを重警備キャンプに格上げする計画は着々と進む。三月一日が切り替えの日と決まる。正面観覧席を平らにすることを含め大々的な模様替えが行われ、さらに五百人の囚人を収容できる小屋ができるだろう。ノエルは軍司令部《カッスル》に電話をかけ、通告期間のあまりの短さに抗議するが、落ち着きたまえ、何もかも手筈は整っている、そちらの人員で地面をきれいにしておいてくれればいい、草が生えていれば燃やすこと、石があれば取り除くこと、どの石も影ができるからな、幸運を祈る、思い出せ、「ボーアには策がある《エン・ブーア・マーク・エン・ブラン》、なせばなるんだ」と言われた。

ノエルはいつもより酒量が増えたのではないかと私は見ている。ひょっとするといまが、彼にしても私にしても、囚人に囚人を見張らせ、病人に病人を看護させるようにまかせて、砦を立ち去る潮時なのかもしれない——半島地区が砦になってしまったのは明らかだ。ひょっとするとわれわれ二人はマイケルズの例にならい、この国のもっと静かな場所へ、例えばカルーの人里離れた土地へ引っ込んだほうがいいのかもしれない。ささやかな富と勤勉な習慣をもつ世捨て人の紳士が二人、そこに家を建てる。マイケルズがやったところまで、いかにして嗅ぎつけられずにやるか、それが主な難題だ。ひょっとすると、着ている制服を投げ捨て、指の爪を泥で汚し、地面に近いところを歩くことから始めることはできるかもしれない。だが、マイケルズのように目立たない人物に見えるだろうか。あるいは、マイケルズが骸骨に変身しないうちはこうだったと思えるような風貌に、はたしてなれるだろうか。私には、マイケルズはいつだって、だれかが片手一杯泥をつかんで唾を吐きかけ、発育不全の人形《ひとがた》を作り、一つ二つ失敗(口と、疑いようもなく頭の中身)をしながら、一つ二つ細部(性器)をはしょりながら、それでもなんとか真性の小人を土で作り上げた、そんな存在に思えた。農民芸術のなかに見られる、マザーホストのうずくまる腿のあいだから、穴掘り生活のためいつでも指を鉤状に曲げて前屈姿勢をとれる姿勢でこの世に出てくる小人、起きているときは土に這いつくばるようにして生き、やがて時が来ればみずから墓を掘り、黙って滑り込んで頭上に重い土を毛布のようにかけ、最後の笑みを浮かべて向きを変え、ついに故郷に帰り、はるか遠方のどこかで軋る歴史の歯車の音にもまったく気づくことなく眠りに落ちる生き物。そんな生き物を、いったい国家のどんな機関が手先にしようとあれこれ考えるだろうか？いったい彼らが何の役に立つ？　荷を運ぶだけで大量に死んでしまうのが関の山ではないか？　国家はマイケルズのような土を掘り返す者たちの背中に乗っているんだ。国家は彼らがあくせく働いて生産したものを貪り食い、そのお返しに彼らの背中に糞を垂れる。だが、国家がマイケルズに番号スタンプを押して丸飲みにしても、時間の無駄だ。マイケルズは国家の腹のなかを未消化のまま通過してしまった。学校や孤児院から出たときとおなじように、キャンプからも無傷で抜け出してしまったのだから。

それにくらべて私は——もしもある闇夜に、オーバーオールを着てテニスシューズを履き、壁をよじ登っても(私は空気でできてはいないから、針金は切って)——どっちへ行けば助かるかとまごまごしながら立っているうちに、通りかかった最初のパトロールであっけなく見つかってしまうタイプだ。本当のことを言うと、私に残された唯一のチャンスは消えてしまった、自分で気がつく前に、消えてしまったのだ。マイケルズが逃げた夜、あとを追うべきだった。準備ができていなかったなどと弁解しても始まらない。マイケルズの言うことを真面目に受け取っていたら、とっくに準備はできていたはずだ。着替えの服と金の詰まった財布、マッチ箱とビスケット、それに鰯の缶詰の入った包みを常備していたはずだ。彼から目を離すこともなかったはずだ。彼が眠っているとき、私は戸口の敷居の上で眠り、彼が目覚めているときは彼を見張っている。彼が秘かに逃げ出したなら、私もそのあとから秘かに逃げ出す。彼の通ったあとを追って影から影へと巧みに身を移しながら、壁はいちばん目立たないところをよじ登り、彼の後ろから星明かりのオークの並木道を、距離を置きながら進み、彼が立ち止まれば私も立ち止まり、彼が「俺のあとをつけているのはだれだ？　いったい何のためだ？」などと独り言を言わなければならないようなことは断じて避ける。さもないと、私のことを警官と勘違いして、オーバーオールとテニスシューズの私服警官だ、なかに銃を入れた包みを持ってる、と思って走り出すかもしれない。夜中、横町を通って尾行していく、すると夜明けには荒れたケープフラッツの端に着くかもしれない、五十歩ほど離れて砂地とブッシュを抜けて、そこここで煙が輪になって空に昇っているようなバラックの一群は迂回する。そして、さあ、陽の光のなかで、きみはついに振り向いて私を見る。薬剤師から一転して間に合わせの医者になり、徒歩による追跡者になったこの私を。きみが眠っているときだったか起きているときだったか、とにかく光がきみを指し示すのを見るまでは、きみの鼻にチューブを、喉に錠剤を押し込み、きみに聞こえるところに立ってきみのことを冗談にし、とりわけきみが食べられないものを情け容赦なく食べさせようとしたこの私を。きみは疑わしそうに、むしろ怒って、私が近づき言い訳するのを、道のまんなかで待っている。

そこで私はきみの前へ行って話をする。「マイケルズ、きみをあんなふうに扱って、許してくれ、きみがだれなのか、つい最近まで正しく理解していなかったんだ。こんなふうにあとをつけてきたこともすまないと思う。きみの荷物にはならない、約束する。(「きみの母親のような荷物には」などと言うのはたぶん軽率だろうな。)私を養うとか、私の面倒をみてくれなどと言ってるんじゃない。私に必要なのは実に単純なことだ。ここは大きな国だ、これほど大きいのだからだれにも十分な場所があると思うだろう、ところが私が人生で学んできたのは、キャンプから離れているのは難しいということだった。それでも、キャンプとキャンプのあいまには、キャンプにもどこにも属さない区域が、それぞれのキャンプ圏域以外の場所が必ずあるはずなんだ――たとえば山の頂上部とか、沼地のなかの島とか、人間が住むに値しないと見なされた不毛地帯とか。私はそういった場所を探すつもりだ、身を落ち着けるために、ひょっとすると事態が好転するまで、あるいは永久に。だが、私は地図や道路に頼ろうとするほどばかじゃない。だからきみを、道案内に選んだんだ」

そして私は、手を伸ばせば触れられるところまできみに近づく、そうすればきみは私の目を見ざるをえない。「きみが来た瞬間からだよ、マイケルズ」目覚めてきみのあとを追ってきた私はそう言うのだろう。「きみがキャンプの内部に属していないのが私にはわかったんだ。実を言うと、最初はきみのことを面白いやつだと思った。じつはきみをキャンプの管理体制から除外するようにファン・レンズブルグ所長にしきりと訴えたんだが、それはただ、きみを形だけリハビリテーションに組み入れることは鼠や(あえて言うなら)トカゲに、吠え方、ちんちん、球拾いを教え込もうとするようなものだと思ったからだ。だが、時が経つにつれて、きみが見せる抵抗の特異性に少しずつ気づきはじめた。きみは英雄ではないし、断食の英雄のふりをしたわけでもない。実際のきみはまったく抵抗しなかったからな。跳べと言われたら、きみは跳んだ。もう一度跳べと言われたら、もう一度跳んだ。ただ、三度目に跳べと言われたときは、応じきれずに倒れ込んだ。われわれは全員、そうすることをもっともしぶる者さえ、きみが命令に従う力が尽きたから失敗したことは理解できた。だからきみを引っ張り起こし、きみが一袋の羽根ほどの重さしかないのを知り、きみを食い物の前に座らせて、食べろ、力をつけろ、われわれに従ってまた力を使い果たせるようになれ、と言ったのさ。きみは拒まなかった。真面目に努力して、言われたことをやろうとした、私はそう思う。きみは自分の意志にしぶしぶ従った(こんな区別をつけてすまない、私が自分の考えを説明する手段はこれしかもちあわせていないんだ)、きみの意志はしぶしぶ従ったが、きみの肉体が言うことをきかなかった。そう私は理解した。肉体が、われわれがあたえた食べ物を拒否し、きみはさらに痩せていった。なぜだ？　私は自問したよ。なぜこの男は食べようとしない？　飢えて死にかけているのは明々白々だというのに。それから、日を追ってきみを観察していくうちに、私は徐々に真実を理解するようになった。きみは秘かに叫んでいた、きみ自身の意識さえ感知しないまま(こんな言い方を許してくれ)それとは違う食べ物を求めて、どんなキャンプも供給できないような食べ物を求めて。きみの意志は言いなりになったが、きみの肉体が本来の食べ物を、それだけを求めて叫んでいた。肉体というのは相矛盾する二つのものを引き受けられないと私は教えられてきた。肉体というのはただ生きることを望むものだと教えられてきたんだ。自殺は、肉体が肉体に逆らう行為ではなく、意志が肉体に逆らうものだと私は理解していた。だがいま私は、本来の特質を変えるよりは死のうとする肉体を目にしていた。私は病棟の入り口に何時間も立ち、きみを観察しながら理解できない謎に首をかしげた。きみの衰弱の背景にあるのは、原理でも思想でもない。きみは死にたがっていたわけではないのに、死にかけていた。まるで牛の死骸のなかに縫い込まれた兎だな。きっと息を詰まらせ、山のような肉に囲まれながら、本来の食べ物を求めて飢えていたんだろう」

ここで私は、フラッツでの長話をしばし中断するかもしれない、そうするうちにも、背後のどこか遠くから人が咳払いをして痰を吐き出す音など聞こえてきて、木を燃やす臭いが漂ってくる、だが、ぎらぎらした私の視線はきみを捕らえたまま、いましばらくはきみの立つ場所から動かない、そこに根をおろしたように。

「私は、きみが見かけ以上の人間であることを理解するたった一人の人間だった」そんなふうに私は続けるのだろうな。「ゆっくりと、きみが頑なに出す『ノー』が日に日に重みを増していくにつれ、私にはきみが一人の患者以上の、戦争による一人の人的損害以上の、犠牲者のピラミッドのなかの一個の瓦礫以上の存在に思えてきたんだ。最後はだれかがそれに登り、頂上に仁王立ちして、胸を叩きながら大声で自分が生き残った者の王者だと宣言する、そんなピラミッドのことだよ。きみは常夜灯の明かりだけが灯る窓辺のベッドに横になり、目を閉じていた、たぶん寝ていたのかもしれない。入り口のところに立つ私は息をひそめ、眠っている者の呻きや夜具の擦れる音を聴きながら、待っていた。すると一つのベッドのまわりで空気が密度を増したような、闇の濃さが増したような、そんな気がして、それが強まっていってきみの身体の上の、完璧なまでの沈黙のなかで黒い渦が巻き起こり、きみを指し示したんだ。だが、寝具の縁は微動だにしなかった。夢を振り払おうとするように私は頭を振ってみたが、その感覚は執拗につきまとってきた。『これは想像ではない』と私は自分に言い聞かせた。『深い意味が集まってくるこの感覚は、あちこちのベッドに私が投げかける光線のようなものとは違うし、私が気まぐれにあちこちの患者を包む長衣のようなものでもない。マイケルズは何かを意味し、その意味は私だけのものではないのだ。もしもそれが私だけのものなら、この意味の根源が私の内部の欠如であるというなら、つまり、信じるに足る何ものかの欠如だというなら、キャンプは言うにおよばずこの戦争が提示する来るべき時代の展望によってその信念の飢えを満たすことがいかに難しいかをわれわれは全員知っているのだから、もしも私をマイケルズとその物語へと向かわせたものが単なる意味づけへの渇望であるというなら、もしもマイケルズ自身がその外見(きみがどう見えるかだ)以上のものでないとするなら、つまり、めくれた唇をした骨と皮だけの男であるというなら(すまない、私はだれの目にも明らかなことを挙げているだけだ)、私はどんな弁明をしてでも、騎手の更衣室の裏手にあるトイレのいちばん奥のブースにこもって鍵をかけ、頭に銃弾を撃ち込んだっていい。それにしても、今夜ほど私が誠実だったことがあるだろうか?』そして入り口に立ったまま、この信念の核に潜む不誠実さの芽を探し出すため、ありったけの手段を使って自分自身にこれ以上ない冷酷な視線を浴びせる。その信念を、願望と言おうじゃないか、たとえば、このキャンプがプレハブ小屋が点在するいまのような元ケニルワース競馬場ではなく、意味が世界にあふれ出る特別に選ばれた場所であってほしいと思うたった一人の人間が抱く願望、と。だが、かりに不誠実さの芽が私の内部に潜んでいたとしても、それは頭をもたげてくることはないだろうし、もたげようとしないならあえて無理強いすることはないだろ? (いずれにしても、人は精査する自我と潜在する自我を、鷹と鼠のように反目させ、峻別することがはたしてできるかどうかは疑わしい、と私は思うよ。しかしその議論は、私たちが警察から逃げまわる日が終わってからにしよう。)そこで私はふたたび視線をめぐらす、すると、そう、それはまだ真実だった、私は思い違いをしているのではなかった、うぬぼれているのでも、みずからを慰めているのでもなかった、それは以前のようにそこにあり、それは真実として、まさに集中点として濃さを増す闇が一つのベッドの上にあり、そのベッドとはきみのベッドだったんだ」

この段階で、きみはすでに私に背を向けて歩き出しているかもしれないな、私の言うことに話の糸口を探しあぐね、とにかくキャンプから少しでも遠ざかりたい一心で。あるいは、ひょっとすると、そのころには私たちのまわりに、私の声に引かれて、バラックから子どもたちが大勢集まってきているかもしれない。パジャマ姿の子もいて、ぽかんと口をあけ、大げさな熱のこもったことばに聞き入って、きみを苛々させているかもしれない。だからそのとき、私は、叫ばなくてもいいように、きみのすぐ後ろについていかねばならないだろう。「許してくれ、マイケルズ」そう言うべきかもしれない。「もうそんなに長くないんだ、頼むからがまんして聞いてくれ。きみが私にとってどういう意味をもつのか、それを言いたいだけなんだ、それで終わりだから」

この瞬間、きみはいきなり走り出すのではないか。それがきみの性格だからな。となると、私もきみのあとを追って走らねばならないだろうな。まるで水をかき分けるように灰色の深い砂をかき分けながら、木の枝を素早くかわしながら私は叫ぶ。「キャンプにきみがいたなんてまったくの寓意《アレゴリー》だな、きみがこのことばを知っているならだが、それはアレゴリーだった――ことばのもっとも高いレベルにおいてだが――いかに言語道断であろうと、いかに邪道であろうと、意味というのは制度内の用語にならずとも制度内に居場所を得ることができるというアレゴリーだったんだ。私がきみをピンで留めようとするたびに、どういうわけかきみはするりと抜け出た、気がつかなかったのか？私は気づいていたよ。きみが針金を切らずに逃げ出したのを知ったとき、どんな考えが私の心に浮かんだかわかるか？『あいつは棒高跳びの選手にちがいない』――そう思ったのさ。むろん、きみは棒高跳びの選手じゃないよな、マイケルズ、だがきみは逃亡の名人だ、逃亡の天才だ、脱帽するよ！」

このときまでに、走るのと説明するのとで私は息が切れてきて、きみは私をぐんぐん引き離しはじめるかもしれない。「さあ、話の最後はきみの庭、いや畑のことだ」ここで私は喘ぐ。「砂漠のまんなかで花をつけ、生命の糧《かて》を生み出す、神聖で魅惑的な畑《ガーデン》の意味を言わせてくれ。きみがたったいま目指している畑《ガーデン》はどこにもない場所、いや、キャンプ以外ならどこにでもある場所というべきだな。きみが属するたった一つの場所の別名なんだろ、マイケルズ、そこにいると、きみは自分が宿無しだと思わずに済むんだ。どんな地図にも載っていない、どんな道をたどってもただの道であるかぎり行き着けない、そこへ至る道はきみだけが知っているんだ」

思うに、本当にこの時点で、きみは背後で叫ぶ男から、迫害者か狂人か執拗な追跡者か警官に見えるに違いない青い服を着た男から、逃げているのがだれの目にも明らかになるよう、走ることにあらんかぎりのエネルギーを投入し出すだろうか？　もしも面白がって後ろから駆けてきた子どもたちが、いまやきみの味方になって、私を困らせようと襲撃を始め、私が立ち止まって彼らを追い払わねばならないように、四方から私めがけて棒きれや石を投げつけるなんてことになったら、驚きじゃないか？　私がきみに最後のことばを叫んでいるうちに、きみははるか先の、もつれたアカシアの茂み深く入り込み、何も食っていない人間とは思えないほどの力で走っていく——「私は間違っていないか？」私は叫ぶ。「私はきみを理解しているか？　私が間違っていないなら右手を、間違っているなら左手を挙げてくれ！」

Ⅲ

長いあいだ歩いて膝が弱ったマイケル・Kは、眩しい朝の陽光に目を細めながら、シーポイントの遊歩道にあるミニチュア・ゴルフコースのそばのベンチに、海に向かって腰かけ、一息入れて力を溜めようとした。風はなかった。下の方で、岩に当たっては引いていく波の音が聞こえていた。犬が一匹、立ち止まって彼の足の臭いを嗅ぎ、ベンチに放尿した。ショーツにタンクトップ姿の三人組の少女が、肘を寄せ合うようにして何か呟きながら走り抜けると、あとにあまい香りが残った。海岸通りから聞こえてくるアイスクリーム売りのベルの音が最初は近づき、やがて遠ざかっていった。馴染んだ土地で心穏やかに、昼の温もりをありがたく思いながら、Kは大きく息をして、ゆっくりと頭が横にかしいでいくにまかせた。眠ったのだろうか、目を開けたときは、また歩き出す精気がもどっていた。

海岸通りでは以前より、板を打ちつけた窓が増えたようだ。通りとおなじ高さの窓は特にそうだ。おなじ場所におなじ車が駐車してあったが、前より錆がひどくなっていた。防波堤のところで、車輪をはずされ燃やされた残骸が横倒しになっている。遊歩道を通りながら、青いオーバーオールの下は何も着ていないこと、あたりを散策している者のなかで自分だけが靴を履いていないことが気になった。しかし人目につくとしたら顔のほうで、足ではない。

草の燃え跡が広がる空き地に出た。割れたガラスと黒焦げのがらくたのなかから、すでにぽつぽつと緑色の新芽が出ていた。小さな少年が、真黒な遊具の棒をよじ登っている。足の裏と手の平が煤だらけだ。Kは芝生を突っ切り、道路を渡り、陽光のなかからコートダジュールの、ライトの消えた薄暗い玄関ホールへ入っていった。壁には黒いスプレーペイントで「ジョーイが支配する」と書きなぐられていた。母親がかつて住んでいた髑髏の警告マークのついたドアの、廊下をはさんだ向かい側を選んで、壁を背にしてしゃがみ、Kは考えた。だいじょうぶだ、人は俺のことを乞食だと思うだろう。なくしたベレー帽のことを思い出した。あれを施し物受けとして横に置けば、見た目にも申し分なかったのに。

何時間も待った。だれも来ない。立ち上がってドアを叩いたりしないことにした。ドアが開いても、どうしたらいいかわからなかったからだ。午後も半ばを過ぎると、身体の芯が冷えてきたので、また建物から出て海岸へ向かった。暖かい陽の光を浴びた白い砂の上で彼は眠りに落ちた。

喉が渇き、混乱した気分で目が覚めると、オーバーオールの内側に汗をかいていた。海辺で公衆便所を見つけたが、蛇口からは水が出ない。便器には砂が詰まり、吹き寄せられた砂が向かいの壁まで溜まって、深さが一フィートにもなっていた。

洗面台のところに立って、さてどうしようと考えていると、鏡のなかに、背後から入ってくる三人の人影が見えた。一人はぴっちりした白いドレスの女で、プラチナブロンドのかつらをかぶり、手に銀色のハイヒールを持っている。残りの二人は男だ。背の高いほうの男がつかつかとKのところへやってきて、腕をつかんだ。「ここの用は済んだよな、ここは予約済みなんだ」そう言うと、彼を屋外の白く眩しい海辺の光のなかに連れ出した。「行くところはわんさとあるだろ」と言ってKの背中をポンと叩いた、いや、軽く押したのだろう。Kは砂の上に座り込んだ。背の高い男はトイレのドアのそばに陣取り、彼を見張っていた。チェックの縁なし帽を、気取って斜めにかぶっていた。

小さなビーチにはちらほら海水浴客の姿が見えたが、海に入っているのは一人だけで、それも波打ち際でスカートをたくし上げて両脚をしっかり広げ、赤ん坊の腕を取って、足先が波をかすめるように左右に揺らしている女性だけだ。赤ん坊は怖さの入り交じった歓声をあげていた。

「あいつは妹だ」ドア口の男が、波打ち際の女性を指差して言った。「このなかにいるのも」――と肩越しに指差し――「俺の妹。俺には妹がたくさんいるんだ。大所帯なんだよ」と言った。

Kは頭がずきずきしてきた。自分も帽子が欲しい、つばがあってもなくてもいいから、そう思いながら目を閉じた。

もう一人の男がトイレから出てきて、何も言わずに遊歩道へ続く階段を上っていった。太陽の縁が、見渡すかぎり何もない海面に触れようとしていた。砂が冷えるまで少し待とう、どこかよそへ行くのを考えるのはそれからにしよう、とKは思った。

例ののっぽの男が彼を見おろし、靴の先で脇腹をこづいた。後ろには二人の妹たちが、一人は子どもを背負い、もう一人がいまでは被り物を取って靴とかつらを手にしていた。男の靴先がオーバーオールのわきの割れ目を探りあてて押し開き、何もはいていないKの腿を外にちらりと見せた。「見ろ、こいつ裸だぜ！」そう叫ぶと、男は大笑いしながら二人の女のほうを向いた。「裸んぼ！　最後に食ったのはいつだ！」とKの脇腹をこづいた。「よし、こいつがしゃんとなるものをやろう！」

赤ん坊を抱いた妹が、バッグから茶色の紙に包んだワインボトルを取り出した。Kは座って、飲んだ。

「で、どこから来たんだ？」男がきいた。「こういうやつらのために働いてるのか？」とオーバーオールの胸ポケットにある金文字を中指で差した。

Kが答えようとすると胃袋がいきなり収縮し、吐きもどされたワインが細い金色の流れになって、あっというまに砂に染み込んだ。目を閉じると世界が回転した。

「おいおい！」男はそう言うと声をあげて笑い、Kの背中を軽く叩いた。「そういうのを、空きっ腹にやるっていうのさ！　お前を見たとき、どう思ったか教えてやろうか。『こいつ絶対に栄養失調だ！　ちゃんとしたメシを食わなきゃ絶対にだめだ！』そう思ったぜ」男はKに手をかして立たせた。「俺たちといっしょに来い、トリーフェラーさんよ、何か食わしてやるから、そんなガリガリじゃなくなるようにさ！」

いっしょに遊歩道に沿って歩き、だれもいないバス停の待合所まで行った。男は袋から焼きたてのパンの塊とコンデンスミルクの缶を取り出した。ヒップポケットから細くて黒いモノをすっと出して、Kの目の前にかざして見せた。男がちょっといじると、それはナイフに変形した。男はヒュッと口を鳴らして驚いて見せ、ぎらつく刃をみんなに見せびらかし、それから膝を叩きながらKを指差して大声で笑いころげた。赤ん坊まで、母親の肩越しに大きな目をくりくりさせて、握り拳を振りまわしながら笑い出した。

男は笑うのを止めるとパンを厚切りにして、それにコンデンスミルクを輪を描くように塗りたくり、Kに差し出した。みんなにじっと見られてKは食べた。

横町を通りかかると、水の垂れている蛇口があった。みんなから離れてKは飲んだ。際限なく飲める気がした。水はまっすぐ身体を通過していったようだ。横町のはずれに引っ込んで下水溝の上にまたがるはめになり、そのあとはひどい眩暈が続いて、オーバーオールの腕がまた見えるようになるまでずいぶん時間がかかった。

住宅地区を出て、一行はシグナルヒルのなだらかな坂を登りはじめた。しんがりを行くKが息をつくため立ち止まると、赤ん坊を連れたほうの妹も立ち止まった。「ああ重たい！」そう言いながら赤ん坊を差して彼女は笑いかけた。Kはバッグを持とうかと申し出たが断られた。「どうってことないの、慣れてるから」

森林保護地区との境界を示すフェンスの穴を抜けた。男ともう一人の妹が先頭に立ち、丘をジグザグに登る道を進んだ。下の方にシーポイントの灯りが瞬きはじめた。水平線上で海と空が紅に染まっていた。

松の木立の下で一行は立ち止まった。白い服を着ていた妹が薄闇のなかに姿を消した。数分するとジーンズに着替え、かさばるビニール袋を二つ持ってもどってきた。もう一人の妹はブラウスの胸をはだけて赤ん坊に乳を飲ませた。Kは目のやり場に困った。男が毛布を広げ、ろうそくを灯して空き缶に差した。それから夕食の用意をした。パンの塊、コンデンスミルク、ボローニャソーセージまるごと一本（「すごいだろ！」ソーセージをKの方に振って見せながら「値打ちもんだぞ！」と言った）、最後にバナナが三本。男はワインボトルのキャップをねじ開け、みんなにまわした。Kは一口含んで、ボトルを返し「水はないかな?」とたずねた。

男は首を振った。「ワインならある、ミルクもある、二種類のミルクだ」――無造作に、男は赤ん坊連れの女を指差した――「けど、水はないんだ、ここには水がなくて気の毒だな。明日きっとな。明日になれば新しい日が来る。明日になれば、お前が新しい男に生まれ変わるのに必要なものは何でも手に入るからな」

ワインで頭がふらつくKは、身体を支えるためにときおり地面をつかみながら、コンデンスミルク付きのパンを食べ、バナナも半本食べたが、ソーセージは断った。

男はシーポイントでの暮らしのことを話した。「俺たちが浮浪者みたいに山のなかで寝るなんて変だと思うか? 俺たちは浮浪者じゃない。食い物もあるし金もある、ちゃんと稼いで暮らしているんだ。俺たちが前はどこに住んでたか、わかるか? トリーフエラーさんに教えてやれよ」

「ノルマンディーよ」ジーンズの妹が言った。

「ノルマンディーだ。ノルマンディー、一二一六。階段を上るのに疲れたんでここにやってきたのさ。ここは俺たちの夏の避暑地よ。ピクニックにやってくるのさ」そう言って彼は笑った。「その前に俺たち、どこに住んでたと思う? 教えてやれ」

「クリッパーズ」と妹。

「クリッパーズ・ユニセックス・ヘアドレッサーズだ。だからよ、やり方さえわかってりゃ、シーポイントで暮らすなんざわけないんだぜ。だけど、今度はお前がどこから来たか、言う番だな。お前、見かけたことないもんな」

Kは自分がしゃべる番だと思った。「俺は三カ月、昨日の晩までケニルワースのキャンプにいた。市役所に勤める庭師だったこともある。ずっとむかしのことだけど。それから辞めた。母親を田舎に連れていかなきゃならなくなって、健康のためさ。母親はシーポイントで働いていた。ここに部屋もあった。通り過ぎてきたところだよ」話しているうちに胃のあたりに不快感がこみ上げてきて、抑えるのに苦労した。「母親はステレンボッシュで死んだ。田舎へ行く途中だ」世界が揺れ出し、また静止した。「俺、いつもたらふく食べてたわけじゃないから」Kは続けた。赤ん坊を抱いた女が男に何かささやいているのが彼にもわかった。もう一人の女は揺らめくろうそくの光の届かないところへ行ってしまった。Kはハッとした。そういえばこの二人の姉妹が声をかけ合うのを見たことがないな。おまけに自分の話は、つまらなくて、話す価値のない、またいつもの、どうしたら埋められるかわからないあのギャップばかりだ。それとも、自分はただ話の仕方を知らないだけなんだろうか、関心を引きつけておけないだけなんだろうか。吐き気はおさまったが、どっと噴き出た汗が冷えて身体が震え出した。彼は目を閉じた。

「眠そうだな！」男はそう言うなり、Kの膝を軽く叩いた。「寝る時間だ！　明日は新しい男になるんだぞ、いいな」男はまたKを、さっきより軽く叩いた。「お前はだいじょうぶだ、な」

彼らは松葉の上に寝床を作った。自分たちのためにはバッグと包みから寝具を出して広げたようだ。Kのためには分厚いビニールシートを出して包んでくれた。ビニールにくるまり、汗をかいて震えながら、耳鳴りに悩まされて断続的に眠った。真夜中に、まだ名前も知らない男が這い寄ってきて、木々の梢と星を背にしてぬっと視界を遮ったとき、Kは目が覚めていた。手遅れにならないうちに自分からしゃべらなければと思ったが、そうしなかった。男の手が喉元を掠め、オーバーオールの胸ポケットのボタンをまさぐった。がさがさと大きな音をたてて種子の包みが出てくるとき、Kは聞こえないふりをするのが恥ずかしかった。だから唸って寝返りを打った。手はしばし動きを止めた。やがて男は闇のなかへ身を引いた。

その夜の残りは、横になったまま木の枝を透かして空を傾いていく月をながめた。夜が明けるとすぐにKは、強ばったビニールから抜け出して、みんなが寝ているところへ這って行った。男は赤ん坊連れの女にぴったり寄り添って寝ていた。赤ん坊は起きていた。母親のジャージのボタンを撫でながら、怖がりもせずにKを見た。

Kは男の肩を揺すった。「包みを返してほしいんだけど」ほかの二人を起こさないよう、小声でそう言った。男は唸って向こうを向いてしまった。

包みは数ヤードほど離れたところにあった。四つん這いになって、まき散らされた種子を探し、半分ほど回収しただろうか。ポケットに入れてボタンをかけ、残りは諦めた。可哀想に――松の木陰じゃ何も育たないな、と思った。そしてジグザグ道を下った。

早朝のだれもいない通りを抜けて海岸へ出た。太陽はまだ丘に隠れているため、砂は冷たかった。そこで岩の合間を歩きながら潮溜まりをのぞき込むと、巻き貝やイソギンチャクがそれぞれの生を生きていた。それにも飽きて、海岸通りを横切り、以前母親が住んでいた部屋のドアの向かいに、壁にもたれて一時間ほどしゃがんでいた。部屋にだれか住んでいないか、住んでいたら出てくるかもしれないと思って待ってみた。それからまた海岸にもどって砂の上に横になり、どくどくという耳鳴りを聞いていた。それが自分の血管を走る血液の音なのか、あるいは頭をよぎる考えなのか、判別できなかった。自分のなかの何かが解き放たれたような、解き放たれようとしているような、そんな感じがした。何が解き放たれようとしているのかはまだわからないが、同時に、自分の内部で以前は頑強なロープのように思えたものが濡れた繊維みたいなものになった感じがして、どうやらこの二つの感覚は結びついているようだった。

陽は空高く昇っていた。一瞬のうちにそうなっていた。彼には過ぎたはずの時間の記憶がなかった。俺は眠っていたんだ、そう思った。いや、眠っているよりもっと悪いな。俺はいなかったんだ、でもいったいどこに？　海岸はもう彼一人ではない。ビキニ姿の少女が二人、ほんの数歩先で、帽子を顔にのせて日光浴をしていたし、ほかにも人がいた。暑くて気持ちが混乱した彼は、公衆便所のほうへよろよろと歩いた。蛇口からはやっぱり水が出ない。オーバーオールから両腕を抜き、腰まで裸になって流砂の床の上に座り、落ち着こうとした。

背の高い男が、二番目の妹だとKが思った女といっしょに入ってきたとき、彼はまだそこに座っていた。立ち上がって出ていこうとすると、男が彼を抱き留めた。「おいおい、トリーフェラーさんよ！　また会えるなんて嬉しいじゃないか！　今朝はまた、なんであんなに早く俺たちをおいてきぼりにしたんだ？　今日はお前の大事な日になるって言ったろ？　みろよ、いいもんを持ってきてやったんだぜ！」上着のポケットから彼はブランデーの半パイント瓶を取り出した。（山のなかで暮らしているのに、この男はどうしてこんなに小ぎれいにしていられるんだろう、とKは不思議だった。）男はKを流砂の上に寝かした。「今夜俺たちはパーティに行くからな。そこで大勢のやつとお前は会う」小声でそう言って酒を飲み、瓶を渡した。Kは一口飲んだ。脱力感が心臓のあたりから広がり、心地よい痺れが頭まで広がった。いつもの眩暈に浸りながらまた横になった。

ささやき声。それからだれかが彼のオーバーオールのいちばん下のボタンを外して、冷たい手が滑り込んできた。Kは目を開けた。あの女だ。女がKのそばに膝をつき、彼のペニスを愛撫していた。彼は手を押しのけてなんとか立とうとしたが、男がことばをついだ。「リラックスしろよ、な、ここはシーポイントだ、今日はいいことが起きる日なんだよ。リラックスして楽しめよ。好きなように飲んでいいぜ」彼は瓶をKのそばの砂地に置くと姿を消した。「お前の兄貴ってだれだ?」Kはもつれた舌でたずねた。「名前はなんていう?」

「名前はディッセンバー」と女は言った。ちゃんと彼女の言うことを聞き取れただろうか? 女が話しかけてきたのはこれが最初だ。「カードの名前だけどね。明日はまた違う名前になるかも。違うカードで、違う名前、警察用よ、やつらを混乱させるため」女は屈み込んでペニスを口に含んだ。押しのけたかったが、指がかつらの、ごわごわと弾力のない髪に絡まった。そこで身体の力を抜き、頭のなかで起きている旋回と、はるか遠くの濡れた温もりに身をまかせた。

うとうとしたような気がしたが、よくわからない。次に女は隣の流砂の上に横になった。彼の性器をつかんだままだ。銀色のかつらが見せている年齢よりずっと若い。唇がまだ濡れていた。

「で、あいつは本当にあんたの兄貴なのか？」外で待っている男のことを考えながらKはもぐもぐ言った。

女はニッと笑った。片肘で身体を支えながら彼の口いっぱいにキスをして、舌を唇のあいだに差し込んできた。そして勢いよくペニスの上から身体を重ねた。

ことが終わると彼は二人のために何か言わねばと思ったが、いまでは、ことばがすべて自分から逃げ出そうとしていた。ブランデーがくれた落ち着きが消えていきそうだった。彼は瓶から一口のみ、少女に渡した。

上のほうにぼんやりとした影がいくつか揺れていた。目を開けて少女を見た。靴を履いている。そばに男が立っている、兄だ。「少し眠れ、な」男の声はずいぶん遠くから聞こえてきた。「今夜、もどってきてお前を約束したパーティに連れていく、食い物がたっぷりあるぞ、そうすりゃお前もシーポイントの暮らしがどんなもんかわかるさ」

ようやくみんな行ってしまったとKが思っていると、また男がもどってきて上から屈み込み、彼の耳に最後のことばをささやいた。「親切にするのは難しいな、何も欲しくないってやつにはさ。自分が欲しいもんは怖がらずに言わなきゃだめだぜ、言えば手に入るんだ。これが俺からの忠告だ、やせっぽちの友達へのな」そう言って男はKの肩を軽く叩いた。

やっと一人になったものの、寒さに震え、喉はからから、少女とのことが恥ずかしさとなって頭の隅に影のように引っかかったまま、Kはボタンをかけるとトイレから海岸に出た。陽が沈もうとしていた。ビキニの少女たちが荷物をまとめて帰り支度をしている。砂のなかを歩くのが以前より難しく、一度、バランスを崩して横に倒れた。アイスクリーム売りのベルの音が聞こえたので追いかけようとしたが、金がないのを思い出した。しばらくは、ぐあいが悪いとわかる程度には頭がはっきりしていた。自分の身体の体温調節がうまく働かないようだ。同時に寒かったり暑かったりするのだ、そんなことが可能ならばだが。ふたたび意識が朦朧としてきた。階段の下で手すりにつかまって立っていると、そばを少女が二人通り過ぎていく。二人とも目をそむけている、息を止めているのではないかと彼は思った。階段を上る少女たちの尻を見ていると、不意にその柔らかな肉に指を食い込ませたい衝動が突き上げてきた。

コートダジュールの裏の蛇口から水を飲んだ。目を閉じて飲みながら、山からデ・ヴァール公園上の貯水池へ流れ込み、通りの下の暗い地中に埋まった何マイルものパイプを通って、こうして勢いよく流れ出て彼の渇きを癒す冷たい水のことを思った。こらえきれずに排泄して、ふたたび水を飲んだ。いまではあまりに身が軽くなり、足が地面に触れているかどうかさえはっきりしない。最後の陽光のなかから通路の陰のなかに入っていって、ためらうことなくドアの取っ手をまわした。

母親が住んでいた部屋のなかには、所せましと家具が詰め込まれていた。薄暗さに目が慣れてくると、床から天井まで何組も積み重ねられたパイプ椅子、折り畳まれた巨大なビーチパラソル、まんなかに穴のあいた白いプラスチックのテーブル、そしてドアのすぐそばにペンキを塗った石膏像が三つ見えた。チョコレートブラウンの目をした鹿、もみ皮の上着《ジャーキン》に膝丈の半ズボンをはいて緑色の房飾りのついた帽子をかぶったノーム、さらに、この二つよりはるかに大きい、杭のような鼻をしたもの、ピノッキオだ。あらゆるものが埃の白い膜で被われていた。

臭いに誘われてKはドアの裏側の暗い隅をのぞいてみた。手で探ると、剝き出しの床の上に潰したダンボールを広げた寝床があり、その上にしわくちゃの毛布がのっていた。ぶつかった空き瓶がごろごろと転がった。毛布はあまったるいワインと、吸い殻と、古い汗が混ざったような臭いがした。Kは毛布を身体に巻きつけて横になった。身体が落ち着くとすぐに耳鳴りが始まり、その背後ではずきんずきんといつもの頭痛だ。

俺は帰ってきたぞ、そう思った。

最初のサイレンが急に鳴り出し、夜間外出禁止令を告げた。むせぶような音に続いて、サイレンや警報が街中に響き渡った。不協和音が大きくなり、やがて消えた。

Kは眠れなかった。意志に反して、自分の性器にかぶさる銀色のかつらの記憶がもどってきた。少女が彼の上で身体を動かしながらあげる、低い唸り声も。俺は慈善の対象になったんだ、そう思った。俺が行くところはどこでも、それぞれのやり方で俺に慈善を施そうとする人間が待ちかまえている。ここ数年ずっと、そしていまも、俺が孤児に見えるからだ。みんなは俺を、ジャッカルスドリフの子どもみたいに扱う。まだ幼すぎてどんな義務も果たせないため、食べさせてやらねば、と考える。子どもならそのお返しに、口ごもりながら感謝のことばを言うことしか期待されない。俺はもう少し期待される、なぜなら、この世に多少長く生きているから。心を開いて、檻のなかの暮らしについて話すようにせがまれる。人は俺が生きてきたすべての檻について聞きたがる。まるで俺はセキセイインコか白マウスか猿か何かのようだ。もしもノレニウス学園でジャガイモの皮むきや算数の代わりに話の仕方を学んでいたなら、もしも毎日だれかが鞭を握ってそばに立ち、詰まらずに話ができるようになるまで俺に自分の物語の話し方を練習させていたなら、俺だって彼らを喜ばせる術を学べただろうに。刑務所で過ごした生活について、来る日も来る日も、来る年も来る年も、額を針金にくっつけて遠くを見やりながら、自分は経験しそうもないことを夢見たり、看守が俺をいろんな名前で呼び、尻を蹴飛ばし、床磨きをさせたことなんか話してやれるのに。話が終わると、みんなは首を振りながら、気の毒がり、怒り、俺の前に山のように食べ物や飲み物を積む。女たちは俺を自分のベッドに入れてくれて、暗闇のなかで母親のように慰めてくれる。でも、本当のことを言うと、俺は庭師だった。最初は市のための、それから自分のための庭師。庭師というのは地面に鼻をくっつけて生きるものなんだ。

Kはダンボールの寝床でひっきりなしに寝返りを打った。「本当のこと、俺のことで本当のこと」あたりを気にせずそう口にすると、自分が興奮することに気づいた。「俺は庭師なんだ」Kはまた声に出して言ってみた。でも考えてみると、庭師が物置で海の波音を聞きながら寝てるなんて変じゃないか?

俺はむしろミミズみたいだ、そう思った。ミミズだって一種の庭師だ。あるいはモグラ、これも庭師だ、黙って生きているから話などしないが。でも、コンクリートの床の上のモグラやミミズはどうだ?

少しずつ身体の緊張をほぐそうとした。むかしはやり方を覚えていたんだ。どっちにしたって、俺は要領が良くないなとKは思った。キャンプで熊手みたいに痩せ細って頭がばかになるまでひどい目に合わされた話をしこたま仕入れずに、シーポイントにもどってきたんだから。最初から俺は口べたで愚か者だったけど、最後まで口べたで愚か者なんだろうな。ばかだからって何も恥ずかしいことはないぞ。彼らはばかを真っ先に、だれよりも先に閉じ込めた。いまじゃ両親が逃げた子どものためのキャンプもあれば、口から泡を飛ばしてあばれるやつのキャンプ、頭のでかいやつや小さいやつのためのキャンプ、見たところ生活手段がないやつのキャンプ、土地を追われた者のキャンプ、雨水用の排水溝で暮らしているのを発見された者のキャンプ、街の娼婦のためのキャンプ、二足す二が計算できないやつのキャンプ、家に証書を忘れてきたやつのキャンプ、山のなかで暮らして夜中に橋を爆破するやつのキャンプまである。たぶん、真実は、キャンプの外にいるだけで十分ということなんだ。ただし、あらゆるキャンプの外にいること。ひょっとすると当座はそうしているだけで十分なのかもしれない。閉じ込められもせず、門のところで見張りに立つこともない人間が、いったいどれほど残っている？　俺はキャンプを逃げ出した、もしも身を低くしていれば、あるいは、慈善もかわすことができるかもしれない。

　思い返してみると、俺がやった間違いは十分な種子を持っていなかったことだ、Kはそう思った。ポケットごとに違った種子の包みを入れておけばよかった。カボチャの種子、スカッシュの種子、インゲン豆の種子、人参の種子、ビートの種子、玉葱の種子、トマトの種子、ホウレンソウの種子。靴のなかにも、コートの裏地にも種子を入れておけばよかった、道中追い剝ぎに遭うのに備えて。それから、俺がやった間違いは種子を全部いっしょに一箇所に蒔いてしまったことだ。一時に一粒だけ蒔くべきだった。それも何マイルも続くフェルトに散らばる、手の平ほどの土地に。それから地図を作っていつも肌身離さず持ち歩き、毎夜、水遣りにまわることができるようにする。なぜなら、もしも田舎で発見したことがあったとしたら、何をするにもたっぷりと時間があるということだったのだから。

(ようするに、それがモラルなのか? Kは思った。すべてに通じるモラル、つまり何をするにも時間はたっぷりあるということが? モラルというのはそんなふうに、ひとりでに、成り行きで、まったく予期せぬときにやってくるものなのか?)

彼は農場のことを思った。灰色の茨のブッシュを、岩だらけの土地を、連なる丘を、遠くに見える紫とピンクの山並みを、静まり返った何もない真っ青な空を、太陽の下にいちめんに広がる灰色と茶色の大地のそこここに、目を凝らすといきなり鮮やかな緑が、カボチャや人参の葉の切れ端が見えてくる、そんな大地のことを思った。

それがだれだろうと、夜間外出禁止令など無視して帰ってきて、こんな臭いところで寝るのが性に合うなら(Kは、脇ポケットに酒瓶を入れ、口髭のなかで四六時中ぶつぶつ言う猫背の小柄な老人、警察が無視するような老人を想像した)、海辺の暮らしは飽きたから道を知っているガイドさえいれば田舎で一休みしたい、そう思うのもあながちありえないことではなさそうだ。今夜はこれまでやったように寝床を分かち合い、朝の曙光が差すころ、裏通りへ行って放置された手押し車を探す。うまくいけば十時には街道沿いに手押し車の車輪が軽快にまわり、道々ちょっと立ち寄って忘れずに種子と二、三の買い物をして、たぶん、ステレンボッシュは避けて進む、あそこは幸運に見放された土地のようだから。

そしてもしも老人が車から這いおりて身を伸ばし(ことはいま首尾よく運んで)、以前はポンプがあったのに、目立つものが残らないよう兵士たちが爆破した場所を見て「水はどうするんだよ?」と不平を言ったら、彼は、マイケル・Kはポケットからティースプーンを、ティースプーンと長い糸巻きを取り出す。井戸の竪穴《シャフト》の端から砕石を取り除き、ティースプーンの柄を曲げてループを作り、そこに糸を結んでシャフト沿いに地中深くおろしていく。そして、それを引き上げるとスプーンのくぼみに水がある。こんなふうにしても人は生きていける、とマイケル・Kは言うのだろう。

「決定版」への訳者あとがき

これは世界文学の作家J・M・クッツェーがブッカー賞を受賞した代表傑作『マイケル・K』の日本語訳「決定版」である。

ほら、これも南アフリカの作家だよ、そういって薄いペーパーバックを友人から手渡されたのは、一九八八年の春だっただろうか。ズールーの民族詩人マジシ・クネーネの長い叙事詩と悪戦苦闘していたころのことだ。手渡されたペーパーバックの表紙には、黒い太枠のなかにシンプルだが力強い木版画で、青くて高い山並みとピンクの低い山並みを背に、百合のような花が一本描かれていた。英語を第一言語とするその友人が首をかしげながらこういった。作者の名前はクーツィ、いや、コーツェかな? 二百ページにも満たないそのペンギン版は、しかし、強力な印象を残す小説だった。読んでいるときはひどく苦いのに途中で放り出すなど思いもよらず、読み終わったあとは深い充足感がじわじわと広がる。それ以来やみつきになった。これが訳者にとって、その十五年後にノーベル文学賞を受賞する作家J・M・クッツェーとの、偶然としかいいようのない幸運な出会いだった。

この作家の名前「Coetzee」の読み方は、翌八九年十月に筑摩書房から拙訳『マイケル・K』を出すとき、アフリカーンス語の専門家、桜井隆さんから教えていただき「クッツェー」とした。日本語文脈のなかに入ると「クッ」の部分を強く読む人が多いけれど、強く発音するのは後ろの「ツェー」だ。南アフリカのローカルな多言語文脈のなかで実際に耳にするのは「クツィア」とか「クチエ」に近い音だし、英語には[eː]という長音がないため「クッツィー」と発音されることもあるけれど、言語学者でもある作家自身の説明によれば「発音は[kutseː]、[u]は短く、アクセントは第二音節にあり、[t]と[s]のあいだに音節上のブレイクが入る」となる。(このアフリカーンス語／オランダ語ふうの発音については来日時、作家自身にも直接確認したことを付記しておく。)

最初に、この作家の生い立ちと経歴をざっと見ておこう。

ジョン・マクスウェル・クッツェーは一九四〇年二月九日、南アフリカのケープタウンに生まれた。母親は小学校の教師、父親は弁護士だが弁護士としては断続的な仕事ぶりだった。両親は大まかにいってオランダ系植民者アフリカーナの系譜だが(母方の曾祖父はポメラニア出身の宣教師でドイツ語が母語)、家庭内では英語が使われ、ジョン少年の第一言語は英語になり教育も英語で受けた。だが、幼いころからアフリカーンス語が飛び交う環境で育ち、親戚とはこの言語でやりとりしたためアフリカーンス語とのバイリンガルとして育つ。(だから、名前の読みへの作家自身のこだわりは、第一言語である英語が彼にとって「他者の言語」であることをも暗示している。)

ケープタウンの小学校に入学し、教師の配慮ですぐに飛び級したため、学業ではまったく問題なかったものの、以後、身体の大きな生徒たちに囲まれて疎外感を味わいつづける。八歳のときに父親の仕事の関係で内陸の町ヴスターへ引っ越す。教会へ行かず、子供をアフリカーンス語で育てようとしない両親は、偏狭なアフリカーナ民族主義者から「裏切り者」と見なされ、ジョン自身も学校で文化摩擦の矢面に立たされる。

五一年末にケープタウンに戻り、カトリック系の聖ジョゼフ・カレッジへ入学し、卒業後の五七年にケープタウン大学へ入学。奨学金とアルバイトで学費、生活費をまかないながら六〇年に英文学、六一年に数学の学士号を取得して渡英する。六二年から六五年までロンドンでコンピュータ・プログラマーとして働きながら、作家フォード・マドックス・フォードを研究。六三年にケープタウンに戻ってフィリパ・ジャバーと結婚し、修士号を取得して再渡英する。六五年にコンピュータ・プログラマーに見切りをつけ、フルブライト奨学生としてテキサス大学オースティン校へ。新入生向けに作文の講義をしながら、英文学、言語学、ゲルマン諸語を研究し、サミュエル・ベケットの初期作品の言語学的研究で博士号を取得する。

このころバッファローのニューヨーク州立大学で教壇に立ちながら、作品を書きはじめる。ちょうど米国全土でヴェトナム反戦運動が勢いを増した時期で、勤務する大学内にも警察が常駐する事態となり、それに抗議する四十五人の教師たちが学長代行との話し合いを求めて管理棟に座り込み、全員逮捕され起訴される事件が起きる(翌年全員無罪)。クッツェーも連座したため、米国永住許可がおりず、帰りたくはなかった南アフリカへやむなく帰国する決意を固める。当時の南アは四八年に政権を奪還したアフリカーナ民族主義者たちが推進するアパルトヘイト(人種隔離)体制下で、国家反逆罪で終身刑に処されたネルソン・マンデラが獄中にあり、検閲制度が厳しさを増す時代だった。滞米中の六六年に息子ニコラスが、六八年に娘ギゼラが生まれている。

帰国後七一年末からケープタウン大学で教職につき、二〇〇一年末に退職するまでの約三十年、クッツェーは文学、言語学を教えながら次々と作品を発表する。この間、八〇年にフィリパ・ジャバーと離婚。八四年からは、ニューヨーク州立大学、ジョンズ・ホプキンズ大学、ハーヴァード大学、スタンフォード大学、シカゴ大学で客員教授などもつとめ、〇二年からは現在のパートナー、ドロシー・ドライヴァーとともにオーストラリアのアデレードに移り住む。

作品を発表したのは南アに帰国してからだ。二部構成の初小説『黄昏《たそがれ》の国々(邦題『ダスクランド』)』の後半部分を書きはじめたのが七〇年一月一日。原稿は七一年の帰国前にすでにできあがっていた。帰国後、前半部分「ヴェトナム計画」をあらたに書き足して一作にまとめ、七四年に南アのレイバン社から出版。七七年には、「カルー」と呼ばれる内陸の農場地帯を舞台にして、植民者の孤独な自意識をモンタージュ風に描いた『その国の奥で(邦題『石の女』)』をロンドンのセッカー&ウォーバーグ社と南アのレイバン社(南アは英語とアフリカーンス語のバイリンガル版)から出版、当時の南ア最高の文学賞、CNA賞を受賞する。(以後、英国はセッカー、南アはレイバンという組み合わせの出版が続き、途中から米国のヴァイキング社が加わり、九四年の南ア解放後は教育書に専念するレイバン社が抜ける。)八〇年に発表された、架空の帝国を舞台にした『蛮族を待ちながら(邦題『夷狄を待ちながら』)』は英国のジョフリー・フェイバー賞、ジェームズ・テイト・ブラック・メモリアル賞、二度目のCNA賞を受賞して八二年にペンギンにも入り、作家クッツェーの名前が広く世界に知られるようになる。

八三年に発表した本書『マイケル・K』は同年、英国のブッカー・マコンネル賞と三度目のCNA賞を受賞し、八五年に仏訳とヘブライ語訳が出て、同年フランスのフェミナ賞をも受賞し、八五年にはペンギンにも入って、クッツェーの世界的作家としての名声が不動のものとなる。

これは余談だけれど、八〇年代後半の東京の洋書店には「A Penguin Author」と書かれたポスターが天井から何枚も垂れ下がっていた。上下がオレンジ色でまんなかの写真部分がモノクロの縦長のポスター群のなかに、首を左に少しかしげて軽く口を開き、微笑むクッツェーの顔があった。インターネット書店などない当時、高田馬場にあった洋書店ビブロスで入手したそのポスターがいまも訳者の手元にある。

小説の話にもどろう。続く八六年にはロビンソン・クルーソーのパロディといわれる『敵あるいはフォー』を、九〇年にはギリシア神話「デメテルの嘆き」を下敷きにガンの再発を告げられた女性が娘に書き残す遺書という形をとりながらアパルトヘイトの終焉を冷徹なリアリズムで描いた『鉄の時代』を、九四年にはドストエフスキーなる人物に義理の息子の死因を追及させて物書きの業を吐露する『ペテルブルグの文豪』を発表し、さらに九九年には解放後の南アの社会状況をヒトと動物の関係に絡めて完膚なきまでに描ききった『恥辱』で二度目のブッカー賞を受賞する。それと前後して自伝的な作品『少年時代』(九七年)と『青年時代』(〇二年)を出す。また〇三年には、九九年にプリンストン大学出版局から出た『動物のいのち』所収の二つのエッセイを含むフィクション仕立てのピリ辛風味エッセイ集『エリザベス・コステロ』を発表し、同年十月にノーベル文学賞を受賞。「数々の装いを凝らし、アウトサイダーが巻き込まれていくところを意表をつくかたちで描く」その「小説は、緻密な構成と含みのある対話、すばらしい分析を特徴としている。しかし同時に、彼は周到な懐疑心をもって、西欧文明の残酷な合理性と見せかけのモラリティを容赦なく批判した」のが授賞理由だ。

ノーベル賞受賞はクッツェーがオーストラリアへ引っ越してすぐのことで、〇五年に小説『遅い男』を発表、〇六年九月末にはサミュエル・ベケットのシンポジウムに特別ゲストとして招待されて初来日。翌〇七年には『*Diary of a Bad Year*(厄年日記)』を出し、パートナーのドロシー・ドライヴァーとともに再来日して西日本をめぐる二週間の旅をしている。さらに〇九年に自伝的三部作の最終巻『サマータイム』を発表。作家自身を死んだことにして他者の目で描くこの作品は同年のブッカー賞最終候補になり、史上初の三回目の受賞かと話題をさらう。その後も創作意欲は衰えることなく、一三年には『*The Childhood of Jesus*（イエスの子供時代）』とポール・オースターとの往復書簡集『ヒア・アンド・ナウ』をほぼ同時に出版。それと前後して第一回東京国際文芸フェスティヴァルに招待されて、三度目の来日をしている。一五年にはサイコセラピーとフィクションの関係を論じたアラベラ・クルスとの共著『*The Good Story*（良い物語）』を発表する。

日本では小説家としての名前のほうが有名だけれど、クッツェーは文学批評でもきわめてすぐれた仕事をしている人だ。まず、足場固めともいえる作業として取り組んだのがヨーロッパ的思考にもとづく南ア白人の文学について、『*White Writing*（ホワイト・ライティング）』（イェール大学出版局、八八年）としてまとめられた。扉の後ろに挿入された絵がなかなかすごい。十七世紀初めにアムステルダムで出版された、喜望峰をめぐる書物から転載されたその絵には、オランダ東インド会社のエンブレムが描かれているのだ。

なんといってもおすすめは、九二年にハーヴァード大学出版局から出た『*Doubling the Point*（ダブリング・ザ・ポイント）』だ。ここには各章の頭に編者デイヴィッド・アトウェルのインタビューに答えて、めずらしく率直で多弁なクッツェーがいる。インタビューは『鉄の時代』が出版される直前のもので、同年二月にネルソン・マンデラが二十七年におよぶ獄中生活から解放された直後の、アパルトヘイト体制が崩れていく、解放感あふれる時代の雰囲気がよく伝わってくる。ちなみにこの『鉄の時代』が、南ア（出身）の人たちからもっとも高く評価される作品だというところが興味深い。

さらに九六年に出版された作家と検閲制度をめぐるエッセイ集『*giving offense*（怒りをかう）』（シカゴ大学出版局）は『ダブリング・ザ・ポイント』と多少の重複はあるものの、D・H・ロレンス、エラスムス、マンデルシュターム、ソルジェニーツィン、アンドレ・ブリンク、ブライテン・ブライテンバッハといった作家と権力をめぐる心理構造が浮かび上がってまことに興味深い。ちなみにクッツェー作品で検閲の対象になったのは二作目の『その国の奥で』『蛮族を待ちながら』、そしてこの『マイケル・K』である。

その後もカフカ、ムージル、ブロツキー、キャリル・フィリップス、サルマン・ルシュディといった、ひとつの国家、言語、文化、民族の境界内におさまりきらない作家について、ナショナリズムそのものを超えようとするクッツェーならではの鋭い切れ味を見せる文章が文学評論集として『*Stranger Shores*（異邦の岸辺）』（〇二年）や『*Inner Workings*（内的仕事）』（〇七年）にまとめられている。そのほかアフリカーンス語やオランダ語からの小説や詩の翻訳、アンドレ・ブリンクとの共編書もある。

クッツェーの小説作品に見られる、感情語や装飾表現を焼き払いながら徹底的に無駄を削ぎおとす文体が軽やかになってくるのは、九七年の『少年時代』あたりからで、八九年に書き上げられた『鉄の時代』や九四年刊の『ペテルブルグの文豪』の文体は、相次ぐ両親や元妻の死、二十三歳直前にビルから転落死した息子ニコラス(離婚後、クッツェーは二人の子どもを自分で育てた)の影がつきまとって、やはり重い。九九年刊の『恥辱』を読んだときは少し驚いた。内容の苛烈さとは裏腹に、文章そのものはとても軽やかで、スピード感にあふれていたのだ。九六年に新しい出版法が施行されて検閲制度が名実ともに撤廃され、突き放すようにカリカチュア化される主人公の姿に、クッツェーもようやく作品内に皮肉な笑いを醸し出す余裕が出てきたのかと感慨深く読んだ。

さて、本書はクッツェーを世界的に有名にした四作目の代表傑作 "*Life and Times of Michael K*, Secker & Warburg, 1983" の初訳を全面改訳し、さらに加筆した決定版である。テキストは八三年に英国のセッカー&ウォーバーグ社から出たハードカバーのリプリント版を用いた。

一、二作目に見られた凝った構成は、ない。三作目の架空の帝国という「夢のように」見える仕掛けもない。特徴は、エピグラフにヘラクレイトスの箴言を置き、遠景にロビンソン・クルーソーを配しながら、引っかけとしてカフカの作中人物を思わせる「K」

という文字を使ったこと、病院の食べ物を食べずに痩せ衰えていく主人公マイケルを「治療」しようとする若い医師を第二章の語り手として登場させたこと(この二重構成がとても重要)、だろうか。とても小説らしい小説として素直に楽しめる。作家が四十三歳のときに出た作品だが、八三年のブッカー賞受賞時のオブザーバー紙の記事によると、ジャイアントパンダが竹の若芽しか食べず、捕獲されてあたえられたほかの餌は食べずに死ぬ、という新聞記事を読んでヒントを得たそうだ。この作品の最大の特徴は、作家みずからがいうように、独白にも似た圧倒的な「語りのペース」にある。根幹をなすテーマはクッツェーが終始一貫して書いてきた「暴力」だ。

帝国の暴力、主人が従者に、植民者が被植民者に、所有者が奴隷にふるう暴力、検閲、教育、徴兵といった制度としての国家暴力、土地や資本の占有による経済的暴力、人間が動物に対してふるう暴力。西欧的カノンの骨組みを解体し、構成要素を白日の下にさらし、懐疑の火で焼き、微妙にずらして組み替えた作品に、まったく異なる生命が吹き込まれる。新たな作品内に埋め込まれた倫理的批判の芽は、物語の媚薬にしびれた読者の意識の深層に、鋭くしなやかな新芽となってさっくりと刺さる。

この作品が書かれた八〇年前後の南アフリカは、アパルトヘイト体制の終焉はまだ見えず、検閲制度によって発禁になる書籍、新聞、雑誌が絶えない、閉塞した時代だった。

発表時は外部から「南アの近未来を予測させる」といわれたが、非常事態宣言が何度も発動されて対象が拡大された八六年には、かなり「現在」に近くなっていたようだ。いまになってみれば本書には、たしかに、八〇年代後半の旧体制の断末魔を予測させるものが書き込まれているようにも読める。

しかし日本で初訳が出た八九年、出口はまだ見えなかった。当時、訳者は日本国内の反アパルトヘイト運動にコミットしていたこともあって、この作品をその文脈のなかにおいて読み、紹介した。（南アフリカでは「心情的ブラック」の白人読者を中心に読まれていた。）南アの情報が圧倒的に少ない日本で、クッツェーという作家と同時代を生きる人間として、この作品を「ポストモダン」といった西欧中心主義のファッショナブルな枠組に取り込むかたちで紹介することはできなかった——といまも思う。また、南半球から出てくる「背景がよく分からない」作品を「マジックリアリズム」と呼んですませる姿勢は目くらましの分類ラベルを貼ることに等しく、それでは見えるものも見えなくなる。これはクッツェーがその作品内にくり返し書き込んできた「名づけの暴力」とも絡んでくることだ。それにしても、日本におけるポストモダンとはいったい何だったのだろう？　バブルにわくこの国が、南アとの貿易額が世界一となり、経済制裁破りとして国連総会で名指しで非難された時代だった。

そしていま、この作品を読むとまったく新たな文脈で見えてくるものがあるのだ。作品の舞台は旧体制下の南アフリカ南部だけれど、いまやこのような状況は世界中のいたるところに点在、いや、目に見えるかたちで散らばったといっていいだろう。クッツェー自身が狙いを定めたのは、ヨーロッパ文明そのものに内在するコロニアリズムの暴力だった——アパルトヘイト体制という暴力装置はその一形態にすぎない——ことがよくわかる時代になったともいえる。

『マイケル・K』という作品の魅力について考えてみよう。

まず、三人称独白体ともいえるこの作品では、何度も「時間」のことが述べられる。とりわけ主人公が廃屋や洞穴に住みついて、畑を耕し、貯水池からカボチャとメロンに水を運んでやる生活の時間、月日を数えることもなく、大地と天空にゆったりと流れるもののなかに身を委ねる「時間の外側のポケットに入ったよう」な時間が、一方で吹き荒れる「戦争」の時間と対比されている。

「好きでもない労働からあちこち盗むように再利用する自由時間ではなく、花壇の前にしゃがんで指でフォークをぶらぶらさせながら人目を盗んで楽しむようなものではなく、時そのものに、時の流れに身を委ねるような、この世界の地表いちめんにゆっくりと流れ、彼の身体を洗い流し、腋の下や股下で渦を巻きながら瞼を揺するような時間」とは、現代人の、細切れにされた生活時間の対極に位置するものだろう。時間について述べたこのくだりは何度読んでも魅力的だ。

作者はもうひとつ、きわめて重要な視点を書き込んでいる。それは「大地」に対する考え方、母親の骨灰を「大地に還してやる」意味だ。これは「魂が天国に昇る」ことで救われるキリスト教的思想とは違って、大地そのものを「祖先が住む世界」と見るアフリカの思想を踏襲していると思われる。収穫した初めてのカボチャを味わうとき、主人公は空に向かってではなく、いま跪いている大地にそのことばを捧げながら祈る。

自伝的三部作の第一部『少年時代』にもこれと似たような場面があって、主人公の少年は土を両手に擦りつけ、自分だけの儀式をする。少年にとって父方の祖父母の農場はとても大切なものだ。自分がそこに「属している」という思いを抱ける唯一の場所だったから。自分が死んだらこの農場に埋めてもらいたい、それが無理なら荼毘にふして灰をここに撒いてもらいたい、と思う。だがその大地はもともと、ヨーロッパからやってきた白人のものではない、そのこともまた少年は痛いほど知っているのだ。このテーマはロンドン時代を描いた第二部『青年時代』で、短期間おなじ屋根の下でマラウィ出身の女性(その家のメイド)と暮らす場面で容赦なく追究され、言語化される。さらに『恥辱』のなかにもアパルトヘイト解放後を時代背景にして、主人公デイヴィッド・ルーリーの娘が営む農場をめぐって出てくる。強盗に襲われレイプされて妊娠しても、白人女性がアフリカの土地に留まるためには、自分の性的特性を放棄し、隣人であり歴史的にはその土地本来の所有者とされる黒人《ネイティヴ》ペトルスと結婚することまで考える「新人類」ルーシーのなかに、ひとつの「絶望的な希望の身ぶり」として両義的に描かれているのだ。

さらに改めて気づいたことがもうひとつある。「大地から得られる水の流れは還流させたい、それがKの切なる願いになった。水を汲み上げるのは自分の畑が必要とする分だけにした……無駄遣いが悪であることは知っていた」という箇所、あるいは、隠れ家を作るときに「自分が使うものは木や皮や動物の腸などがいい、自分が必要としなくなったとき、昆虫が食べられる素材であるほうがいい」と主人公にいわせる箇所。ここにはのちに『動物のいのち』や『エリザベス・コステロ』を書くことになるこの作家の、もうひとつの顔がすでにしっかりとあらわれているように思える。主人公の職業「gardener」を今回も「庭師」と訳したが、「garden」には日本語の「庭」のもつイメージとは違って「菜園や野菜畑」の意味もあり、解放ゲリラの姿を目にして逡巡しながらも、「耕す者」でありつづけるマイケル・Kに込められた意味は深い。

またしても余談だけれど、一四年十一月にアデレードで開かれたシンポジウムで作家の家に招待されたとき、まず驚いたのは家の側面に作られた細長いベランダからの眺めだった。V字形の谷間の急斜面を利用したその庭に段々畑が作られていたのだ。ふと『敵あるいはフォー』のクルーソーが脳裏に浮かんだ。クルーソーは絶海の孤島で、作物を植える予定もないのに、ひたすら段々畑《テラス》を作るのだが、クッツェー家の庭には、よく見ると、初夏の強い陽射しを受けて青々と植物が育っていた。アデレードに移り住んでから彼自身が熱心なガードナーになったという事実をまのあたりにした瞬間はちょっと感動的だった。

さて、クッツェー作品のなかでもとりわけ異彩を放つ人物を主人公とするこの『マイケル・K』は、アパルトヘイトの暴力が猛威をふるう時代に検閲制度を強く意識しながら書かれた。そのためか登場人物の「人種」を区分けする明確なことばはない。マイケルが旧体制下ではカラード(混血およびアジア系)に分類される人物であることは、さりげなく「CM―四〇歳―住所不定―無職」として書かれているだけだ。C＝カラード、M＝男性。だが、語ることばをもつ主人公に有色の人物を配したことは、クッツェーの作品にとって例外中の例外といっていいのではないかと思う。たとえば次作『敵あるいはフォー』のフライデイは、ことばをまったく発し／せない人物として描かれている。

小説では「あくまで個人の運命を書く」と述べるクッツェーは、作中人物としてのマイケル・Kがとても気に入っている、と発表当時、サンデー・タイムズ紙のインタビューで語っていた。戦時下の個人が体制の暴力に抵抗して、いかに自由に生きることができるか、それがこの作品の最大の読みどころといえるかもしれない。最終部分にかすかな希望がはっきりと書き込まれていることもまた大きな魅力である。

この作品のタイトルがカフカを想起させることは発表当初から指摘されてきたし、作者自身も、ポール・オースターとの往復書簡集『ヒア・アンド・ナウ』で率直に認めている。だがデイヴィッド・アトウェルの研究によれば、この「マイケル・K」というタイトルは、じつは十九世紀初頭のドイツ語作家ハインリッヒ・フォン・クライストの『ミヒャエル・コールハース（Michael Kolhaas）』から想を得たものだったという。『マイケル・K』には小さな文字でぎっしりと書き込まれたノート原稿による六つのバージョンがあり、初期バージョンには少年を主人公として「*The Childhood of Josef K*（ヨーゼフ・Kの子供時代）」というタイトルにしてもいいなというメモまであったというから面白い。主人公が血の復讐に向かうコールハース作品とは逆に、クッツェー作品では暴力に対して徹底的に受け身であるところに注目したい。マイケルは暴力も慈善もかわして生き延びようとするのだ。ちなみにクッツェーは『青年時代』までは原稿を手書きで書きはじめて清書するときタイプアップしていたが、それをPCに変えたのは『遅い男』からだ。

この作家はまたマスコミ嫌いでつとに有名だが、弁明するわけではないが、それは作品もろくに読まずにやってきた人にプライベートなことまでずけずけきかれるのは嫌だ、ということではないだろうか。きちんと作品を読み、南アの社会状況や政治についてステレオタイプな質問をしなければ、慎重にことばを選びながら誠実に答えてくれる。短いことばで簡潔に答えるため、ひどくぶっきらぼうに聞こえて、機嫌をそこねたかと思われるのが嫌でインタビューを控えるようになったそうだ。自作についての説明はしない。自分がきちんと理解していないことについてもコメントはしない。インタビューについては『ヒア・アンド・ナウ』で興味深い本音を語っている。ブッカー賞授賞式を二度とも——一度目は学部の試験があるからと、二度目はいつものようにシカゴ大学で教壇に立つために渡米して——欠席しているが、おそらく、ノミネートされた作家たちが首をならべ、テレビカメラの前で受賞者が発表されるような「お祭り騒ぎ」が嫌いなのだろう。うわべだけの社交的な言辞は決して口にしない人なのだ。

クッツェーはまた、自分でも語っているが、病的なまでに暴力を嫌悪する。『少年時代』にも描かれているように、幼いころから激しい暴力にさらされて育ったからかもしれない。たとえば逃げ出したカラード少年をイギリス人トレヴェリアンが激しく鞭で打つ場面、ヴスターの学校で教師が生徒に鞭打ちの罰をあたえる場面、白人が銃をいつでも身近におく農場生活もそれと無縁ではない。カレッジ時代は「陳腐きわまりない、ひたむきな、ずる賢さで」軍事教練を回避したとみずから語っている。当時の南アには徴兵制度があり、大学卒業後はいつ召集令状がくるかわからない不安があった。自分が与しない信条のために命を落とすことなどできない、軍の暴力が理不尽な対象に向けられる行動に加担するのは嫌だ、そんな思いに突き動かされて、大学卒業後ただちに英国に渡ったのだ。この辺の切羽詰まった心情は『青年時代』に詳細に描かれている。

また「暴力と死は、自分にとって、直観的に同一のもの」だとも述べている。とにかく集団、スローガンが嫌いで、命令に従うのを身体が拒否してしまうという。これは重要なポイントだ。ここには人と人があくまで対等に向き合うことを希求する思想が秘められているからだ。自分のなかで暴力的なものが生まれてもそれを外に向けることは絶対にしない、ともいう。これは人生のある時点でヴェジタリアンになった彼がみずからに課した原則と通底する。その強力な抑圧的エネルギーが書くことに集中的に注がれて、作品内に鋭く、深く刻み込まれ、強い力となって読者を揺さぶるのだ。自伝的三部作の最終部『サマータイム』には、すでに死んだ作家クッツェーの「人生をかけるプロジェクトは穏やかであること《ジェントル》」だったとして、作品行為が自己セラピーとなるプロセスだったと明言する人物が登場する。これは作家自身の自己分析でもあるのだろう。

何を書くか、は六〇年代、イギリスの図書館でバーチェルの旅行記を読みふけり、ヴェトナム戦争が激しさをます米国で過ごしたときに決まった。書くのは早朝、目覚めてからあまり時間が経たないうちに机に向かう。それが彼にとって最良の時間だから。大学に行く前に毎日、二時間ほどこつこつと書いた。退職後もそれはおそらく変わっていない。自転車旅行をこよなく愛し、肉を食べないヴェジタリアンで、インド風あるいはイタリア風のスパイシーな料理をみずから作る。

「書くことは単調な辛い仕事で、少しも楽しいことではない……書くのも悪いが、書かずにいるともっと悪い」というのは八三年のオブザーヴァー紙の記事に出てくる、とてもクッツェーらしいことばだけれど、南アがアパルトヘイトの軛《くびき》から解放されようとするころの「小説を書いて感じるのはひとつの自由だ。責任を負わない、というより、まだ出現していない何かに対して、道の果てのどこかに存在する何かに対して責任を負う自由だ」(『ダブリング・ザ・ポイント』)ということばは文学のもつ仄かな光を明示している。

もうひとつ、どうしても触れておきたいことがある。それはこの作家が描く「母親像」だ。作家は主人公に母親のことをこう語らせる。「狭い部屋のなかで二人の身体が否応なく近づくことが好きではなかった。母親のむくんだ脚を見ると気持ちが揺れる……ノレニウス学園の自転車置き場の裏でくり返し考えさせられた難題、なぜ自分がこの世に生まれてきたかという難題にはすでに答えが出ていた。母親の面倒を見るために生まれてきたのだ」そして合わせ鏡のように、二章の医者にはこういわせる。「きみはもっと若いころに自分の母親から逃げ出すべきだったな……彼女こそ本物の殺人者のように聞こえるよ。母親からできるだけ遠い茂みへ行き、自立した人生を始めるべきだった。背中に母親を背負い、田舎の安全を求めて燃えさかる街から逃げ出したとき、マイケルズ、きみは大きな間違いをしでかしたんだ……私はつい、母親はきみの肩に座って、きみの脳味噌を喰いつくしながら、ぎらぎらと勝ち誇ったように偉大なる『母親の死』を具現していると考えてしまうんだよ」

このような一見、相反する母親像への疑問は『少年時代』を読んで氷解した。少年は母親に対し愛憎の入り交じった強い感情を抱きながら成長する。両親は常時、経済的トラブルに悩まされ、母親が自分のために払う犠牲を目にしたくないので自力で大学を出た、とは学生生活をふりかえって作家自身が語ったことばだ。

またこの作品では、家政婦として働きながら私生児を何人も産み育てた母親のことを、マイケルにこういわせる。「他人の家の床を磨き、他人のために料理をし、皿を洗った。彼らの汚れた服を洗濯した。彼らが入った風呂を磨いた。這いつくばってトイレも掃除した。ところが年老いて病気になったら……見えないところへ追い払った。母親が死んだら火のなかに放り込んだ。遺灰の入った古ぼけた箱をくれて俺にこう言った。『ほら母親だ、持っていけ、もう用はない』」。南ア社会にかぎらず、このような女性たちの絶えまないレイバー(労働と出産)によって世界は成り立ってきたし、いまも成り立っている。そのことをクッツェーという作家はどう見ているのか、という疑問を訳者はずっと抱いてきた。

答えは見つからない、というより、いわゆる「サバルタン」と呼ばれる彼女たちのような存在が彼の作品内の語りの中心にくることは基本的にないし、むしろそれは、ある欠如として読み手に強く意識されるよう書かれているように思える。作品内の語り手は軽く性別をこえているが、この作家の文学的スタンスを考えると、ヨーロッパ系の、男性の、白人の、表現者として特権的な立場の作家、であるクッツェーが、アンナのような人たちを語りの中心に据え、その内面を代弁するかのような装いで踏み込んで書くことは——どれほど小説は想像力で書くものだとしても——ありえないのではないか、と思う。

最後に、記者会見はしないという条件でノーベル賞授賞式に出席したクッツェーが、母たちについて述べ、めずらしく笑いをとった晩餐会スピーチから引用して終わることにしよう。

何かまったく別のことを話していて、パートナーのドロシーがふいにいう——話はちがうけれど、お母さんが生きていたらあなたのことをとても誇りに思ったでしょうね。クッツェーは答える——でも九十九歳半で認知症になっていたと思うよ。そしてこう続ける。

しかし、もちろん肝心なのはそういうことではない。ドロシーのいうことは正しかった。母はとても誇りに思い、わたしの息子がノーベル賞をとった、といって大喜びしたはずだ。とにもかくにも、自分の母のためでなければ、われわれはノーベル賞を受賞するようなことを、はたしてするものだろうか？

「かあさん、かあさん、ぼく、賞をもらったよ！」

「それはよかったわねえ。さあ冷めないうちに人参を食べてしまいなさいね」

われわれがそれまで母たちにとって面倒の種であったことを埋め合わせるような賞をもらって、家に駆けて帰る前に、なぜ、母たちは九十九歳にもなって墓の下に眠ることになってしまうのだろうか？

J・M・クッツェーの名は、〇三年のノーベル文学賞受賞後、日本でも広く知られるようになり、文学評論集や戯曲集などを除いてほとんどの作品が邦訳されている。日本での初訳となったこの代表傑作が、四半世紀をへて岩波文庫に収められることになったのはとても嬉しい。無機的といわれるほど端正で明晰な文章と人間としての批判性／倫理性が一体となった希有な作品を書いてきたJ・M・クッツェーの小説が、時代を超えて読み継がれていくことを心から願っている。

くぼたのぞみ

二〇一五年三月

＊作家の伝記的事実や個々の作品が生まれた経緯、さらにクッツェーの作品行為の核にある思想については、自伝的三部作を一巻にまとめた『サマータイム、青年時代、少年時代――辺境からの三つの〈自伝〉』（インスクリプト刊、二〇一四年）に詳細な解説と年譜をつけたのでぜひ参照してください。

マイケル・K　J.M.クッツェー作

2015年4月16日　第1刷発行

訳　者　くぼたのぞみ

発行者　岡本　厚

発行所　株式会社　岩波書店
〒101-8002 東京都千代田区一ツ橋2-5-5
案内 03-5210-4000　販売部 03-5210-4111
文庫編集部 03-5210-4051
http://www.iwanami.co.jp/

印刷 製本・法令印刷　カバー・精興社

ISBN 978-4-00-328031-7　Printed in Japan

読書子に寄す

――岩波文庫発刊に際して――

岩波茂雄

真理は万人によって求められることを自ら欲し、芸術は万人によって愛されることを自ら望む。かつては民を愚昧ならしめるために学芸が最も狭き堂宇に閉鎖されたことがあった。今や知識と美とを特権階級の独占より奪い返すことはつねに進取的なる民衆の切実なる要求である。岩波文庫はこの要求に応じそれに励まされて生まれた。それは生命ある不朽の書を少数者の書斎と研究室とより解放して街頭にくまなく立たしめ民衆に伍せしめるであろう。近時大量生産予約出版の流行を見る。その広告宣伝の狂態はしばらくおくも、後代にのこすと誇称する全集がその編集に万全の用意をなしたるか。千古の典籍の翻訳企図に敬虔の態度を欠かざりしか。さらに分売を許さず読者を繋縛して数十冊を強うるがごとき、はたしてその揚言する学芸解放のゆえんなりや。吾人は天下の名士の声に和してこれを推挙するに躊躇するものである。このときにあたって、岩波書店は自己の責務のいよいよ重大なるを思い、従来の方針の徹底を期するため、すでに十数年以前より志して来た計画を慎重審議この際断然実行することにした。吾人は範をかのレクラム文庫にとり、古今東西にわたって文芸・哲学・社会科学・自然科学等種類のいかんを問わず、いやしくも万人の必読すべき真に古典的価値ある書をきわめて簡易なる形式において逐次刊行し、あらゆる人間に須要なる生活向上の資料、生活批判の原理を提供せんと欲する。この文庫は予約出版の方法を排したるがゆえに、読者は自己の欲する時に自己の欲する書物を各個に自由に選択することができる。携帯に便にして価格の低きを最主とするがゆえに、外観を顧みざるも内容に至っては厳選最も力を尽くし、従来の岩波出版物の特色をますます発揮せしめようとする。この計画たるや世間の一時の投機的なるものと異なり、永遠の事業として吾人は微力を傾倒し、あらゆる犠牲を忍んで今後永久に継続発展せしめ、もって文庫の使命を遺憾なく果たさしめることを期する。芸術を愛し知識を求むる士の自ら進んでこの挙に参加し、希望と忠言とを寄せられることは吾人の熱望するところである。その性質上経済的には最も困難多きこの事業にあえて当たらんとする吾人の志を諒として、その達成のため世の読書子とのうるわしき共同を期待する。

昭和二年七月

《イギリス文学》〔赤〕

- ユートピア　トマス・モア　平井正穂訳
- 完訳カンタベリー物語　全三冊　チョーサー　桝井迪夫訳
- ヴェニスの商人　シェイクスピア　中野好夫訳
- ジュリアス・シーザー　シェイクスピア　中野好夫訳
- 十二夜　シェイクスピア　小津次郎訳
- ハムレット　シェイクスピア　野島秀勝訳
- オセロウ　シェイクスピア　菅泰男訳
- リア王　シェイクスピア　野島秀勝訳
- マクベス　シェイクスピア　木下順二訳
- ソネット集　シェイクスピア　高松雄一訳
- ロミオとジューリエット　シェイクスピア　平井正穂訳
- リチャード三世　シェイクスピア　木下順二訳
- 対訳シェイクスピア詩集—イギリス詩人選(1)　柴田稔彦編
- 失楽園　全二冊　ミルトン　平井正穂訳
- ロビンソン・クルーソー　全二冊　デフォー　平井正穂訳
- 桶物語・書物戦争　他一篇　スウィフト　深町弘三訳
- ガリヴァー旅行記　スウィフト　平井正穂訳
- トム・ジョウンズ　全四冊　フィールディング　朱牟田夏雄訳
- ジョウゼフ・アンドルーズ　全二冊　フィールディング　朱牟田夏雄訳
- トリストラム・シャンディ　全三冊　ロレンス・スターン　朱牟田夏雄訳
- ウェイクフィールドの牧師—むだばなし　ゴールドスミス　小野寺健訳
- 幸福の探求—アビシニアの王子ラセラスの物語　サミュエル・ジョンソン　朱牟田夏雄訳
- 対訳バイロン詩集—イギリス詩人選(8)　笠原順路編
- 対訳ブレイク詩集—イギリス詩人選(4)　松島正一編
- ブレイク詩集　寿岳文章訳
- ワーズワース詩集　田部重治選訳
- 対訳ワーズワス詩集—イギリス詩人選(3)　山内久明編
- 対訳コウルリッジ詩集—イギリス詩人選(7)　上島建吉編
- 高慢と偏見　全二冊　ジェーン・オースティン　富田彬訳
- 説きふせられて　ジェーン・オースティン　富田彬訳
- エマ　全二冊　ジェーン・オースティン　工藤政司訳
- シェイクスピア物語　全二冊　チャールズ・ラム　メアリー・ラム　安藤貞雄訳
- イン・メモリアム　テニスン　入江直祐訳
- 対訳テニスン詩集—イギリス詩人選(5)　西前美巳編
- デイヴィッド・コパフィールド　全五冊　ディケンズ　石塚裕子訳
- ディケンズ短篇集　小池滋　石塚裕子訳
- オリヴァ・ツウィスト　全二冊　ディケンズ　本多季子訳
- アメリカ紀行　全二冊　ディケンズ　伊藤弘之　下笠徳次　隈元貞広訳
- イタリアのおもかげ　ディケンズ　伊藤弘之　下笠徳次　隈元貞広訳
- 鎖を解かれたプロメテウス　シェリー　石川重俊訳
- 対訳シエリー詩集—イギリス詩人選(9)　アルヴィ宮本なほ子編
- アイルランド—歴史と風土　オフェイロン　橋本槇矩訳
- ジェイン・エア　全二冊　シャーロット・ブロンテ　河島弘美訳
- 嵐が丘　全二冊　エミリー・ブロンテ　河島弘美訳
- クリスチナ・ロセッティ詩抄　入江直祐訳
- サイラス・マーナー　ジョージ・エリオット　土井治訳
- ハーディ　テス　全二冊　井上宗次　石田英二訳
- ハーディ短篇集　井出弘之編訳
- 緑の館—熱帯林のロマンス　ハドソン　柏倉俊三訳
- 宝島　スティーヴンスン　阿部知二訳

ジーキル博士とハイド氏　スティーヴンスン　海保眞夫訳
プリンス・オットー　スティーヴンスン　小川和夫訳
旅は驢馬をつれて　他一篇　スティヴンソン　吉田健一訳
新アラビヤ夜話　スティーヴンスン　佐藤緑葉訳
バラントレーの若殿　スティーヴンスン　海保眞夫訳
マーカイム・壜の小鬼　他五篇　スティーヴンソン　高松雄一・高松禎子訳
トム・ブラウンの学校生活　全二冊　トマス・ヒューズ　前川俊一訳
怪談 —不思議なことの物語と研究　ラフカディオ・ハーン　平井呈一訳
心 —日本の内面生活の暗示と影響　ラフカディオ・ハーン　平井呈一訳
サロメ　ワイルド　福田恆存訳
ヘンリ・ライクロフトの私記　ギッシング　平井正穂訳
ギッシング短篇集　小池滋編訳
闇の奥　コンラッド　中野好夫訳
対訳 イエイツ詩集　高松雄一編
月と六ペンス　モーム　行方昭夫訳
読書案内 —世界文学　W・S・モーム　西川正身訳
人間の絆　全三冊　モーム　行方昭夫訳

サミング・アップ　モーム　行方昭夫訳
モーム短篇選　全二冊　行方昭夫編訳
お菓子とビール　モーム　行方昭夫訳
ダブリンの市民　ジョイス　結城英雄訳
若い芸術家の肖像　ジョイス　大澤正佳訳
ロレンス短篇集　河野一郎編訳
荒地　T・S・エリオット　岩崎宗治訳
四つの四重奏　T・S・エリオット　岩崎宗治訳
悪口学校　シェリダン　菅泰男訳
パリ・ロンドン放浪記　ジョージ・オーウェル　小野寺健訳
動物農場 —おとぎばなし　ジョージ・オーウェル　川端康雄訳
対訳 キーツ詩集 —イギリス詩人選(10)　宮崎雄行編
阿片常用者の告白　ド・クインシー　野島秀勝訳
深き淵よりの嘆息 —『阿片常用者の告白』続篇　ド・クインシー　野島秀勝訳
イギリス名詩選　平井正穂編
タイム・マシン　他九篇　H・G・ウエルズ　橋本槇矩訳
トーノ・バンゲイ　全二冊　ウェルズ　中西信太郎訳

回想のブライズヘッド　全二冊　イーヴリン・ウォー　小野寺健訳
愛されたもの　イーヴリン・ウォー　中村健二・出淵博訳
アイルランド童話集 隊を組んで歩く妖精達　其他　イエイツ　山宮允訳
ナイティンゲール伝　他一篇　リットン・ストレイチー　橋口稔訳
果てしなき旅　全二冊　E・M・フォースター　高橋和久訳
フォースター評論集　小野寺健編訳
白衣の女　全三冊　ウィルキー・コリンズ　中島賢二訳
夢の女・恐怖のベッド　他六篇　ウィルキー・コリンズ　中島賢二訳
対訳 英米童謡集　河野一郎編訳
灯台へ　ヴァージニア・ウルフ　御輿哲也訳
世の習い　コングリーヴ　笹山隆訳
夜の来訪者　プリーストリー　安藤貞雄訳
イングランド紀行　全二冊　プリーストリー　橋本槇矩訳
アーネスト・ダウスン作品集　南條竹則編訳
狐になった奥様　ガーネット　安藤貞雄訳
ヘリック詩鈔　森亮訳
たいした問題じゃないが —イギリス・コラム傑作選　行方昭夫編訳

真昼の暗黒　アーサー・ケストラー 中島賢二訳
英国ルネサンス恋愛ソネット集　岩崎宗治編訳

《アメリカ文学》〔赤〕

フランクリン自伝　松本慎一 西川正身訳
アルハンブラ物語 全二冊　アーヴィング 平沼孝之訳
ブレイスブリッジ邸　アーヴィング 齊藤昇訳
完訳 緋文字　ホーソーン 八木敏雄訳
黒猫・モルグ街の殺人事件 他五篇　ポオ 中野好夫訳
対訳 ポー詩集 —アメリカ詩人選(1)　加島祥造編
黄金虫・アッシャー家の崩壊 他九篇　ポオ 八木敏雄訳
ユリイカ　ポオ 八木敏雄訳
ポオ評論集　八木敏雄編訳
森の生活 (ウォールデン) 全二冊　ソロー 飯田実訳
市民の反抗 他五篇　H・D・ソロー 飯田実訳
白鯨 全三冊　メルヴィル 八木敏雄訳
草の葉 全三冊　ホイットマン 酒本雅之訳
対訳 ホイットマン詩集 —アメリカ詩人選(2)　木島始編
対訳 ディキンソン詩集 —アメリカ詩人選(3)　亀井俊介編
不思議な少年　マーク・トウェイン 中野好夫訳
王子と乞食　マーク・トウェーン 村岡花子訳
人間とは何か　マーク・トウェイン 中野好夫訳
ハックルベリー・フィンの冒険 全二冊　マーク・トウェイン 西田実訳
新編 悪魔の辞典　ビアス 西川正身編訳
ねじの回転・デイジー・ミラー　ヘンリー・ジェイムズ 行方昭夫訳
大使たち 全二冊　ヘンリー・ジェイムズ 青木次生訳
ワシントン・スクエア　ヘンリー・ジェイムズ 河島弘美訳
どん底の人びと —ロンドン一九〇二　ジャック・ロンドン 行方昭夫訳
シカゴ詩集　サンドバーグ 安藤一郎訳
大地 全四冊　パール・バック 小野寺健訳
シスター・キャリー 全二冊　ドライサー 村山淳彦訳
響きと怒り 全二冊　フォークナー 平石貴樹 新納卓也訳
アブサロム、アブサロム! 全二冊　フォークナー 藤平育子訳
楡の木陰の欲望　オニール 井上宗次訳
日はまた昇る　ヘミングウェイ 谷口陸男訳
怒りのぶどう 全三冊　スタインベック 大橋健三郎訳
ブラック・ボーイ —ある幼少期の記録 全二冊　リチャード・ライト 野崎孝訳
オー・ヘンリー傑作選　大津栄一郎訳
フィッツジェラルド短篇集　佐伯泰樹編訳
アメリカ名詩選　亀井俊介 川本皓嗣編
開拓者たち 全二冊　クーパー 村山淳彦訳
孤独な娘　ナサニエル・ウェスト 丸谷才一訳
魔法の樽 他十二篇　マラマッド 阿部公彦訳

《歴史・地理》〔青〕

新訂 魏志倭人伝・後漢書倭伝・宋書倭国伝・隋書倭国伝 —中国正史日本伝1　石原道博編訳
新訂 旧唐書倭国日本伝・宋史日本伝・元史日本伝 —中国正史日本伝2　石原道博編訳
ヘロドトス 歴史 全三冊　松平千秋訳
トゥーキュディデース 戦史 全三冊　久保正彰訳
ガリア戦記　カエサル 近山金次訳
タキトゥス ゲルマーニア　泉井久之助訳註
ギボン自叙伝 —わが生涯と著作との思い出　村上至孝訳
元朝秘史 全二冊　小澤重男訳
古代への情熱 —シュリーマン自伝　シュリーマン 村田数之亮訳
アーネスト・サトウ 一外交官の見た明治維新 全二冊　坂田精一訳
インディアスの破壊についての簡潔な報告　ラス・カサス 染田秀藤訳
ラス・カサス インディアス史 全七冊　長南実訳 石原保徳編
コロンブス航海誌　林屋永吉訳
コロンブス 全航海の報告　林屋永吉訳
偉大なる道 —朱徳の生涯とその時代 全二冊　アグネス・スメドレー 阿部知二訳
中世的世界の形成　石母田正

クリオの顔 —歴史随想集　E・H・ノーマン 大窪愿二編訳
ローマ皇帝伝 全二冊　スエトニウス 国原吉之助訳
紫禁城の黄昏　R・F・ジョンストン 入江曜子 春名徹訳
北槎聞略 —大黒屋光太夫ロシア漂流記　桂川甫周 亀井高孝校訂
ヨーロッパ文化と日本文化　ルイス・フロイス 岡田章雄訳注
オデュッセウスの世界　M・I・フィンリー 下田立行訳
東京に暮す —一九二八～一九三六　キャサリン・サンソム 大久保美春訳
幕末維新懐古談　高村光雲
増補 幕末百話　篠田鉱造
明治百話 全二冊　篠田鉱造
ガレー船徒刑囚の回想　ジャン・マルテーユ 木﨑喜代治訳
西洋事物起原 全四冊　ヨハン・ベックマン 特許庁内技術史研究会訳
ツアンポー峡谷の謎　F・キングドン－ウォード 金子民雄訳
歴史序説 全四冊　イブン＝ハルドゥーン 森本公誠訳
アレクサンドロス大王東征記 —付インド誌 全二冊　アッリアノス 大牟田章訳
クック 太平洋探検 全六冊　増田義郎訳
ダンピア 最新世界周航記 全二冊　平野敬一訳

高麗史日本伝 —朝鮮正史日本伝2 全二冊　武田幸男編訳
シエサ・デ・レオン インカ帝国地誌　増田義郎訳
インカ皇統記 全四冊　インカ・ガルシラーソ・デ・ラ・ベーガ 牛島信明訳
ローマ建国史 全三冊　リーウィウス 鈴木一州訳
フランス・プロテスタントの反乱 —カミザール戦争の記録　カヴァリエ 二宮フサ訳
ニコライの日記 —ロシア人宣教師が生きた明治日本 全三冊　中村健之介編訳
マゼラン 最初の世界一周航海 —ピガフェッタ「最初の世界周航」・トランシルヴァーノ「モルッカ諸島遠征調書」　長南実訳
パリ・コミューン 全二冊　H・ルフェーヴル 河野健二 柴田朝子 西川長夫訳

岩波文庫の最新刊

佐竹昭広・山田英雄・工藤力男・大谷雅夫・山崎福之校注

万葉集(五)

うらうらに照れる春日《はるひ》にひばり上がり心悲《こころがな》しもひとりし思へば——越中遊覧歌、防人歌など、自然と心情を繊細にうたう巻十八—二十。全歌、訳・注付。(全五冊) 〔黄五-五〕 本体一〇八〇円

木下彪

明治詩話

明治時代の文学の主流は漢詩文だった。当時の世相・風俗を語る大沼枕山らの忘れられた漢詩文を紹介しながら、その再評価を提唱する。(注・解説＝成瀬哲生) 〔緑一九九-一〕 本体一〇〇〇円

アンドレ・バザン／野崎歓、大原宣久、谷本道昭訳

映画とは何か(下)

下巻には西部劇や映画とエロティシズムに関する考察、イタリアのネオレアリズモを擁護した論考を収録。映画と文化を論ずるさいの源泉。(全二冊) 〔青五七八-二〕 本体八四〇円

川合康三編訳

新編 中国名詩選(下)

情から知へ。雄大さから日常性へ。詩がより近しいものへと変貌した中唐から宋・元・明・清。歴史のなかでの成熟と展開を、選りすぐった名詩を通して読む。(全三冊) 〔赤三三-三〕 本体一一四〇円

南條竹則・松村伸一編訳

D・G・ロセッティ作品集

ラファエル前派の画家として知られるロセッティ(一八二八—一八八二)は詩人でもあった。小説、ソネット、抒情詩、長詩の佳篇を手頃な一冊にまとめたアンソロジー。 〔赤N二〇五-一〕 本体九〇〇円

岩下壮一

信仰の遺産

中世哲学についての豊かな学識と深い批判精神に基づきながら、使徒伝来のキリスト教信仰を現代に甦らせた名著。(注解＝山本芳久・解説＝稲垣良典) 〔青N一一五-一〕 本体一三二〇円

今月の重版再開

小林登美枝・米田佐代子編

平塚らいてう評論集 〔青一七二-一〕 本体九〇〇円

徳富蘇峰

吉田松陰 〔青一五四-一〕 本体七八〇円

中勘助

提婆達多(でーばだった) 〔緑五一-五〕

蜜蜂・余生 〔緑五一-七〕

本体各五六〇円

今枝由郎訳

サキャ格言集 〔赤九〇-一〕 本体六〇〇円

岩波文庫の最新刊

兵藤裕己校注
太平記 (三)
建武三年(一三三六)から暦応二年(一三三九)にかけて南朝の勢力は衰え、楠正成、新田義貞の戦死に続き、後醍醐天皇も病をえて死去した。(全六冊)
〔黄一四三-三〕 本体一二〇〇円

マーガレット・ミッチェル/荒このみ訳
風と共に去りぬ (一)
一八六一年四月、南北戦争勃発。アメリカ南部の大農園主の娘として育った一六歳のスカーレットの人生は、戦争によって大きく揺さぶられ始める。新訳。(全六冊)
〔赤三四二-一〕 本体八四〇円

J・M・クッツェー/くぼたのぞみ訳
マイケル・K
内戦下の南アフリカ。手押し車に病気の母親を乗せて、騒乱のケープタウンから内陸の農場をめざすマイケル——。ノーベル賞作家の代表傑作。一九八三年刊。
〔赤八〇三-一〕 本体八四〇円

セプールベダ/染田秀藤訳
第二のデモクラテス
戦争の正当原因についての対話
インディオの擁護者ラス・カサス最大の論敵にして、スペインの代表的アリストテレス学者が披瀝する、征服戦争是認論の精髄。果たして、征服戦争は是か非か?
〔青四九七-一〕 本体八四〇円

ソナム・ギェルツェン/今枝由郎監訳
チベット仏教王伝
—ソンツェン・ガンポ物語—
観音菩薩が発した光から、化身の王が誕生する——十四世紀に著された物語性豊かな歴史書は、今もチベットの人々の心に生きている。チベット語原典からの口語訳。
〔青四九八-一〕 本体一〇二〇円

……今月の重版再開……

山本義隆編訳
ニールス・ボーア論文集1
因果性と相補性
本体一〇二〇円
〔青九四〇-一〕

茅野蕭々訳
リルケ詩抄
本体八六〇円
〔緑一七九-一〕

山本義隆編訳
ニールス・ボーア論文集2
量子力学の誕生
本体一二〇〇円
〔青九四〇-二〕

モーム/海保眞夫訳
夫が多すぎて
本体六〇〇円
〔赤二五四-九〕